O
ARROZ
de PALMA

O ARROZ *de* PALMA

FRANCISCO AZEVEDO

edição comemorativa

EDITORA RECORD
RIO DE JANEIRO • SÃO PAULO
2025

CIP-BRASIL. CATALOGAÇÃO NA PUBLICAÇÃO
SINDICATO NACIONAL DOS EDITORES DE LIVROS, RJ

A987a Azevedo, Francisco
35. ed. O arroz de Palma / Francisco Azevedo. - 35. ed. - Rio de Janeiro : Record, 2025.

ISBN 978-85-01-92306-6

1. Ficção brasileira. I. Título.

25-96075 CDD: 869.3
CDU: 82-3(81)

Gabriela Faray Ferreira Lopes - Bibliotecária - CRB-7/6643

Design de capa: Leonardo Iaccarino
Imagem de capa: Tomekbudujedomek/Getty Images

Texto revisado segundo o Acordo Ortográfico da Língua Portuguesa de 1990.

Direitos exclusivos desta edição reservados pela
EDITORA RECORD LTDA.
Rua Argentina, 171 – Rio de Janeiro, RJ – 20921-380 – Tel.: (21) 2585-2000.

Impresso no Brasil

ISBN 978-85-01-92306-6

Apresentação

Por Pedro Pacífico (Bookster)

"Família é prato difícil de preparar". Francisco Azevedo me cativou logo no título que abre o primeiro capítulo de seu romance, publicado originalmente em 2008. Quando li essas palavras, há alguns anos, lembro que me veio à mente um trecho de um dos romances mais marcantes da literatura mundial: "Todas as famílias felizes são parecidas, cada família infeliz é infeliz a seu próprio modo".* Se *Anna Kariênina*, de Lev Tolstói, conseguiu sobreviver por tantas décadas no imaginário dos leitores e continua conquistando aqueles que não conhecem o drama vivido pela protagonista, é porque soube abordar, com profundidade, temas que permanecem atuais, independentemente da época ou do lugar em que os leitores se encontrem.

Não há dúvidas de que, ao retratar o que temos em comum e o que nos define como humanidade, Tolstói cumpriu uma tarefa difícil e, muitas vezes, inalcançada por outros escritores. Por isso, ao ler as primeiras palavras de *O arroz de Palma*, senti uma leve inquietação: será que o sentimento de identificação despertado pelo título daquele capítulo permaneceria ao longo da narrativa? Afinal, identificar-se com uma simples frase parece ser uma tarefa mais fácil quando comparada à experiência de se enxergar em personagens até então desconhecidos, criados pela imaginação de um autor ou uma autora, imerso em sua solitária atividade de escrita.

---

* Edição da Editora 34, com tradução de Irineu Franco Perpetuo.

A história de uma família de imigrantes portugueses que chega ao Brasil no início do século XX, e que começa em um casamento regado por grãos de arroz capazes de carregar anos de história, me conquistou e deixou marcas. *O arroz de Palma* mexeu comigo não só por trazer uma narrativa envolvente, mas também por ter embaralhado dentro de mim os limites do "eu" e do que estava nas páginas do livro.

Por retratar de maneira tão real os diferentes dilemas familiares e os conflitos das novas gerações, acredito que o impacto que a obra teve sobre mim não é inédito. Sem dúvida, ela já gerou e continuará gerando um forte sentimento de identificação em seus leitores. Ao preparar um jantar em celebração ao centenário do casamento de seus pais, Antonio, o narrador, sabe que os ingredientes que usa não são apenas seus, mas podem ser encontrados na despensa de muitos lares. Relacionamentos, separações, desafetos entre irmãos, a dificuldade na criação de um filho... Todos esses ingredientes, de alguma forma, fazem parte da receita de uma vida longa. Como diz Antonio:

> [...] por mais sem graça, por pior que seja o paladar, família é prato que você tem que experimentar e comer. Se puder saborear, saboreie. Não ligue para etiquetas. Passe o pão naquele molhinho que ficou na porcelana, na louça, no alumínio ou no barro. Aproveite ao máximo. Família é prato que, quando se acaba, nunca mais se repete.

E, adicionando uma escrita cativante e personagens bem desenvolvidos ao indissociável caráter universal dos temas tratados na obra, Francisco Azevedo criou um romance daqueles quase unânimes. Digo "quase", porque até hoje não encontrei um livro capaz de realizar a milagrosa, e talvez sequer desejada, tarefa de encantar todos os leitores (e acredito que jamais o farei). No entanto, o que tenho observado ao lidar diariamente com o público leitor é que *O arroz de Palma* dificilmente encontrará alguém que não termine a leitura com uma empolgada vontade de passar essa indicação adiante.

A forma como me deparei com o romance ilustra bem essa afirmação. Não conheci *O arroz de Palma* no momento de seu lançamento — até porque, na época, eu era um adolescente pouco entusiasta da leitura —, nem por meio de prêmios ou críticas em jornais. A recomendação de um "romance inesquecível" que eu "precisava ler" começou a surgir nas mensagens que recebia de seguidores que me acompanham nas redes sociais desde os primeiros meses do perfil @bookster, em 2018. E a frequência dessas indicações aumentava na mesma medida em que meu alcance crescia.

Depois de tantos pedidos bem-intencionados, fui pesquisar mais sobre o livro e fiquei muito surpreso ao perceber que, mesmo dez anos após a sua primeira publicação, e sem estar nas manchetes ou ter "viralizado" nas redes sociais, a obra ainda permanecia viva na memória e figurando na lista de recomendações de tantos leitores.

Não havia alternativa senão colocar à prova o entusiasmo daquelas tantas mensagens. O resultado: acabei me tornando mais um membro dessa comunidade de fãs de um romance inesquecível, escrito por um autor brasileiro — o que me deixa ainda mais contente. Durante a leitura, tive a sensação de estar ouvindo boas histórias à mesa de um almoço de domingo, saboreando uma comida deliciosa preparada com uma receita de família, seguida de um café cheiroso e quentinho. Tem como não gostar?

Sou um leitor apaixonado por romances que nos permitem acompanhar as gerações de uma mesma família ao longo dos anos. Desde Maria Romana e José Custódio até o último descendente da linhagem dessa história, que não termina na última página do livro, o autor constrói, com densidade, personagens que vão amadurecendo ao mesmo tempo que as intrigas e reviravoltas do enredo são retratadas. Os elementos de realismo mágico atrelados à figura de Tia Palma foram, para mim, um dos pontos altos.

O cenário político e social também não escapa ao olhar cuidadoso de Francisco Azevedo, pois a narrativa, centrada em uma família de imigrantes portugueses, percorre, por meio da vida dessas personagens, um século repleto de acontecimentos, desde 1908 até os anos 2000. A escrita do autor encanta pelo seu tom poético e pela fluidez do texto, que criaram em mim um dilema: a vontade de continuar lendo e, ao mesmo tempo, o desejo de que o livro nunca terminasse. Foi com sua narrativa simples, mas extremamente saborosa, que Francisco Azevedo tem conquistado tantos leitores.

Assim como o arroz recolhido por Tia Palma no casamento, que passa de geração em geração na família construída por Maria e José, *O arroz de Palma* é um livro que não sai das mãos dos brasileiros. A recomendação de um leitor para outro, que dificilmente é percebida por uma geração da internet e das redes sociais, foi o que manteve a obra viva nas estantes, mesmo dezessete anos depois de sua primeira publicação. Por isso, uma nova edição se torna motivo de celebração para os entusiastas de *O arroz de Palma* e traz um novo fôlego para que as histórias dessa família de imigrantes portugueses — que estão presentes, à sua maneira, dentro de nossas próprias casas — possam continuar sendo transmitidas por muitas novas gerações.

Prefácio

Por João Almino

Um grão de arroz é um "ponto brilhante na superfície do Sol", num sentido dicionarizado que aparece como epígrafe de *O arroz de Palma*, de Francisco Azevedo. Mas a narrativa de Antonio, um cozinheiro de 88 anos, revela que pode ser muito mais. É sobretudo um dos muitos grãos apanhados do pátio da igreja em Viana do Castelo, Portugal, por Tia Palma. Grãos jogados sobre o irmão dela, José Custódio, e a noiva, Maria Romana, votos de fertilidade para seu casamento em 1908.

Tia Palma, solteira por convicção, é mais do que mãe para o narrador, bem como, por ser irmã mais velha, para o próprio José Custódio. Com o arroz, dá sabor ao livro e muita liga a todos os pratos de que se compõe uma família. É personagem presente por trás das histórias, tendo como coadjuvante o arroz ou sua ausência.

O casamento acontece um ano antes que ela, seu irmão e sua cunhada emigrem para o Rio de Janeiro e doze antes do nascimento de Antonio. A exposição caleidoscópica de vidas caleidoscópicas revela os espelhos quebrados e colados da história de uma família de imigrantes portugueses.

Nessa história tratada sem idealizações, na sua complexidade, Portugal permanece sutilmente presente nas entrelinhas. Um primeiro aspecto do livro é, portanto, o de uma saga da imigração, que enriquece o tema na literatura brasileira, com sensibilidade e conhecimento.

Acompanhamos a família em seus receios e expectativas com a mudança, em suas dificuldades ao chegar ao Rio e na ascensão social que vai surgindo quando José Custódio consegue empregar-se numa fazenda de café, se transformando em administrador. Estão mesclados nesse percurso desespero e esperança, bem como os contrastes e as coincidências de culturas ao mesmo tempo próximas e distantes.

Quatro e pouco da manhã num dia de 2008, sua mulher dormindo, na casa que fora dos proprietários da fazenda de café Santo Antonio da União, Antonio, caído no chão da cozinha, quase sempre emprega o tempo presente para narrar seu passado. Um passado que é o da constituição de uma família. Este é o outro grande tema do livro.

Entre as metáforas que Francisco Azevedo, através de seu narrador, emprega com propriedade, muitas da culinária, o arroz se destaca e brilha. Acompanha desilusões, conflitos e saídas nas quais está frequentemente presente o engenho de Tia Palma.

No começo, é visto como ofensivo quando ela tenta servi-lo à família faminta. Doze anos depois, tem um papel no nascimento de Antonio. Mistura-se também a seu êxtase sexual, no seu amor e casamento em 1946 com Isabel, a filha adotiva dos ricos proprietários da fazenda.

Que Antonio possa descrever suas próprias emoções, de seus pais e de sua tia no seu nascimento ilustra que Francisco Azevedo vai além do realismo e da autoficção, que poderiam ter sido um caminho mais fácil para um escritor que traz na sua bagagem familiar a experiência da imigração portuguesa. Vários dos personagens estão inspirados nessa experiência. A história do livro se origina na mesma cidade dos antepassados lusitanos do autor e se enriquece com as tradições que trouxeram. Mas ele vai além do caminho mais fácil, eu dizia, para que os elementos de fabulação na construção do enredo a tornem ainda mais verdadeira.

Esse segundo grande tema atualiza a reflexão sobre o que é e o que pode ser uma família. Não por acaso o centro das cenas é a fazenda que leva no seu nome as palavras "Antonio" e "união", pois é em torno do narrador que a saga se desenvolve e em sua casa vai encontrando suas soluções. Os rompimentos devidos a contrastes de opinião e de personalidade se remendam, como numa das emblemáticas metáforas do livro. Num momento de ódio, José Custódio joga pela janela a cadeira de Tia Palma por não aceitar suas artimanhas que têm a ver com o arroz. Quando elas dão certo, ele se vê obrigado a restaurar a cadeira estilhaçada, que se torna ainda mais confortável.

Somos lembrados de datas que, no fundo do palco dos acontecimentos, servem de marcos históricos para o leitor atento: 1908 é ano significativo na imigração brasileira; 1920, quando Antonio nasce, o Brasil vive a efervescência pré-modernista; 1946, quando o narrador se casa, transita da ditadura para um regime liberal-democrático; em maio de 1968, ano que será o do AI-5, o filho gay de Antonio está em Paris; a separação litigiosa entre sua irmã gêmea e o marido agente do Dops, após agressão física, ocorre em 1979, auge da discussão sobre o divórcio no Brasil e ano da anistia política. É também em 1979 que o filho começa um outro relacionamento, quando se muda para Nova York.

Num e noutro caso, em vez de desenlaces dramáticos, já que as relações não tinham recebido as bênçãos dos pais, existe reconciliação com o tronco familiar e renovação dos relacionamentos.

O ciclo das histórias narradas é de cem anos. Em 2008, o resto do arroz de Palma é consumido pela família completa, incluindo os sobrinhos. Fora fonte de repulsa e sedução, ódio e amor, sempre como ingrediente de uma família, em distintos momentos, "destrambelhada", diversa ou unida.

Aos fatos verossímeis não falta a magia. Antonio agradece ao Deus do azul, guia do destino, os momentos de beleza e alegria em sua vida.

O romance, sem ser didático e através de personagens múltiplos e bem construídos, tem o mérito de evidenciar que o conceito de família, em vez de ser preciso e imutável, se renova. Que a família não é prato feito, é construção delicada, pois exige invenção no seu preparo difícil. O arroz lançado sobre os noivos no casamento de 1908 traz fertilidade, só que o conceito de fertilidade igualmente se renova diante das mudanças da própria ideia de família. São lições importantes para o mundo contemporâneo.

Francisco Azevedo, através de seu personagem Antonio, é atento ao detalhe, tece comparações com humor, demonstra empatia e compaixão. A linguagem coloquial e interrogativa, lírica, afetuosa, sem preciosismos nem amargura, não cria distância com o leitor e o convida a ser participante dos voos de pensamento do narrador, lúcido, hesitante ou esquecido. "E você que ainda me lê os pensamentos..." "Concorda comigo?"

O
ARROZ
de PALMA

Família é prato difícil de preparar

Eu aqui na fazenda. Eu aqui na cozinha, quatro e pouco da manhã. Isabel ainda dorme, o sol ainda demora. Eu aqui, um velho de 88 anos. Para os mais novos, o Avô Eterno, o que não teve começo nem terá fim, o que já veio ao mundo com esta cara enrugada. Eu aqui, de avental branco, picando o tempero verde. Preparo o almoço de família. Terei forças? 88: dois infinitos verticais. É boa idade, será uma bela festa. Tenho prática. Tia Palma me ensinou a cozinhar, eu era jovem. Por onde andará Tia Palma? Às vezes, fica tempo sem aparecer. Às vezes, vejo-a perambulando pela casa com mamãe e papai e nem preciso dos óculos. Chegam com diferentes idades, alegres ou preocupados, falantes ou silenciosos. Depende do dia, da hora em que os vejo. Imaginação? Senilidade? Perco noção. Perco? Me pego conversando com esse menino que era eu. Ou escrevendo alto comigo mesmo. Falo com meus queridos já distantes no tempo e no espaço. Às vezes, sinto medo, assobio no escuro. De repente, luz. Cinema! Me projeto histórias. Revejo meus irmãos na infância, nítidos, pulando uns nos outros, correndo e voltando para embolar feito cachorro novo. Revejo aquela minha Isabel apaixonada. Revejo meus filhos quando ainda estavam perto e eram meus. Lembranças vivas em todos os sentidos: paladar, olfato, audição, visão e tato. Sigo em frente. Para o hoje — que eu amo! — e depois para onde o nariz aponta e a vista alcança e para mais além, aonde só a esperança vai. Sou passado, presente, futuro — três pessoas distintas reunidas numa só, mistério da terreníssima trindade. Confio em você, que agora me faz companhia e me lê os pensamentos.

Velho sente saudade de mãe e de pai. Tudo faz tanto tempo! Velho quer colo, quer colher na boca vindo de longe com motor de aviãozinho, quer — banho tomado — que o ponham na cama, o aconcheguem com lençol limpo e travesseiro macio. Uma história conhecida, uma cantiga de ninar, um beijo de boa-noite. A porta do quarto um pouquinho aberta, com a luz do corredor acesa — o ponto de referência é sempre bom. Velho sente falta de instância superior. Quem o julgará com isenção e sabedoria? Quem, melhor que ele, saberá, imparcial, examinar o mérito da questão? Velho é criança de fôlego diferente. Já não lhe interessam as correrias nos jardins, o sobe e desce das gangorras, o vaivém dos balanços. É tudo muito pouco. O que ele quer agora é desembestar no céu, soltar os bichos que colecionou a vida inteira. Os bichos todos — domésticos, selvagens, úteis e nocivos. Os pesados répteis que ainda guarda no coração e as borboletas, peixes e passarinhos, tudo solto lá em cima! Tia Palma dizia que velho na horinha da morte conhece o máximo e o mínimo de si mesmo. É ao mesmo tempo elefante e louva-deus. É sequoia e flor-do-campo, oceano e poça de chuva, cordilheira e grão de sal. Ela garantia que a gente sabe direitinho quando acontece a transformação. A alma começa a emitir todos os sons da natureza: ventos, águas, passos de gente no cascalho, fogo que arde, madeira que estala, respirações variadas e, de repente, um bater rápido de asas. Aí entra o coral — as vozes dos animais. A alma do velho rosna, ameaçadora — segundo movimento do concerto. A alma urra, uiva, grita, relincha e muge. Depois zumbe, trina e gorjeia. A alma se liberta rumo ao infinito e, aí sim — soprano, tenor, contralto e baixo —, canta a mais bela ária da mais bela ópera! Eu, criança, piamente acreditava. Depois, homem feito, achava graça. Faz algum tempo voltei a acreditar.

É na cozinha que eu desembesto e solto os bichos. É na cozinha que eu viajo sem passaporte, sem bilhete, sem revista em aeroportos. As autoridades querem minhas digitais? Elas estão na massa do pão. Querem minha foto? Tenho várias, de frente e de lado com meus pais e irmãos e com os que vieram depois. Retratos falados — em voz alta, a família toda ao mesmo tempo. Destrambelhada família. Sagrada família...

Preciso me concentrar. É essencial. Por quê? Ora, que pergunta! Família é prato difícil de preparar. São muitos ingredientes. Reunir todos é um problema — principalmente no Natal e no Ano-Novo. Pouco importa a qualidade da panela, fazer uma família exige coragem, devoção e paciência. Não é para qualquer um. Os truques, os segredos, o imprevisível. Às vezes, dá até vontade de desistir. Preferimos o desconforto do estômago vazio. Vêm a preguiça, a conhecida falta de imaginação sobre o que se vai comer e aquele fastio. Mas a vida — azeitona verde no palito — sempre arruma um jeito de nos entusiasmar e abrir o apetite. O tempo põe a mesa, determina o número de cadeiras e os lugares. Súbito, feito milagre, a família está servida. Fulana sai a mais inteligente de todas. Beltrano veio no ponto, é o mais brincalhão e comunicativo, unanimidade. Sicrano — quem diria? — solou, endureceu, murchou antes do tempo. Este, o mais gordo e generoso, farto, abundante. Aquele, o que surpreendeu e foi morar longe. Ela, a mais apaixonada. A outra, a mais consistente.

E você? É, você mesmo, que me lê os pensamentos e veio aqui me fazer companhia. Como saiu no álbum de retratos? O mais prático e objetivo? A mais sentimental? A mais prestativa? O que nunca quis nada com o trabalho? Seja quem for, não fique aí reclamando do gênero ou do grau comparativo. Reúna essas tantas afinidades e antipatias que fazem parte da sua vida. Não há pressa. Eu espero. Já estão aí? Todas? Ótimo.

Agora, ponha o avental, pegue a tábua, a faca mais afiada e tome alguns cuidados. Logo, logo, você também estará cheirando a alho e a cebola. Não se envergonhe se chorar. Família é prato que emociona. E a gente chora mesmo. De alegria, de raiva ou de tristeza.

Primeiro cuidado: temperos exóticos alteram o sabor do parentesco. Mas, se misturadas com delicadeza, essas especiarias — que quase sempre vêm da África e do Oriente e nos parecem estranhas ao paladar — tornam a família muito mais colorida, interessante e saborosa.

Atenção também com os pesos e as medidas. Uma pitada a mais disso ou daquilo e, pronto, é um verdadeiro desastre. Família é prato extremamente sensível. Tudo tem de ser muito bem pesado, muito bem medido. Outra coisa: é preciso ter boa mão, ser profissional. Principalmente na hora que se decide meter a colher. Saber meter a colher é verdadeira arte. Uma grande amiga minha desandou a receita de toda a família, só porque meteu a colher na hora errada.

O pior é que ainda tem gente que acredita na receita da família perfeita. Bobagem. Tudo ilusão. Não existe "Família à Oswaldo Aranha", "Família à Rossini", "Família à Belle Meunière" ou "Família ao Molho Pardo" — em que o sangue é fundamental para o preparo da iguaria. Família é afinidade, é "à Moda da Casa". E cada casa gosta de preparar a família a seu jeito.

Há famílias doces. Outras, meio amargas. Outras, apimentadíssimas. Há também as que não têm gosto de nada — seriam assim um tipo de "Família Diet", que você suporta só para manter a linha. Seja como for, família é prato que deve ser servido sempre quente, quentíssimo. Uma família fria é insuportável, impossível de se engolir.

Há famílias, por exemplo, que levam muito tempo para serem preparadas. Fica aquela receita cheia de recomendações de se fazer assim ou assado — uma chatice! Outras, ao contrário, se fazem de repente, de uma hora para outra, por atração física incontrolável — quase sempre de noite. Você acorda de manhã, feliz da vida, e quando vai ver já está com a família feita. Por isso é bom saber a hora certa de abaixar o fogo. Já vi famílias inteiras abortadas por causa de fogo alto.

Enfim, receita de família não se copia, se inventa. A gente vai aprendendo aos poucos, improvisando e transmitindo o que sabe no dia a dia. A gente cata um registro ali, de alguém que sabe e conta, e outro aqui, que ficou no pedaço de papel. Muita coisa se perde na lembrança. Principalmente, na cabeça de um velho já meio caduco como eu. O que este veterano cozinheiro pode dizer é que, por mais sem graça, por pior que seja o paladar, família é prato que você tem que experimentar e comer. Se puder saborear, saboreie. Não ligue para etiquetas. Passe o pão naquele molhinho que ficou na porcelana, na louça, no alumínio ou no barro. Aproveite ao máximo. Família é prato que, quando se acaba, nunca mais se repete.

O presente de casamento

Sim, ainda tenho momentos de lucidez. Meu nome é Antonio. Antonio de quê? Antonio de tudo o que vivi e passei, vivo e passo. Depois, é fácil. Passarei, como tantos já passaram, para dar espaço às vidas incontáveis que virão — certo dia, por boas maneiras, o velho vivido agradece a atenção dispensada, fecha os olhos educadamente, levanta-se e cede o lugar para o bebê que chega, qualquer um que chega. Família somos todos.

Sim, sou eu mesmo, Antonio. O filho mais velho de José Custódio e Maria Romana. Meus pais nasceram em Viana do Castelo, norte de Portugal. E lá se casaram, em 11 de julho de 1908, debaixo de abençoada chuva de arroz. Tia Palma era enfática ao descrever a cena: o arroz que desabou sobre os noivos à saída da igreja foi torrencial. Eram punhados e mais punhados. Chuva branca que não parava. Nunca se viu tanta fartura em votos de felicidade.

— Este é o dia mais feliz da minha vida! — Tia Palma imitava a voz de mamãe. E depois, fazia papai, completamente apaixonado: — Hoje, levo comigo o meu amor! — E depois, ainda, os tantos convidados: — Viva Maria Romana! Viva! Viva José Custódio! Viva!

Assobios, choros de alegria. Tia Palma sabia todas as falas de cor, reproduzia as caras, os cacoetes, o tom das vozes de cada parente, de cada amigo. Eu, sem piscar, completamente envolvido pela narração, pelas personagens, pelos cenários e os figurinos de época. Não estava lá, nem sonhava em nascer, mas participei de tudo. Vi detalhes. Uma das cenas prediletas: o voo de costas do buquê de laranjeiras, a subida espetacular ao azul, o alvoroço das virgens e a queda vertiginosa das flores até as mãos daquela que era a cega de nascença, a única ali que não se acotovelou — nenhum mínimo gesto para alcançar a garantia de ser o próximo matrimônio. A sorte lhe chegou sem esforço, questão de segundos. Atônitos, todos silenciaram. Silêncio constrangedor. Quem podia esperar? Alguma revolta até. Logo ela. A que nem poderia apreciar a beleza que recebia. Para que então o branco das pétalas, o verde das folhas, o laço de fita feito com tanto esmero e arte? Tudo inútil, perdido no breu. Nozes a quem não tem dentes. Então a moça cega sorriu cheia de luz porque o perfume e o tato foram mais fortes que a cor. Um aplauso solitário quebrou o espanto. Outros dois entraram em duo. E aí todos aplaudiram, até mesmo as decepcionadas pretendentes. Quem julgará o mérito? Quem ousará explicar o inexplicável? Alguma lógica há. Afinal, voo de costas não é voo cego? O Deus do azul opera por estranhos caminhos, e o buquê de minha mãe Maria Romana foi pousar nas trevas onde o amor se escondia. Sim, sem dúvida, esta uma das cenas que me ficaram.

Tia Palma era o meu teatro — que repertório, que desempenho! Mas o espetáculo era interrompido no melhor de cada história. Eu cruzava os braços, emburrava. Era hora de ir para cama. Justo agora!

— Antonio, não faz gênio! Olha que amanhã não te conto histórias! Vamos dormir, que já é tarde. Eu te dou colo, anda, vem.

A proposta me comprava. Eu, franzino, nos meus 6 anos, riso maroto, me alçava para o conforto daquele abraço enganchado, de braços e pernas — abraço sem chão. O colo de Tia Palma era uma espécie de útero sem capota, que me levava assim, conversível, por um mundo fantástico, mundo que me fascinava ainda mais porque eu conhecia os protagonistas. Morava com eles.

Na noite seguinte, logo depois do jantar, eu já impaciente, diante da cadeira de braços. Apenas a cadeira. Apenas? Claro que não. Para mim, cadeira-palco, cadeira-cortina, cadeira-cenário, cadeira-tudo. Nela, agora com luz própria, Palma — não a tia, mas a atriz. Sempre de preto, mas imprevisível. Algumas noites, solene. Outras, informal. Algumas, com o riso solto. Outras, cheia de suspense. De repente, passe de mágica, o verbo! O passado vem à tona. E eu, menino enrugado aqui nesta cozinha, ainda viajo, presente colorido do indicativo.

— Viva Maria Romana! Viva! Viva José Custódio! Viva!

Todos seguem o cortejo atrás dos noivos. Mas Tia Palma permanece ali, os olhos fixos no arroz espalhado pelo adro da igreja. Para ela, aquele extenso crochê branco e granulado não é exemplo de desperdício, mas de generosidade. Trabalho coletivo feito à mão. Prova concreta de que o bruto e insensível ser humano, mesmo que por alguns instantes, também conhece a delicadeza e a poesia. Entusiasmada, se põe a juntar todo o arroz. Não deixa sobre as pedras um só grão. Em casa, ao pesar sua colheita, se alegra com os 12 quilos reunidos na balança. Doze quilos de arroz! Está ali o presente de casamento que dará a seu irmão José Custódio e à sua querida cunhada Maria Romana. No cartão, com inteligência e má caligrafia, escreve:

"Este arroz — plantado na terra, caído do céu como o maná do deserto e colhido da pedra — é símbolo de fertilidade e eterno amor. Esta é a minha bênção.
Palma.
Viana do Castelo, em 11 de julho de 1908."

Mamãe ama o presente, chora comovida. Papai, ao contrário, acha absurdo, ofensa até. Assim, ironias do destino, o arroz de Tia Palma, dado com tanto amor, resulta na primeira briga do casal.

— Onze horas, José! Acabamos de completar nosso primeiro dia de casados!

— Mais parece sonho.

— Palma estava engraçadíssima.

— É uma louca. É minha irmã, mas é louca.

— Ela é maravilhosa. Uma mulher que perdeu a mãe aos 16 anos e conseguiu sozinha criar cinco irmãos merece o meu respeito e a minha admiração.

— Os discursos de Palma me irritam. Está sempre a dizer coisas inconvenientes. Ela se autoproclama romântica, mas o que ela é mesmo é mal-educada.

— Palma é uma romântica. Uma incompreendida romântica.

Batem à porta. Papai e mamãe se surpreendem.

— Esperas alguém?

— Que ideia, José!

Os dois se arrumam como podem. Papai vai abrir a porta.

— Palma?!

Tia Palma entra com o pesado saco de estopa. Pousa-o, aliviada, sobre a mesa.

— Mas o que é isto?!

Tia Palma não lhe dá resposta, vai direto até mamãe. As duas se abraçam e se beijam com afeto.

— Maria Romana, estavas lindíssima! Ajudou-me a suportar a falação agoureira daquele corvo de batina!

Papai se irrita com o comentário irreverente.

— Dom Plácido é nosso tio, merece mais respeito!

— Na tristeza e na doença, na pobreza e na velhice, até que a morte os separe! Santo Deus, isto não é uma bênção, é uma praga!

Mamãe disfarça o riso. Papai, contrariado, tenta descobrir o que tem no saco.

— O que tens cá dentro? Pólvora?

Tia Palma lhe dá um vigoroso tapa nas mãos, tira o cartão de dentro do vestido, entrega-o a mamãe. A leitura silenciosa causa diferentes expectativas nos irmãos.

— José, não vais acreditar!

— Eu já não estou a acreditar.

— O arroz do nosso casamento!

Papai, perplexo. Tia Palma, ansiosa, enxuga o suor das mãos no vestido. Mamãe toma a iniciativa de ler o cartão em voz alta. Olha para o marido, espera uma simples palavra ou gesto de agradecimento, uma manifestação qualquer. Nada. Momento de grande suspense. Tia Palma se apoia na mesa, ergue a cabeça, não se deixa intimidar pelo português imenso que caminha devagar em sua direção. Passos pesados de fúria contida. Irmão e irmã ficam frente a frente. Um sente o cheiro do outro, o calor, a respiração.

— Olha, Palma, posso ser pobre. Paupérrimo. Mas ninguém jamais há de me ver comer um arroz sujo, catado do chão, resto do que os outros não quiseram.

— Não me surpreendes. Sempre foste esse poço de orgulho.

— José, há tanto amor neste presente. Será que não vês?

— É um absurdo! Uma ofensa! Sinto-me humilhado como homem e chefe de família!

Tia Palma vai pegando o saco de volta. Mamãe a impede.

— O presente fica.

— Eu não quero este lixo dentro da minha casa!

Tia Palma começa a chorar.

— Lixo?! O arroz de parentes e amigos que abençoou a vossa união!

— Lixo, sim! Uma montanha de lixo imprestável, se queres saber.

Tia Palma voa para cima de papai. Os dois se engalfinham. Mamãe tenta apartar os contendores, leva as sobras de tapas e safanões.

— Pelo amor de Deus, parem com isto!

— Avarenta! Mão de vaca!

— Maldita hora em que o destino nos fez irmãos! Os céus hão de te cobrar tamanha maldade!

— Ora, vai gastar umas moedas e me comprar um presente que preste!

Tia Palma sai aos prantos. O clima pesa. Silêncio sepulcral. Mamãe tem ímpetos de esganar papai, ferve por dentro, mas sabe se controlar.

— E tu dizes que Palma é que é a mal-educada.

— Basta, assunto encerrado. Dá-se o arroz para alguém. Palma não precisa saber.

— O arroz é presente. O arroz fica.

— Pois está bem. Guarda esse maldito presente. Com o tempo ele há de mofar, se encher de bichos, e terás que jogá-lo fora.

— Ouve bem, meu querido José Custódio: este arroz é amor e puro amor. Não há de se estragar.

Papai possuía inúmeras qualidades, mas era homem orgulhoso e enfezado. Tia Palma tinha uma teoria que explicava perfeitamente o mau humor de meu pai: a prisão de ventre. É verdade. Papai sofria horrores com prisão de ventre. Tia Palma me ensinou que "enfezado" vem de "fezes". Uma pessoa com o intestino preso se enfeza com facilidade. E não é que, na prática, a teoria dava certo? Sempre que papai era feliz no banheiro, a família inteira notava. Ele ficava, literalmente, mais leve. Se alguém tivesse que pedir algo a ele, ficava atento à sua ida à privada: este poderia ser o momento ideal. Quando bem-sucedido, papai saía do banheiro em verdadeiro estado de graça. Um homem purificado.

Cedo também aprendi que o corpo conhece outras maneiras de se purificar. A urina, a menstruação, o vômito, as espinhas, o esperma, a coriza e o suor, tudo nos purifica. O que o corpo põe para fora é sinal de purificação. Assim, as lágrimas seriam a forma mais elevada de nos purificarmos. E o nascimento de uma criança, a mais completa.

Bernardo e um pouco de Rosário

Eu aqui na fazenda. Eu aqui na cozinha, quatro e pouco da manhã. Eu aqui, de avental branco, cercado de fantasmas e recordações. Não quero dizer com isto que eu esteja morto, pelo contrário. Gozo de perfeita saúde. Já me olhei no espelho hoje e não vi nada parecido com elefante ou louva-deus, cordilheira ou grão de sal. Uma prova: estamos no ano de 2008. Tenho televisão a cabo que transmite de todas as partes do mundo. Misturo as estações, é bem verdade, mas é para isto que serve o controle remoto. Assisto filmes, entrevistas e telejornais. Posso praticar o meu francês, o meu inglês. Me divirto com os programas de auditório no Japão, mesmo sem entender uma só palavra. Já tive videocassete. Hoje, tenho dvd. A imagem e o áudio são incomparavelmente melhores. Minha aparelhagem de som é poderosa, minha coleção de cds vai de Mozart às trilhas sonoras das novelas. Tenho telefone fixo sem fio, com secretária eletrônica e fax. E também posso ser encontrado em meu celular. Estou conectado à internet e adoro entrar nas salas de bate-papo.

Meu neto Bernardo é quem sempre me apresenta às tecnologias de última geração. Volta e meia chega do Rio de Janeiro com alguma novidade. Está parecidíssimo com meu pai José Custódio quando era mais moço. Neto faz bem à saúde. Se avô é pai com açúcar, neto é filho com proteínas, vitaminas e sais minerais. Um abraço de neto a cada 24 horas substitui perfeitamente qualquer tipo de medicamento. Só em saber que o Bernardo está perto, meu corpo agradece. E tem vontade de lhe fazer todo tipo de festa — festa de carícia, festa de celebração.

Bernardo me traz vida, juventude. E problemas de família. Nada trágico, nada dramático. Discussões com o pai, com a mãe, vontade de sair de casa e ir morar sozinho, pequenas chateações cotidianas, enfim, comédias leves de situação. Vou logo dizendo que tudo isso é bobagem, que pai e mãe são assim mesmo, que é preciso paciência. E outros tantos lugares-comuns para problemas comuns de uma família comum. Outro dia, finalzinho da tarde, ficamos um tempo na varanda. Bernardo me falou da namorada. E de uma outra, pela qual está apaixonado. Não sabe o que faz. Não pode ficar com as duas. Ou pode? Achei graça. Descobri que, mesmo protegidos pelas mais avançadas precauções tecnológicas, os jovens de hoje continuam com a ancestral dificuldade: saber a hora exata de abaixar o fogo. Fiz ver a ele que não adiantam micro-ondas com programação computadorizada, congelados, sopas instantâneas e tantas outras modernidades: sempre haverá sustos numa cozinha, sempre haverá aprendizado. Máquinas se reproduzem e evoluem com tamanha rapidez que nem há tempo para conflitos entre uma geração e outra. Mas nós, humanos — mesmo os de última geração —, somos lentos demais. Nossos progressos são imperceptíveis. Demoramos décadas para perceber êxitos e fracassos. Quando, depois de muito esforço, nos tornamos mestres na arte culinária, quando, de olhos fechados, acertamos o ponto do doce, muitos já se foram. A família que se senta à mesa é outra. Já não somos netos, mas avós.

Bernardo não conheceu meu pai José Custódio nem minha mãe Maria Romana, também nunca ouviu as histórias de Tia Palma. A velha cadeira de braços ainda existe, está lá, no mesmo lugar. Nunca me atrevi a "reinaugurá-la". Para mim, é o teatro fechado, a cortina cerrada, o palco vazio. Para minha filha Rosário, que é designer, a cadeira é um trambolho medonho. Tudo nela é pavoroso, garante. Nada combina com nada. Os braços, então, nem é bom falar. Completamente desproporcionais. Enfim, um desastre completo. Não entende como até hoje insisto em guardá-la. Pouco importa se é a cadeira onde sua tia-avó Palma costumava se sentar para me contar histórias. Rosário fala como artista plástica renomada e assina embaixo. Rosário, uma artista. Falar assim de uma cadeira com aquela biografia?! Procuro entender. As sensibilidades mudam de geração para geração. Gosto não se discute, recorro ao clichê. Quem ama o feio, bonito lhe parece, Rosário recorre ao clichê. Quando envolve sentimento, a questão estética se torna bem mais complexa, concordamos. Bernardo não se mete na discussão. Até acha graça. Para ele, a cadeira é apenas desconfortável. Nem tão feia assim.

As medidas do amor

A expressão do rosto não dá a menor pista. A história de hoje será triste? Que vozes fará? Que cenário me apresentará ao levantar as cortinas? A sala de jantar? Uma ruela de Viana do Castelo? Será dia? Será... Tia Palma pigarreia, faz pequena pausa, começa com gravidade.

Primeiro ato. Tarde da noite, ela garante. O coto de vela colado no tampo da mesa mal ilumina os rostos. Mamãe e papai, apenas alguns meses de casados, não têm o que comer. Nada. Nem vegetal, nem fruta, nem grão, nada. Em voz baixa, respeitosa, mamãe sugere o arroz. A resposta que recebe é a fúria, o murro na mesa e a gargalhada que parece pranto.

— O arroz de Palma?!

Outra sonora gargalhada e lágrimas. Papai parece fora de si.

— O arroz de Palma, nunca! Castigo, maldição, que seja! Morro de fome, mas aquele arroz varrido do chão, nunca!

— O arroz de Palma é abençoado. Arroz plantado na terra, caído do céu, colhido da pedra.

Mamãe se levanta serenamente, vai para o quarto em silêncio, desaparece no escuro. Papai fica. Bruxuleante. Coto de homem se consumindo por tão pouco. De que adiantam a raiva, a amargura?

— De que serve...?

O silêncio prolongado de Tia Palma me surpreende. Pausa dramática? Não, claro que não. Conheço bem as pausas que causam o suspense. Sinto que faltou voz e que a atriz não quer que eu, sua plateia, perceba. Ela conhece todos os truques, tenta retomar a fala.

— De que serve...?

Novo silêncio. Tia Palma se emociona. Esse choro não faz parte da história. Ela disfarça, funga, enxuga as lágrimas. Dá um riso bobo. Inútil — esse riso bobo também não está na trama. Não está, eu sei que não está. Essa aí diante de mim não é mais a atriz, é a tia. O palco volta a ser cadeira, eu vejo com estes meus olhos. E assim, interrompida a cena, posso, sem medo de ser irreverente, ir até ela. Nos abraçamos. Ela me dá muitos beijos e me protege com suas asas imensas.

— Antonio, não me perguntes o porquê, que nem eu mesma sei. És ainda menino, não te quero fazer mal nem te confundir a cabecinha. Gosto muito do teu pai. Tu sabes que ele e eu somos muito amigos, mas precisas conhecer toda esta história do arroz. Tua mãe me autorizou a contar-te tudo. Não me perguntes o porquê.

Um arrepio em todo o meu corpo, igual ao que às vezes sinto quando acabo de fazer xixi. Mas é diferente, eu sei. E aí me dou conta de que o arrepio vem porque não sou mais o sobrinho, sou o ator, e ela é de novo a atriz — por isso as asas em vez de braços! — e a cadeira já é palco, e se estamos assim abraçados é porque eu também estou em cena e agora a fala é minha. É a minha estreia. Inesperada e tão esperada estreia.

— Não fica preocupada. Eu gosto de arroz. De qualquer jeito, grudado ou solto, eu gosto.

Com toda a verdade possível, encerro a minha parte.

— Até puro, sem feijão sem nada, eu gosto. Juro.

A atriz ri e me beija e me morde as mãos e os braços e diz que tem ímpetos de me comer vivo e me aperta as bochechas. Dói, mas não reclamo, faz parte da cena. E ela então se levanta e me pega pelos braços e roda comigo no ar e eu me entrego como sempre e vamos os dois, feito fôssemos um, em rodopio alucinado. Mamãe passa e avisa que com todo esse excitamento depois não durmo. E eu lá me importo? Lógico que não! Nem eu nem a atriz damos a mínima! Continuamos o número que sai porta afora, passa pelo avarandado e acaba a céu aberto. Nós, corações acelerados, tomando fôlego, estirados na relva macia, olhando as estrelas — lamparinas miudinhas do nosso teatro! Estamos os dois felizes e realizados. Claro! Minha estreia foi um sucesso. O latido do Poeta, meu vira-lata, é o aplauso que consagra. Seu alvoroço e as lambidas no rosto são a prova inequívoca de que o público gostou.

— Antonio, te amo muito, sabes?

— Eu também te amo, Tia.

— Amas nada! Quanto? Diz.

Abro os meus braços o mais que posso. Tia Palma provoca.

— Só isso?!

Continuo com os braços estendidos ao máximo. Olho uma e outra extremidade. Movo a ponta dos dedos tentando alcançar uma medida de amor ainda maior. Esforço inútil. Mas mostro a ela que não vou desistir assim tão fácil. Mesmo que leve tempo.

— Quando eu crescer, meus braços vão crescer também, não vão?

— Claro que vão, meu querido.

Encolho os ombros e faço minha melhor oferta.

— Então você vai ter que esperar eu crescer.

O sorriso de Tia Palma me mostra que entre um cantinho e outro da boca, sem muito esforço, cabe todo o amor do mundo. Amor desmedido que dispensa palavras e gestos largos. Nos aconchegamos um no outro, bichos, ali na relva fresca. Poeta se mete com jeitinho onde não é chamado. É bicho também, sabe como se acomodar e é bem-vindo.

Súbito, acaba o conforto que não tem fim.

— Melhor entrarmos. Teus irmãos já estão na cama faz tempo.

O mar tem iodo, cura

Noite seguinte. Segundo ato. Estamos agora no cais do porto. Camponeses, pescadores, suas mulheres e filhos. Drama, saudade antecipada. Muitos deixam a província, o país. Todos à procura de vida mais digna com um mínimo de segurança para suas famílias. É só o que querem: trabalho e a esperança de dias melhores. Os amigos tentam convencer papai a ir com eles. Mamãe encanta-se com a ideia de tentar a sorte e partir para a América, conhecer o Novo Mundo. Papai desconfia de tanta propaganda, reluta.

— Novo Mundo, qual?! O mundo lá deve ser tão velho, injusto e miserável quanto este.

As notícias não param de chegar. Falam do Brasil, das terras férteis à espera de quem arregace as mangas. Falam do novo século XX. O século do progresso e das oportunidades! Mas Tia Palma compreende papai perfeitamente.

— Teu pai sempre foi português orgulhoso, seu corpo já lá se entranhava com raízes profundas. Tua mãe, Maria Romana, e eu não sabíamos se, arrancado assim de nosso Portugal, ele sobreviveria ao transplante.

Terceiro ato. Papai decide emigrar para o Brasil. O rosto de Tia Palma se ilumina, a expressão e o ritmo da narrativa mudam completamente. Mudar, mesmo para pior, faz bem à saúde do corpo e da alma. Solteira por convicção, convence o irmão de que, em terra estranha, será boa companhia para Maria Romana, além de, é claro, ajudá-la nos afazeres domésticos. Papai, que nunca dá ponto sem nó, pesa prós e contras, sabe ser bem vantajosa a vinda da irmã que o criou. Em 12 de julho de 1909 os três embarcam para o Rio de Janeiro — a briga do arroz faz um ano.

Apito forte de navio, seguido de outro. Haverá volta? Risos na ribeira? Passeios e beijos pelas margens do Lima? Quando, novamente, os sinos da Sé, a praça da Rainha, a vista lá do alto de Santa Luzia? Tia Palma e mamãe estão em pé, de mãos dadas no convés. Acenam com lenços brancos para os que ficam. No cais, centenas de outros lenços respondem em risonho e emocionado silêncio. Alguns poucos ainda recorrem à garganta para enviar o último recado que não é ouvido. O que terão dito? Um te amo? Um cuide-se? Um até breve ou um adeus? Assim, de longe, lá e cá, ninguém é de carne e osso. Tudo é pano em movimento. Então por que o nó na garganta, a dor no peito? Precisava esse dia tão esplendoroso? Precisava essa brisa fresca que acaricia o rosto? Não é verão? Por que ninguém transpira? Pequenas maldades de Deus. Blasfêmia, em horas de dor, pode. Blasfêmia, em horas estas, faz bem à saúde do corpo e da alma. Precisava Viana hoje, e mais precisamente agora, estar tão linda? Mar, montanha e rio, todos cúmplices com o perverso Criador. Precisava? O verde maltrata, o azul maltrata, o brilho na água maltrata. Meu Deus! Precisava essa maldade tão clara com os meus amados que, afinal, são teus também? Precisava essa nitidez toda?

— Tenho medo, Palma.

— Brasil. Gosto do nome. Parece simples como nós. Dará certo.

— Será que não esquecemos nada?

— As panelas vieram. Nossos poucos livros, também. O resto é supérfluo.

— Pelo amor de Deus, o arroz do meu casamento veio! Os 12 quilos! Estão acomodados dentro do oratório!

Tia Palma responde com certeza.

— José Custódio ainda nos mata.

— Coitado. Está lá na cabine. Se recusa a sair. Diz que é tortura ver a terra onde nasceu sumir assim, aos poucos, engolida pelo mar.

— Pois eu olho de frente mais este ato de entrega. Faz parte da história. Não viro o rosto pra nada que é vida.

Mamãe aconchega-se em Tia Palma. Portugal é agora uma linha quase imperceptível. Algumas gaivotas ainda gritam, voam em círculos e voltam para o continente. Nada de choros. Nós na garganta são inevitáveis? Levanta-se o queixo, respira-se fundo. Ainda machuca? O mar tem iodo, cura. No meio da viagem, os nós já se desfazem, formam laços de amizade. Novos conhecimentos, novos apertos de mão. O prazer é todo meu. É todo nosso.

Cartilha ou tabuada?

Quer saber? Não foi nada fácil a vinda de meus pais para o Brasil. Eram jovens, inexperientes. Sonhos, força no corpo, alguma instrução e nenhum dinheiro. Apesar da pouca diferença de idade, Tia Palma cuidava deles como mãe extremosa. Os três trabalhavam duro e economizavam em tudo o que podiam. Fiquei sabendo, por exemplo, que uma vez, ainda no Rio de Janeiro, mamãe viu passar por ela um rapazote vendendo maçãs — sorridente, orgulhoso do produto que exibia. O cesto carregado e o perfume de fruta fresca lhe lembraram Portugal. Mamãe, água na boca, perguntou o preço. Eram dois tostões, cada. Chegou a escolher uma. Mas ponderou que com aquela quantia poderia comprar mais mantimentos para a dispensa. Maçã era um luxo a que não podia se dar. Encabulada, devolveu a fruta, elogiou a beleza da mercadoria e foi para casa.

Assim, meus pais e Tia Palma sobreviveram na capital. Logo depois, por recomendação de um amigo, arriscaram vir para o interior, onde estavam as prósperas fazendas de café. O risco deu certo. Meu pai conseguiu trabalho aqui na Fazenda Santo Antonio da União, propriedade do senhor Avelino de Alves Machado e de sua mulher, Maria Celeste — ele brasileiro, filho de portugueses. Ela, portuguesa de Guimarães, orgulhosíssima por ter nascido onde Portugal também nasceu.

Não levou muito tempo para papai perceber que o Novo Mundo era mais velho que a Sé de Braga. Os valores eram os mesmos. Os vícios, também. O "transplante" foi bem-sucedido. O território brasileiro, imenso e desconhecido, era o que o assustava. Ele se perguntava se para conquistar aquelas terras seria preciso boa Matemática ou bom Português, boa régua ou bom discurso. Milímetros bem marcados ou sílabas bem articuladas? Muitas pessoas ainda hoje usam a régua — um desastre. Papai nunca foi bobo. Embora orgulhoso e temperamental, investiu na conversa, no diálogo. Foi, portanto, mais pela cartilha que pela tabuada que o enfezado José Custódio se governou. Deu certo. Tornou-se o homem de confiança do senhor Avelino. Pela firmeza de caráter, pelo trabalho sério e competente, pelo respeito que impunha aos subordinados ganhou o cargo de administrador-geral da Fazenda Santo Antonio da União.

Aqui, nesta cozinha, mão cheirando à cebola, vejo que puxei a meu pai. Sempre preferi palavras a números, não por virtude. No colégio, minha Matemática era péssima. Números primos — jamais me conformei com este grau de parentesco. Já homem feito, por incurável curiosidade, tentei me interessar por Aritmética, Álgebra e Geometria. Desisti no básico. Nunca entendi "a + b = c". Admito que por pura ignorância. Sei perfeitamente que o computador só abre a tela porque "a + b = c". Mas, para mim, o que faz sentido é "b + a = ba", "ba, be, bi, bo, bu". Fecho as aspas, tampo a panela. Cismo, escarafuncho.

Sem mais nem menos, hora para outra, a vida decidiu: vamos pôr José Custódio e Maria Romana à prova. É assim com qualquer um. Quem desmente? Você? Ironias da sorte. Vá entender. Nem tente. As adversidades vieram aos poucos. Os dias mordiam e sopravam. Boas falas no trabalho. Em casa, pouca conversa. Os diálogos, mais raros, mais ásperos. A cartilha, esquecida. Para o meu pai, vigorava apenas a lei da tabuada. As brigas com mamãe eram frequentes. A pior, em 1919. A mais feia de todas. A mais cheia de números. A que quase pôs o casamento a perder. Onze anos, nenhum filho. E lá vinham a régua e as medidas. Que sentido faziam a vinda ao Brasil, as milhas viajadas, o dinheiro poupado? Onde a tal casa de tantos cômodos repleta de filhos? Quantos haviam planejado? Onde o tal berço de madeira nobre que ele mesmo faria? Um único, no qual se debruçaria a cada nascimento para admirar a nova cria. Onde a tal mesa quilométrica para a sala de jantar? Já não suportava aquelazinha de quatro lugares — eram apenas três adultos. Áridos, estéreis, infrutíferos. Sem futuro algum. Por isso, no acesso de fúria, papai pegou a quarta cadeira — a eternamente vazia — e arremessou-a longe pela janela. Quem poderia detê-lo? O estrago dos vidros quebrados era ainda muito pouco para tanta raiva. Quem ousaria pegar a régua e medi-la? A cadeira lá fora, mesmo caída, recebeu indefesa os duros golpes do machado e ouviu em resignado silêncio as palavras mais cruéis. Queimá-la depois? Não! Ela não merecia o calor do fogo, era fria demais. Enterrá-la? Nunca! Para debaixo da terra vai a semente que germina, vai o tesouro que se quer escondido e que poderá vir à tona um dia. Para debaixo da terra vão todos os mortos, os queridos e os execrados. Enterrar os mortos é ato cristão de caridade, ainda que em vala comum. Não, aquela cadeira ficaria ali mesmo, exposta. Nenhum pano que cobrisse o seu corpo, o seu rosto, a sua dor arregalada. E ai de quem se atrevesse a lhe fechar os olhos.

O trato

Depois da fúria, o silêncio. A tristeza não tem o que dizer. Dizer o quê? As refeições são martírios. Papai sempre de olhos baixos. Tia Palma vai comer na cozinha. Ou leva o prato e senta-se do lado de fora da casa. Mamãe, solidária na dor, jamais deixará papai sozinho à mesa. No fundo, sente-se culpada pelo que acontece.

— Tu és saudável. O problema é dele.

— Não sei, Palma. Não sei.

— É uma questão de entupimento. E o entupido nesta casa é ele.

— O entupimento dele é por trás, Palma. Pelo tubo da frente, o homem é uma verdadeira cachoeira.

— Ora, Maria Romana! Não sejas tola! O entupimento do teu marido é na alma. E é sério, estou a te dizer. Antes, pelo menos, ele falava. Barbaridades, mas falava. No seu enfezamento, alternava fases boas e más. Chegava muitas vezes a ser espirituoso, brincalhão. Lá fora, continua querido de todos. Cá dentro de casa, é outro. Irreconhecível. E só há um jeito de curá-lo: o arroz!

— O arroz!?

— Ainda o tens guardado?

— É claro! Está lá escondido no oratório. Da última vez que o abri, continuava exatamente como no dia de nossas bodas.

— A fertilidade de vocês está nesse arroz. A bênção que há 11 anos ele recusou.

— Eu jurei ao José que o arroz ficava, mas não seria comido. Foi o combinado.

— Pois eu não jurei nada a ele...

Mamãe acha graça, meio espantada, meio com medo.

— Palma! Como vais fazer?

— Primeiro, ponho uma dose cavalar de purgante na comida dele, que é para desentupi-lo por trás. Depois, trago-lhe uma comida bem levezinha para que ele se recupere... Uma canjinha especial, bem magrinha, como ele gosta. Uma xícara do arroz é o quanto basta.

— Uma canjinha especial!

O trato está feito. Os risos e o demorado abraço selam a cumplicidade.

Cadê vocês todos? Cadê?

19 de março de 1920. Choro forte de criança. Papai ouve da sala. Ergue os braços, gesticula com desmedida alegria.

— Nasceu! Está a chorar! Nasceu! Que choro forte! Que bela voz!

Tia Palma sai do quarto enxugando as mãos no avental.

— É homem. Como querias.

— Então é Antonio. O meu Antonio!

Papai, emocionado, vai até Tia Palma, beija-lhe as mãos. Os dois se abraçam com força.

— E Maria Romana?

— Está lá, a lamber a cria.

— Já posso entrar?

Tia Palma faz que sim. Com carinho materno, leva papai pela mão. Do outro lado da porta, o primogênito, o herdeiro, a continuação do nome. Brasileiro no solo, português no sangue. Mistura boa. A massa do pão fará boa liga.

Vejo o rosto de papai pela primeira vez. Recém-nascido, me pergunto: será infinito, o meu pai? O que sei eu de tamanhos e dimensões? Seu sorriso chega bem perto. Gosto da aparição. Os olhos, a boca, a barba e os cabelos, todos assim, ao mesmo tempo, não me assustam. Ao contrário, me apascentam. O bafo de bicho grande que espreita o filhote é sopro de vida. Ele é o grande responsável por eu estar aqui, isso eu sei, ninguém me precisa dizer. E eu, o fruto do pecado original — original pela criatividade, é claro. A mão direita de papai vem de algum lugar em minha direção e me pousa espalmada sobre o peito. É o nosso primeiro contato físico e a sua primeira bênção. Depois, sinto seus lábios e os fios do bigode tocando levemente a minha testa. Que água será essa em seus olhos? Deveria ter me preparado melhor para vir a este mundo. Tudo desmedido. E eu, minúsculo. Dois palmos, se tanto. Me aconchego nos braços de minha mãe. Onde termina o meu corpo e começa o dela? De onde estou não dá para ver o rosto materno — estará um pouco acima, talvez. Que calor agora é este? O desconforto é diferente, não conheço. Reclamo. Novamente, vejo o rosto de Tia Palma, a que me tirou do escuro e me cortou sem dó e me fez chorar e me tornou único e, me pondo de pernas para o ar, me mostrou o teto como se fosse chão, mas era brincadeira, a primeira peça que ela me pregava. Meu primeiro e recentíssimo passado. Tia Palma me torna a pegar e agora, com o mesmo cuidado, me vira. E, súbito, dou mais uma vez com o rosto cansado de minha mãe, a que me deu à luz. Mas a luz me assusta e a claridade me machuca. Do jeitinho que me acomodam, melhora. É lugar macio e quente. Daqui sairá meu alimento, tenho certeza. Adormeço. É minha primeira volta ao escuro, minha primeira entrega ao desconhecido. Vou sem medo porque ainda não conheço as religiões.

Depois de não sei quanto tempo, sem ter sonhado nada, volto à luz. Ela realmente me fere, me incomoda. Choro. Muito. Não paro. Será fome? É. Me calo no peito de minha mãe. Eu não disse? Era daqui que sairia meu alimento. Será amor o líquido branco que eu engulo? O primeiro gole é o primeiro gozo? Será esta mulher a minha amada? Estamos tão visceralmente colados, o mesmo sangue, a mesma carne. Assim, grudado em outro corpo, não me sinto tão pequeno, é verdade. Será que quando eu for grande, e me grudar no corpo de outro, e o outro grudar no outro até todos ficarmos grudados, a humanidade terá realizado o seu propósito? Será o pleno amor? Faremos sexo assim todos grudados? Será pura atração física? Pura? Alguns dirão pornográfica, tenho certeza. Precisaremos de muito desejo e muita cola para cumprir nossa missão. Acho que o leite materno me faz delirar. Recém-nascido e já perco a noção. Perco? O que me importa é que eu não paro de crescer. Acontece com todos, não é? Não paro de crescer nem de perguntar.

Alguém me deve uma explicação. Mas quem? Sobrevivo às dores do parto, da infância, da adolescência. Por falta de imaginação, me meto a casar e a ter filhos. Foi assim com meus pais, avós e os ancestrais esquecidos. Valeu. Me tornei um homem menos egoísta, mais equilibrado emocionalmente. Por quê? Ora, por quê! Meus filhos me mudaram. Cada filho é aprendizado, lição de vida. E, ao mesmo tempo, muito dever de casa, exercícios complicados, que nós, os pais, vamos tentando resolver com paciência a cada dia pela vida afora. No início, a paciência é pouca e o exercício, daqueles de nos arrancar os cabelos. Mas nada que o bom berro não resolva. Berro que vem bem lá de dentro. Das entranhas. Berro de trovão. Com careta de Deus e amor infindo. Um berro assim todo filho entende. E atende.

Em algumas situações, as palmadas são complemento extremamente eficaz, o último argumento de um pai ou de uma mãe à beira da loucura. Mas bunda de criança é sábia. Se a palmada é justa, se é na hora, a bunda da criança sabe de imediato. Bunda de criança não é boba. Tem senso do que é certo e do que é errado. E, por vontade do Divino, não é só a bunda da criança que fica vermelha. A mão que dá a palmada também fica. As ardências é que são diferentes. A ardência da mão dói bem mais. E por dentro. Por isso, a bunda inteligente será grata a essa mão, para sempre.

Levei muita palmada quando criança. Palmadas merecidas. Eu era mesmo levado da breca. Com 10 anos, minha bunda já deveria ter a sabedoria de um Confúcio, pois conhecia muito bem as mãos de mamãe, de papai e, principalmente, de Tia Palma.

Tia Palma foi assim uma espécie de mãe. Pelo que sei, teve vários pretendentes e alguns romances arrebatados, mas, por convicção ideológica, nunca quis se casar. Foi a primeira feminista que conheci. Dizia que "solteira" não era estado civil, era estado de graça. Adorava crianças. Foi ela que ajudou papai e mamãe a nos educar. Foi a parteira de todos nós. E também a madrinha. Por mérito.

Hoje, já com filhos casados e netos, o sabor das palmadas que levei é outro. Já nem é de agradecimento, porque a gratidão veio logo, quando eu era moço. É sabor de saudade. Tia Palma, me conta uma história? Onde estão as flores nos jarros? Palmas-de-santa-rita! Você se encantava, principalmente, com as brancas. Palma da palmada. Palma do aplauso. Palma da mão. Cadê o toicinho que estava aqui? O gato comeu. Cadê o gato? Cadê o mato? Cadê o fogo? Cadê a água? Cadê papai e mamãe? Cadê vocês todos? Cadê?

A quarta cadeira

Papai chama Tia Palma. Quer conversar a sós. Conversar? A sós? Que história é essa?! Difícil mesmo acreditar. São amigos — apesar do temperamento irascível de um e da personalidade irreverente de outro. Depois da famosa briga do arroz então, falam-se e pronto. Coisas triviais, rotineiras, bobagens do cotidiano. Conversar, nunca. Que assunto permite a mínima troca de opiniões sem que logo se engalfinhem? Que interesse em comum? Que afinidade? Sempre em lados opostos. Desde o mais remoto passado lá em Portugal, quando ela, irmã mais velha, assumiu também o papel de mãe e o criou. Não que quisesse. Foi obrigada. A vida impôs. Com o tempo as diferenças apareceram e se acentuaram. São gritantes. Culpa de ninguém. A natureza os fez assim. Água e vinho. Não. Água e vinho se deixam misturar. Água e azeite. Cada um cumpre separadamente a sua finalidade. Um sacia, outro tempera. Portanto, a proposta não tem cabimento, fora de cogitação, coisa boa não vai sair daí. Papai insiste. Está paciente. Já foi ao banheiro? Já e foi feliz. Menos mal. Algum entendimento possível. O que é então? Surpresa. Um presente. Presente?! Papai levanta o tom.

— É, Palma. Presente! Quero dar-te um presente. Prova de gratidão. Demonstração de carinho. Sou capaz disto. Acreditas?

— Acredito. Piamente. Só que presentes não são o nosso forte.

— Ainda o arroz? Diz-me. Ainda o arroz?!

— Não me fales do arroz! Não me tires do sério!

— Tu que te lembraste dele. Depois do arroz, nunca me deste nada. Nem eu a ti. A que te referes então?

— José Custódio, não é bom que conversemos a sós. Vamos parar por aqui, eu te peço.

— Não. Não vamos parar por aqui, Palma.

— Por favor, meu irmão. Estou a te pedir. Outra hora conversamos. Agora, não. O Antonio acabou de nascer. Estou exausta.

— Se tens lágrimas, eu também as tenho. Só que hoje são lágrimas de alegria, de emoção, de gratidão a ti.

— Gratidão tens que ter a Deus. E a tua mulher, é claro. A mim, tu já demonstraste gratidão quando te chamei para veres o Antonio. Me beijaste as mãos, nos demos um demorado abraço. Tua exultação foi minha recompensa. Não é preciso presentes. Digo e repito: presentes não são o nosso forte.

— Está bem. Concordo. Presentes não são o nosso forte. Por isso, em vez de tomar a iniciativa de te dar algo que possas não gostar, quero que me digas que lembrança gostarias de receber de mim. Uma recordação para marcar o dia de hoje. Joia, objeto, pano, não sei. O que desejares me esforçarei para comprar. E o que for, será simbólico. O gesto de teres te prontificado a fazer o parto do Antonio é de valor inestimável.

Tia Palma já sabe o que quer. Mas o pedido causará espanto e até, quem sabe, a briga mais feroz, a mais dolorida, a definitiva. Então por que fazê-lo? Porque o coração pede. Porque uma criança acaba de nascer. Em horas de luz, pedido de coração é ordem que a cabeça não discute, cumpre.

— Se esse é o teu desejo...

— Sim, este é o meu desejo.

— Pois bem. Quero que me dês uma cadeira.

— Uma cadeira?! Tu me surpreendes sempre!

— Uma cadeira especial e que tu conheces muito bem.

— A que quiseres. Sabes que não tenho esse tipo de apegos. É só escolheres e ela será tua.

— Quero a quarta cadeira. Aquela que foi injustamente humilhada por ti. A que arremessaste pela janela e destruíste a golpes de machado. E depois, pior de tudo, determinaste que a deixássemos assim exposta ao tempo. É essa cadeira que eu quero.

— Palma, tu és impossível!

— Sou paciente.

— E por que queres aqueles destroços?

— Quem te disse que quero destroços?

— Ah, não! Isso já é demais!

— Quero a cadeira restaurada. Apesar do gênio, tu és bom. És habilidoso e dedicado. Tenho certeza de que farás um trabalho magnífico.

— Levará tempo.

— O tempo que for.

— Sabes das minhas obrigações aqui na fazenda. Não são poucas.

— O tempo que for. Não há pressa.

— Pois está certo. Sou homem de palavra. Terás a cadeira que queres e da maneira que queres. Será a prova concreta de minha gratidão por ti.

— Mais que isto. Será prova de humildade. A melhor homenagem que tu podes prestar ao teu filho que acaba de chegar.

Inútil querer prolongar o diálogo. Um e outro não têm mais nada a dizer. Cabe a papai a iniciativa de se retirar. Só que não sabe como proceder. Abraça a irmã? Depois do que ouviu, impossível. Não estará sendo verdadeiro. Pensa em lhe estender a mão. Afinal, o diálogo pode ter sido áspero, mas não houve desentendimento. Não, não consegue. Estender apenas a mão não faz o menor sentido. E como estenderá a mão? Sorrindo? Ridículo. Sério? Dará a impressão de orgulhoso. Tia Palma percebe o desconforto de papai. Vai até ele e, afetuosa, lhe dá uns tapinhas nas mãos.

— Não te aflijas. Será um belo presente.

Papai é receptivo. Sente-se bem com aquela voz feminina, firme e ao mesmo tempo atenuada com toques de carinho. Reconhece-lhe autoridade materna.

— Farei o melhor possível.

E faz. Dali, papai vai direto ao terreno baldio. Como num quebra-cabeça, cata os pedaços da cadeira. Cola, lixa, pinta, refaz tudo: pés, assento, encosto. Trabalha semanas a fio com impressionante disposição. Só que não fica por aí. Decide que a quarta cadeira não fará mais parte da mobília de jantar. Os antigos móveis vão para um casal amigo que também trabalha na fazenda. Ele mesmo faz questão de ir lá entregar. Em casa, mais surpresas. A nova mesa como mamãe e ele haviam sonhado. Comprida, com um longo banco de cada lado. Cadeiras, apenas duas, nas cabeceiras. Os filhos que chegassem. Havia espaço. Quem disse que presentes não são o seu forte? Finalmente, o momento mais esperado, a entrega da quarta cadeira, que está coberta com um lençol branco, perto de uma janela na saleta ao lado. Antes de apresentá-la à Tia Palma, papai explica que a cadeira passou por reforma radical, tornou-se peça única e por isso não está exatamente como era. Mamãe, mais apreensiva que curiosa, pede a ele que levante logo o lençol e acabe com aquilo. Tia Palma recorre a todos os santos da corte celeste: tudo, menos uma nova briga. Aguarda com impressionante calma.

Suspense. Um, dois e...

Papai pega a ponta do lençol, puxa-o de uma só vez. Vupt!

— !!!

— !!!

— Vão ficar aí paradas as duas, com essas caras, sem dizer nada?

— Antes, a cadeira não tinha braços!

Papai respira fundo. Esforça-se para não se irritar.

— É, Palma. Foi ideia minha. Quis fazê-la diferente. E também um pouco mais confortável. Então? Gostaste?

Tia Palma vai até a cadeira. Acaricia-lhe os braços. Observa-os mais de perto. Foram esculpidos mesmo com esmero. Senta-se, solene. Acomoda-se melhor. Deixa-se estar. Olha pela janela. A vista dali é bem agradável. O lugar é ventilado.

— Muitíssimo. Gostei muitíssimo.

E mais não diz. Já vai é longe nas lembranças. Mamãe conhece bem a cunhada, pega papai pela mão, faz sinal para que saiam devagar. Ele resiste. Está orgulhoso. Quem disse que presentes não são o seu forte? Quer apreciar a cena mais um pouco. A irmã sentada ali, feito uma rainha. Em segundos, ele volta a ser "o filho", aquele caçula rebelde que tanto a azucrinou. Precisava lhe ter dado tantos dissabores? Claro! Ela tomou o lugar de sua mãe! Mas essa "desarvorada" não terá sentido a perda prematura como ele? Não terá também chorado sozinha em seu quarto? Não terá amaldiçoado a responsabilidade de ter que criar todos os irmãos? Uns primatas. Não os fez, não os pôs no mundo e ainda ter que aturá-los. Mais: ter que educá-los. Ela, a que teria preferido seguir mundo afora com aquele grupo de artistas mambembes. Ela, a rapariga que imaginava histórias e as representava para ninguém. Ela, a que se tornou motivo de zombaria. Viana do Castelo inteira comentava:

— Palma?! Artista?! Qual?! Queria era a vida desregrada daquele bando de desocupados! — E a família fazia coro com a cidade: — Vagabundos, sim, com figurinos surrados a pedir trocados por piruetas bobas, trovas esganiçadas e representações caricatas que criticavam Deus e o mundo. O prefeito é que fez bem. Todos para correr. Todos de cambulhada com seus trastes.

Ela, a romântica Palma, a única a seguir atrás das carroças e, aos prantos, lhes acenar com o lenço branco. E os destrambelhados a retribuir com flores beijadas que lhe iam atirando pelo caminho. E ela, "a desarvorada", a abaixar-se para colhê-las sem nenhum pudor. Por isso, a bofetada que o pai lhe deu na frente de todos. Por isso, a dor da mãe e a vergonha dos irmãos. Por isso, a sua reação que a todos surpreendeu e ao agressor enfureceu ainda mais: em vez do choro, de dor ou raiva, a romântica Palma, sempre abraçada às flores, sorriu e agradeceu, do jeito que faziam aqueles saltimbancos — o mesmo sorriso de leve ironia e superioridade. Saiu sem dar as costas ao pai ou à mãe, ou a ele ou aos irmãos ou ao público. Caminhava para trás, sorria e agradecia. Sorria de quê? Agradecia o quê? O escárnio? O tapa? A marca vermelha no rosto? Quem poderia dizer? Ela seguia em frente andando firme para trás. É possível? Seguir em frente andando firme para trás? Ela, Palma, sempre capaz de tudo. Na trajetória insana, em ré maior, olhava no fundo dos olhos de todos e de cada um. Olhou-o também — e a ele mais demoradamente. Por que a ele em particular? Não havia todos os outros irmãos? Teria sido porque nenhum ousou encará-la como ele? Talvez por desdém ou porque o achou de algum modo especial. A cada sorriso e reverência, seu porte era de rainha, não de súdita. Assim, até desaparecer de toda gente, fosse aparição, fosse sonho, fosse delírio. E ele a amou por isso e a admirou por isso e a odiou por isso.

Mamãe torna a puxar papai. Em fração de segundo, "o filho" volta a ser o irmão. Que lembranças! Céus! Maria Romana tem razão. Melhor ir cuidar da vida. Melhor deixar a irmã a sós, soberana em sua cadeira. Papai sai sem dar as costas a Tia Palma, segue em frente andando para trás. Reverente.

A tia, irmã do pai

Papai e mamãe continuam ocupadíssimos providenciando filhos. Ali, no quarto, já tarde da noite, seguem à risca o procedimento básico válido para qualquer receita de família: mexer rapidamente em fogo alto. De repente, de novo!, choro de recém-nascido. Como adolescentes flagrados, olhos nos olhos, nem piscam, esperam. No berço, o berreiro. Na cama, só o calor, a transpiração, os corações acelerados. Nenhuma palavra. Nenhum movimento. Nenhuma iniciativa. O choro para. Alívio. Os corpos recomeçam a cena erótica com renovado entusiasmo. Dura pouco. O bebê volta a chorar. Não é possível. Só pode ser de propósito.

— O Antonio não chorava assim. Escreve o que estou a dizer: a Leonor vai nos santificar pela castidade!

Mais uma vez, mamãe se levanta, pega Leonor no colo, embala, beija, pergunta que foi, filhinha, que foi? Papai, ímpetos assassinos, salta da cama. Vai em direção oposta à do berço. Melhor assim, mais prudente. Fica ali, encostado no armário, completamente nu, contando até 100, patético. 32, 33... Não queria filhos? Então? 45, 46, 47... Não está a encomendar outros tantos para se sentarem todos à mesa quilométrica? 73, 74... Leonor para de chorar. É acomodada de volta ao berço. Papai, enternecido com a cena, passa da raiva para a conformação. 81, 82... O homem é impotente diante de certas situações, lição de vida. 95, 96... Mamãe torna a se deitar, sedutora, cheira o travesseiro. Se espreguiça, sorri, instiga. 97, 98... Papai se revolta, coitado. Impossível saber o número de interrupções pela madrugada. Posições kamasútricas paralisadas ridiculamente, desempenhos espetaculares que, na hora do êxtase, não deram em nada, belas ereções desperdiçadas. E os exaustivos ensaios em busca do inatingível gozo. 99, 100. Família é prato difícil de preparar.

— Viu? Ela se aquietou. Anda, vem.

O arroz de Tia Palma fez efeito. Depois daquela bendita canja papai não parou mais de fazer filhos. Primeiro, fui eu, Antonio. E, logo depois, a Leonor. Eram dias e noites literalmente em branco — quilômetros de fraldas tremulando nos varais. Pareciam bandeiras pedindo paz. Mas papai e mamãe não se davam trégua e, assim, chegaram o Nicolau e o Joaquim. Choros diversificados, de fome, de sede, de cólicas ou de pura manha — estes já facilmente reconhecidos e ignorados.

Tia Palma, sempre à frente de tudo, valorizava seu grau de parentesco. Sabia perfeitamente que pai e mãe levam vantagem. São ligações de carne e de sangue poderosíssimas capazes de inspirar as mais belas e cruéis histórias da humanidade. Das tragédias gregas às grandes óperas. Também na arte poética volta e meia o bardo enaltece o pai ou a mãe: "Ser mãe é desdobrar fibra por fibra o coração! Ser mãe é padecer num paraíso!" O mundo vai às lágrimas. Mas haverá poetas para exaltar a tia? Dá para imaginar poema que emocione com o título "A Tia"? Qual seria o verso? "Ser tia é ser a irmã da mãe". Ou "Ser tia é ser a irmã do pai" — o que, aliás, é mais deprimente ainda. Irmã do pai é realmente triste. Era o caso de Tia Palma. Ela dizia não existir nada mais insosso nas relações de parentesco do que ser a tia, irmã do pai. Argumentava que entre primos e primas, cunhados e cunhadas, ainda podemos imaginar fantasias de sexo, brincadeiras proibidas... Mas tia por parte de pai é exercício de humildade que, no Juízo Final, o Criador há de levar em conta. Tia Palma suspirava.

— Se ao menos fosse rica, com herança pra deixar... Nem isso.

O jeito foi se fazer de mãe — desta vez, por opção. Foi lavar fraldas de cocô, dar banho, preparar mamadeiras, ninar e pôr para dormir. Anos depois, foi pentear o cabelo, ensinar a não deixar comida no prato e a amarrar os sapatos, tomar as lições de casa, pregar botões, cerzir meias, pôr bainhas para baixo, responder às perguntas mais embaraçosas e, melhor de tudo, contar histórias! Finalmente, foi olhar o relógio, ficar acordada até de madrugada e não deixar que percebêssemos, foi ficar atenta às nossas amizades lá no vilarejo e aos namoros. E ouvir, de cada um de nós, os sonhos extraordinários, os projetos grandiosos para nossas vidas. Essa era a parte que ela mais gostava. Seu riso se abria, seus olhos brilhavam.

Meus irmãos e eu

Éramos crianças de pés no chão. Não por falta de sapatos, mas porque assim vivíamos. Leonor, Nicolau e Joaquim tinham pangarés — cavalos dados pelo senhor Avelino e que eles, de tão alegres e agradecidos, nunca lhes olharam os dentes. Eu, por escolha, tinha o Poeta — o vira-lata mais inteligente que conheci. Meus irmãos cavalgavam pelas colinas da fazenda. Eu e o Poeta caminhávamos. Sempre preferi me deslocar assim, mais perto do mato e da terra. Talvez para me compensar os voos da alma. O Poeta conseguia ir ainda mais perto do chão que eu, volta e meia farejando a trilha que iria pisar. Eu achava lindo vê-lo abrir caminhos pelo cheiro. E me perguntava: "Será que é porque a alma dele voa mais alto que a minha?" Por várias vezes tentei a proeza, mas meu nariz, incompetente, logo se cansava. Meus joelhos, ralados, me chamavam às falas e me lembravam a condição de caminhante bípede. O Poeta olhava para mim como quem consola. "Não fica triste. Cada um é do jeito que é." Eu lhe dava razão. A natureza sabe o que faz. E lá íamos os dois pelas trilhas. Às vezes, curiosos. Às vezes, de olhares dados.

Leonor, Nicolau e Joaquim passavam a maior parte do tempo no campo. A casa, só para a refeição, o banho e o sono. Para mim, não. Para mim, a casa tinha outra importância. Explico: um dia, eu teria 5 anos, Tia Palma me fez desenhá-la — não outra, a nossa. Comecei pelo quadrado. Depois, com o maior cuidado, pus o triângulo em cima. Quando eu ia fazer a porta e as janelas, ela segurou minha mão. A casa estava pronta.

— Pronta?!

Prontíssima, aprendi ali mesmo. O quadrado: as paredes, a Terra, os quatro pontos cardeais — Norte, Sul, Leste, Oeste. O triângulo: o teto, o Céu, as três pessoas da Santíssima Trindade — Pai, Filho, Espírito Santo. O quadrado, a base. O triângulo, a proteção. Este, o desenho da casa essencial. O mais seria acrescentar quadrados e triângulos. Por causa de Tia Palma passei a ver nossa casa com outros olhos. Aprofundei meus conhecimentos. Evoluí do triângulo para a pirâmide. Do quadrado, para o cubo. Pelo estudo cotidiano e prático, a vida e o lugar onde eu morava foram ganhando novas perspectivas.

Leonor, Nicolau e Joaquim eram crianças saudáveis e bem desenvolvidas. Cúmplices em tudo, viviam colados o dia inteiro. Tinham os mesmos gostos e interesses. Leonor parecia menino. A única boneca que ganhou de presente era execrada por ela. Chamava-se Pascoala, não sei por quê. Castigos crudelíssimos eram impostos à pobre. Ao fim, já cega e descabelada, Pascoala parecia assombração saída de filme de terror. Sua morte foi trágica e prematura. Volta e meia, víamos o Poeta lhe mastigar um braço ou uma perna. A cabeça careca, decapitada, teve melhor uso — virou bola de futebol. E durou anos. Leonor liderava as brincadeiras. Brincadeiras que exigiam mais fôlego que imaginação.

Nunca tive problemas de saúde, mas meu corpo ia em ritmo diferente. Embora mais novos, meus irmãos logo me passaram em tamanho e força. Atrapalhado com os braços e as pernas, eu era um verdadeiro desastre nos jogos ao ar livre. O Poeta, sempre por perto, deitava e cobria os olhos com as patas para não presenciar os meus vexames. Depois, me olhava, ar desconsolado. "Cada um é do jeito que é."

Nunca gostei de ser o irmão mais velho, o que tem de mostrar serviço, o que deve dar o bom exemplo. Exemplo de quê se eu também aprontava? E como ser o modelo se eles e eu éramos tão diferentes? Amizade entre nós sempre houve. E muita. Afinidade, nenhuma. Mamãe e papai nunca entenderam por que saí assim "avulso". Tia Palma não dava importância. A ela, agradava o meu jeito de ser. Até fazia trocadilho. Dizia que Leonor, Nicolau e Joaquim eram sinônimos. Eu, Antonio, o antônimo. O único franzino. O único a usar óculos. O único a apreciar a casa, a se alegrar em dias de chuva. O único a se interessar pelas palavras, onde elas estivessem: livros, revistas e jornais velhos — qualquer papel impresso ao alcance. O único a se divertir com os casos de família e a querer ouvir a tal história do arroz.

Estudávamos todos na escola da cidadezinha mais próxima, a 12 quilômetros da fazenda. O maltratado casarão assustava e a bandeira do Brasil, surradíssima, nos inspirava mais pena que reverência. Eram os estudos que traziam meus irmãos para perto de mim. Muitas vezes eu lhes explicava as lições. Outras tantas terminava meus deveres de casa e fazia os deles. Custava nada ajudar. Me sentia ótimo. Ali, eles me ouviam e me respeitavam. Ali, eles me reconheciam as habilidades.

O sol, querido por todos, era uma unanimidade na família. Mas a chuva nos dividia. Mamãe e Tia Palma gostavam com reservas. Chuva mansa, sim. Aguaceiro, não. Papai ia de um extremo ao outro. Vezes, agradecia. Vezes, amaldiçoava. Sua opinião mudava de acordo com o desempenho da lavoura. Leonor, Nicolau e Joaquim viravam feras enjauladas. A porta aberta e eles não punham os pés fora de casa. Vá entender. Eu, ao contrário, exultava. Trovoada ainda longe e minha alma enverdecia. Chuvas finas de inverno, tempestades de verão — todas bem-vindas. Começava a pingar, o Poeta ia e vinha no avarandado, sacudia o corpo, abanava o rabo à minha espera. Água caída do céu era passeio certo.

Toda caiada de branco e com janelas verdes que se abriam em par, nossa casa ficava na parte baixa de Santo Antonio da União. Era arejada, com duas pequenas salas e três quartos bons. O quarto maior, da frente, era de papai e mamãe. O outro, de Tia Palma e Leonor. Eu, o Nicolau e o Joaquim dormíamos no quarto dos fundos. A cozinha, única!, era o nosso céu. O único banheiro, o nosso inferno.

Faz tempo — Deus, como faz! — moro aqui, na sede. Mas a casa da minha infância, a casa dos sonhos que, essencial, se resumia ao desenho de um quadrado e de um triângulo, esta só existe na lembrança. As paredes lá estão. A quarta cadeira e o oratório, também. Mas a alma de tudo se foi. A alma que, mesmo do lado de cá do Atlântico, cantava: "É uma casa portuguesa, com certeza. É, com certeza, uma casa portuguesa."

Isabel

Conheço bem os ruídos desta casa. Os sons que vêm de fora e os de dentro. Barulho de vento, de chuva, de bicho e de gente, de morto e de vivo. Barulho amigo, barulho ameaça, barulho estranho ou familiar. Isabel ainda está lá em cima, no quarto. Mas acaba de acordar. Até descer leva tempo. É um ritual. E ainda cisma de fazer, em jejum, as orações da manhã. Reza por mim e por ela. Não sei como consegue.

Isabel, minha mulher. Minha? Possessivo, eu? Foi de uma queda nosso primeiro encontro. Tombo feio. Já em crianças éramos anjos caídos. Os dois na mesma estrada. Ela, entretida com insetos, olhava para a terra. Eu, com minha pipa, corria e olhava para o céu. Não a vi. Senti apenas o tranco. Depois, o susto. Cabeça, tronco e membros rolando pelo barranco. Alguém também em partes ia batendo e machucando comigo. Era ela. Caímos um por cima do outro. Quis o desastre o que a vida já havia decidido: que a filha dos donos da fazenda ficasse por cima. Eu tinha 12 anos, um pirralho, mas o contato com aquele corpo mexeu comigo. Era uma sensação gostosa, desconhecida. Estranha a ponto de misturar prazer e dor. Uma sensação que até hoje me transporta. O que acontecia com meu corpo que não se importava de ficar doendo por baixo dela? Por que será que, mesmo assustada, ela consentiu que ficássemos assim estatelados no chão, um de cara para o outro, sem dizer nada? Por que é que até hoje um velho, tão velho de velho como eu, revive esse momento de forma concreta, com as mesmas cores fortes, os mesmos cheiros, as mesmas dores, o mesmo encantamento?

De repente, a eternidade vira fração de segundo. Tudo vai num piscar de olhos. Isabel levanta-se tentando ver os estragos no vestido, seus joelhos sangram. Ainda no chão, olho para ela e não para mim. Mas meu corpo, sem Isabel por cima, começa a doer demais. Não consigo me levantar. Teria quebrado a perna? Isabel chora, corre, vai buscar ajuda antes que anoiteça. Papai brota do chão. Me pega com jeito, me leva nos braços. A presença adulta ocupa espaço, intimida, mas inspira confiança. O senhor Avelino, a seu lado, me beija a testa. Depois, cada família toma o seu rumo. Isabel, de longe, acena. Meu coração responde sem que ela perceba.

Faz tempo fizemos nossas bodas de ouro. Como, se somos tão diferentes? Em tudo: temperamentos, gostos, nas mínimas coisas. Ontem, por exemplo, no jogo de buraco. Ela, cheia dos ases e dos curingas. Eu, nos meus piores dias. Mais uma vez, tento o baralho. Sobre o feltro verde, venho arrastando os girassóis de Van Gogh. O que haverá do outro lado do plástico maleável? Levanto o naipe pela quina do quadro, bem devagar e, fatal, puxo o lixo que não serve. O quatro de paus vai direto para o bagaço. Amaldiçoo a pouca sorte. Impossível jogar assim. Nem tem graça. O bloco com a contagem dos pontos não me deixa mentir. A diferença é vergonhosa. Voz baixa e pausada, sem sequer levantar os olhos das cartas, Isabel me pede para deixar de fazer teatro. Que teatro?! Mostro o que tenho nas mãos, nada casa com nada. Um futebol! Ela reclama que eu lhe estou tirando a concentração. Insiste que, por influência de Tia Palma, sempre fui teatral, sim. Teatral, eu? Por que então tanto tempo comigo? Meu desempenho não deve ser tão mal assim. Enquanto falo, ela combina as cartas, baixa mais jogo, me exaspera. Descarta, com altivez. Só então olha para mim. Está por uma.

— Você é superlativo, Antonio. Vive a vida uma oitava acima. Às vezes, me cansa, confesso.

Tem razão. Tem toda razão. O fato inexplicável, impressionante, extraordinário e fantástico, para ela é apenas curioso, simples coincidência. Temos histórias em comum. Uma infinidade, ela admite. Mas as versões nunca batem, nunca coincidem. Para Isabel, quando houve a tal queda, nós já nos falávamos, já nos conhecíamos. Definitivamente não foi o nosso primeiro encontro. Há outras discordâncias: era dia claro, estávamos próximos de casa. Eu soltava pipa. Ela, com outras meninas, riscava na terra o jogo da velha. Nada aconteceu de tão grave. Eu torci o pé. Ela, apenas sujou o vestido e ralou os joelhos. Nem se lembra de ter ficado por cima de mim. Lembra-se é da mãe, dona Maria Celeste, no alto da escada, exigindo modos, chamando-a para dentro de casa. Meu pai, José Custódio, me levou nos braços, é verdade. Mas me pegou com estupidez e com uma bronca daquelas. Se eu estivesse quieto, estudando no meu quarto, nada daquilo teria acontecido. E ele não teria que interromper o serviço. O senhor Avelino me beijou a testa mais por impaciência do que por solidariedade. Queria era acabar logo com aquilo. Será? Ela bate o pé que sim.

Não precisei de gesso, concordo. Papai, com talas improvisadas e gaze, me imobilizou o pé. Mas naquela noite toda a cena do tombo me voltou nítida: o meu corpo colado inteiro, inteirinho, pela primeira vez, de verdade, com o corpo de uma menina. A sensação de prazer começou a se repetir sem que eu pudesse controlar. E eu não queria mesmo controlar nada. Me virei de bruços, me esfreguei na cama e abracei meu travesseiro com o domínio de amante experiente. Eu já nem sentia a dor no pé. Sentia era calor no rosto, fogo por dentro. Estava com febre, com certeza. Febre alta, mas febre saudável que termômetro não marca. Minha mão, por instinto, me ajudou a entender o que se passava comigo. Ali, pela primeira vez, algo maior acontecia. Me tornei um homem descomunal, assustador. Súbito, veio o êxtase e, depois, o alívio. A febre baixou. Voltei ao meu tamanho de menino. Não me preocupei com o que meu corpo havia posto para fora. Era um tipo de cola branca que me havia purificado. Tia Palma sabia mesmo das coisas. Achei graça. Me aconcheguei nos lençóis. Virei para o outro canto e apaguei.

Homem ou mulher, o corpo sabe o que quer. Mudam as idades, mudam as vontades. O corpo é assim. Por isso, todo o tempo é tempo de saber do corpo. É fácil agradar o corpo, é simples. Um passeio, um sol bem cedo, um trabalho útil, uma ducha, uma roupa confortável, um cochilo, uma brisa fresca na varanda, um cheiro de lavanda, um suco de frutas. No diminutivo, extravagâncias também são bem-vindas: um cigarrinho, uma batidinha de limão, uma linguicinha frita. Pequenos mimos e ele já agradece. Meu corpo é meu melhor amigo. É ele que, embora cansado e cheio de limitações, ainda vai me levando devagarinho a todo canto, a toda hora. Com suas belezas e feiuras características, não me deixa um só instante, mesmo sabendo que um dia serei eu a abandoná-lo. Ele não reclama. Pouca audição, vista ruim, a junta que dói sem mais nem menos e aquele desconforto físico que não conhecíamos mas que, ao final de algum tempo, passa a fazer parte do nosso cotidiano. Mais um incômodo que naturalmente incorporamos. É assim que acontece. Todos usamos e gastamos nossos corpos até o finzinho, enquanto nos convém. Depois, nossas elaboradas teologias nos libertam, nos levam para outras aventuras menos terrenas. Vem a crisálida — o rápido estágio de elefante e louva-deus — e, em seguida, a alma fica solta por aí, energia pura, sentimentos luminosos livres da pesada casca. Injustiça terrível. Nosso melhor amigo fica entregue à própria sorte. Nem um muito obrigado e já vamos embora, aliviados. Saímos de fininho, à francesa, até o dia do distante e pouco provável Juízo Final. Se creio na ressurreição da carne, na vida eterna, amém? Tudo julgado, aprovado e carimbado em 24 horas? Tenho cá minhas dúvidas. Muita gente na fila de espera. Cada processo mais complicado que o outro. Ação cível ou penal? Onde eu apanho a minha senha? Somos todos farinha do mesmo saco. Onde será que eu guardei a bendita farinha de trigo? Vou precisar dela agora.

Tia Palma dizia que Jesus é que fez bem. Infinitamente grato, levou o amigo de 33 anos com Ele. Não se importou com o peso, o sangue e os tantos machucados que lhe causaram. Levou tudo com Ele, assim mesmo com maiúscula — quem vai embora e leva o corpo junto merece, no mínimo, uma maiúscula.

Isabel e eu temos a mesma idade. Nas orações da noite, ela pede a Deus uma boa morte. Pergunto a ela o que é uma boa morte. Uma morte natural, ela responde. Seria assim uma morte "light". Mas nós não somos uma "Família Light". Para mim, é pouco. Explica melhor, por favor... Isabel é paciente comigo. Às vezes, eu canso, eu sei. Ela me dá uma imagem, que é como eu melhor a entendo.

— Já é tarde. Você jantou, viu alguma bobagem na televisão. Veio para o quarto, leu mais uns capítulos do livro de cabeceira O sono bate. As pálpebras começam a pesar. Agora, você quer é dormir. Está de banho tomado, dentes escovados, camisola limpa, nova muda de roupa de cama. O colchão com o lençol esticado apetece. Podem convidá-la para o que for, a melhor festa, o programa mais animado, ver o amigo ou o filho mais querido, conhecer a cidade que você sempre sonhou, comer o doce especial, fazer a antiga extravagância, o sexo mais arrebatado. Nada seduz. Nada será capaz de lhe tirar aquele soninho gostoso. Você se dá por satisfeita, está de bem com a vida. Tem certeza de que será uma noite tranquila. Enfim, quer mesmo é apagar a luz e dormir. E você dorme. E você se entrega ao desconhecido sem nenhum medo.

Pode ser que eu tenha colorido um pouco esta fala de Isabel. Minha mulher não é teatral. É didática. Convence com a sabedoria e a autoridade de uma professora primária — professores universitários são falíveis e sempre questionados. Eu compreendo a bela explicação de Isabel com a boa-fé e a incondicional entrega dos alunos do primeiro grau.

— Não tenho religiões, você sabe. Mas, em todo caso, nas orações da noite (se não der, nas da manhã) pede uma boa morte pra mim também?

De malas prontas

Vejo-me aos 10, aos 20, aos 40 e poucos anos com alegre saudade. Claro que é possível. Há sempre algo engraçado na dor da lembrança. Quando cheguei aos 70 anos, chorei muito, choro acumulado. "Quanto tempo me resta? E no pouquinho de vida antes do fim, serei lúcido, serei lúdico? Esses riscos todos aí no rosto e no pescoço, tantos e tão fundos... Tia Palma, você está por perto? Me ensina alguma coisa nova, por favor, me ensina." E o choro vinha. E vinha. Incontido. Até que a voz — era a dela, tenho certeza — não fez drama, fez comédia: "Brinque de dar nome de rio às suas rugas, Antonio." Comecei a rir e a chorar ao mesmo tempo. "Que história é essa, Tia Palma?" Só fui entender quando, de imediato, identifiquei o Ganges, o Nilo e o Amazonas caudalosos em minha testa. E depois, o Tigre e o Eufrates — irmãos antiquíssimos — descendo à direita e à esquerda do nariz. E também o Paraná, e o São Francisco. No pescoço, altivos, o Tejo, o Tibre, o Tâmisa, o Volga e o Reno. Exultei ao reconhecer o Sena, o Prata e todos os seus afluentes em volta dos olhos. Era uma bela e estranha geografia. E chorei feito bobo ao ver aquele manancial de água me correndo pelo rosto. Água doce.

Hoje, a caminho dos 90, faço a barba sem medo do escanhoar, a afiada navalha mais uma vez a contrapelo. O apuro possível, a melhor aparência para os que estão perto. Não importam os eventuais cortes aqui e ali, os arranhões passageiros, a inesperada irritação da pele. Confio na velha pedra-ume. E o rosto já não mudará tanto. Ninguém perceberá as novas rugas, os novos rios. Pelo menos por fora, sei perfeitamente como me verei amanhã. O espelho não me intimida faz tempo. Eu já fui tantos!

Em 25 de junho de 1941, para ser preciso, fui o súbito, fui a guinada na vida, fui a interrupção da conversa. Lá na varandinha da nossa casa. Papai, grisalho, discute com mamãe, diz que é tudo mentira, que não acredita numa só palavra, chama Tia Palma de alcoviteira. Ninguém lhe tira da cabeça que é ela quem incentiva meus encontros amorosos com Isabel. Para ele, insanidade. O senhor Avelino de Alves Machado e sua esposa nunca haverão de consentir o romance da moça rica com o filho do administrador, por mais nossos amigos que sejam. Folhetim barato de péssima qualidade e sem futuro algum. São mundos diferentes...

— Não se preocupe, meu pai, que está tudo bem.

Eu sou o paletó de lã, a mala na mão. Eu sou o que está pronto para viajar. Sou saúde e audácia. Mamãe não acredita no que vê. Papai exige explicação. Começamos a protagonizar mais uma de nossas cenas.

— O que significa isto, agora?! Pra quê essa mala, Antonio?

— Calma, calma, que eu não vou pra guerra!

— Eu sabia. Estás indo embora por causa dessa moça, a Isabel. E é tudo culpa da Palma.

— Tenho 21 anos, meu pai. Sei muito bem o que faço. A vida no campo não é para mim. Vou para a capital. Farei amigos lá. E amigas...

— Mas assim tão de repente?

— Trabalharei em restaurante, conhecerei pessoas influentes, ficarei conhecido e serei próspero!

— Para que tanto entusiasmo? Para lavar pratos? Servir mesa?

— Também. Mas não é só isso. Quero cozinhar. Quem sabe um dia consigo abrir meu próprio negócio?

Papai se irrita.

— Como cozinhar? De onde tiraste essa ideia maluca?

— Que ideia maluca, meu pai? Um trabalho honesto. Preparar os legumes, as carnes, os cereais! Criar diferentes sabores!

— Não entendes nada de cozinha, mal sabes o que é um fogão!

Mamãe abaixa a cabeça, não diz palavra. Papai não é bobo.

— O que foi? Não me diga que...

— A Palma andou ensinando umas coisas a ele. Garante que o Antonio ganhará bom dinheiro com a arte culinária.

Tento fazer graça, mas a fala sai nervosa, o entusiasmo soa falso.

— A única arte que alimenta o espírito e a barriga!

— Arte culinária! Eu faço picadinho da Palma! Ah, se faço!

— Pai, Tia Palma só quer o meu bem. O senhor, por acaso, duvida?

A pergunta acerta o alvo, cumpre a finalidade e encerra o assunto.

— Claro que não, Antonio. Palma ama tanto vocês quanto eu e sua mãe. É que...

Silêncio. Silêncio porque é decisão sem volta. Silêncio porque, com tanto a dizer, o melhor é dizer coisa nenhuma. Silêncio porque eu ali sou ausência antecipada.

— A sua bênção, meu pai. A sua bênção, minha mãe.

— Deus te abençoe, meu filho. E que Nossa Senhora te acompanhe.

A bênção paterna e materna era sempre bom augúrio. Sinal de que nada de mal me aconteceria no caminho, escudo, aura de proteção. Eu teria bastante coragem para superar qualquer obstáculo, mesmo a mais terrível adversidade. Abraço os dois, com força, ao mesmo tempo. Saio de cena. Tia Palma está lá fora, me acompanha solene até a porteira. Mais adiante, não vai. Sustenta o olhar sem dar adeus. Depois da primeira curva, teatral, já vou recompondo na imaginação o cenário doméstico: Tia Palma continua de pé, lá na porteira. Só com suas lembranças, já pode chorar a partida do sobrinho. O mais querido? Todos querem ser o mais querido. Mamãe é forte, mas não consegue pensar no que fará para o almoço. Papai reconhece a perda, inaugura a saudade.

— Este já não nos pertence.

— Nós deixamos a casa de nossos pais. Eles deixam a nossa. É a ordem natural das coisas.

— De certa forma foi bom não ter dado certo este romance com a filha do Avelino. Nosso Antonio é safo, inteligente. Vai se dar bem na cidade grande.

— Se Deus quiser... E eu sei que ele quer.

— Os outros são mais caseiros. Os outros vão ficar.

Mas a vida, às vezes, é pouco criativa. Repete cenas sem imaginação. 1943: lá na varandinha da nossa casa. Papai e mamãe já grisalhos. Nicolau entra. Boina, camisa listrada de mangas compridas, calças largas e suspensórios. Mala na mão.

— O que significa isto, agora?! Pra que essa mala, Nicolau?

— Calma, calma, que eu não vou pra guerra!

— Eu sabia. Essas cartas do Antonio andaram botando ideias na tua cabeça.

— Tenho 20 anos, meu pai. Sei muito bem o que faço. A vida no campo não é para mim. Vou para a capital.

— Mas assim tão de repente?

— Escrevi ao Antonio há algum tempo. Pedi-lhe que me avisasse se surgisse alguma boa oportunidade de trabalho.

— Boa oportunidade de trabalho...

— A oferta que recebi é irrecusável. Trabalharemos juntos.

— Bem, se é assim como dizes, se trabalharão juntos...

— A sua bênção, meu pai. A sua bênção, minha mãe.

— Deus te abençoe, meu filho. E que Nossa Senhora te acompanhe.

Nicolau abraça os dois, com força, ao mesmo tempo. Sai de cena. Tia Palma está lá fora. Solene, acompanha Nicolau até a porteira. Mais adiante, não vai. Sustenta o olhar sem dar adeus. Nicolau desaparece na primeira curva. Posso ver Tia Palma ainda de pé, no mesmo lugar. Só com suas lembranças, já pode chorar a partida do sobrinho. O mais querido? Todos querem ser o mais querido. Mamãe é forte, mas não consegue pensar no que fará para o almoço. Papai reconhece a perda, inaugura outra saudade.

— Este já não nos pertence.

— Nós deixamos a casa de nossos pais. Eles deixam a nossa. É a ordem natural das coisas.

— A Leonor e o Joaquim são mais caseiros. Esses vão ficar.

Mas a vida, às vezes, é pouco criativa. Repete cenas sem imaginação. 1944: lá na varandinha da nossa casa. Papai e mamãe já grisalhos. Joaquim entra. Mala na mão.

— O que significa isto, agora?! Pra que essa mala, Joaquim?

— Calma, calma, que eu não vou pra guerra!

— Eu sabia. Teus irmãos aprontaram esta!

— Tenho 20 anos, meu pai. Sei muito bem o que faço. A vida no campo não é para mim. Vou para a capital. Antonio e Nicolau me esperam. Já me arrumaram trabalho.

— Não posso me queixar. Longe ou perto, é bom ver os filhos labutarem juntos...

— Mas isso só no começo, meu pai. Depois seguirei meu próprio rumo. Ficarei rico, tenho tino pros negócios!

— Tino pros negócios... Bem, se é assim como dizes...

— A sua bênção, meu pai. A sua bênção, minha mãe.

— Deus te abençoe, meu filho. E que Nossa Senhora te acompanhe.

Joaquim abraça os dois, com força, ao mesmo tempo. Sai de cena. Tia Palma está lá fora. Solene, acompanha Joaquim até a porteira. Mais adiante, não vai. Sustenta o olhar sem dar adeus. Joaquim desaparece depois da primeira curva. Posso ver Tia Palma ainda de pé, no mesmo lugar. Só com suas lembranças, já pode chorar a partida do sobrinho. O mais querido? Todos querem ser o mais querido. Mamãe é forte, mas não consegue pensar no que fará para o almoço. Papai reconhece a perda. Inaugura outra saudade.

— Este já não nos pertence.

— Nós deixamos a casa de nossos pais...

— Eles deixam a nossa, é a ordem natural das coisas, eu sei.

Mamãe se limita a concordar com a cabeça.

— Filho homem é assim mesmo. São todos uns aventureiros. A filha mulher é sempre mais apegada aos pais. A Leonor...

Leonor entra. Lá na varandinha da nossa casa. Roupa um pouco mais apurada. Não consegue abrir a boca. Papai e mamãe são uma só voz.

— Deus te abençoe, minha filha. E que Nossa Senhora te acompanhe!

Não. Não é nada disso. A vida às vezes pode não ser criativa, mas a cena agora é bem diferente das anteriores. Imagina se filha mulher, ainda por cima solteira como a Leonor, ia poder sair de casa assim, como eu e meus irmãos, com as bênçãos paterna e materna. Nem sonhar. Feliz coincidência, essa história de ir para a cidade grande não agradava a Leonor nem um pouco. Sem vaca, sem pato, sem galinha... Coisa mais sem graça: só gente, gente, gente, andando de um lado para o outro. Leonor não conhecia, mas sabia que era assim. Ela, hein? Nem morta! A bênção que recebeu, o "Nossa Senhora te acompanhe" rotineiro, é que papai e mamãe sabiam que Leonor ia ali pertinho ver as vacas no curral. Mas ela ia nada. Ia ver é o pé do Sebastião. Ah! O pé do Sebastião! Leonor duvidava que na cidade grande houvesse alguma coisa tão grande, mas tão grande, que chegasse aos pés do pé do Sebastião. Mas não havia mesmo, ela cruzava dinheiro. Sebastião trabalhava aqui na fazenda fazia pouco tempo. Com jeito muito engraçado e peculiar, que misturava ingenuidade e safadeza, Leonor veio me confidenciar que a primeira vez que viu o Sebastião, ela nem viu o Sebastião. Só viu o pé. A calça arregaçada até a batata da perna e aquele pé descalço, imenso, que não terminava mais. Foi amor à primeira vista pelo pé, ela tinha certeza. Não foi pelo rosto, pelo riso, pelo todo. Foi pelo pé mesmo. Sabe por quê? Porque quando ela chegou em casa, queria se lembrar da cara do Sebastião e não havia meios. Fazia o maior esforço, e nada. Só via o pé. Aquele pé descomunal. É claro, Leonor ficou preocupada. Seu coração batia forte por um pé que ela nem sabia de quem era. Não podia sair pela fazenda olhando o pé de tudo que é homem. O que é que iam pensar dela? Mas Deus a ajudou. Deus é grande — como o pé do Sebastião. Certo dia, de longe, bem de longe, muito de longe, a uma distância realmente inacreditável, ela, Leonor, Cinderela às avessas, foi capaz de reconhecer aquele pé que ela tanto procurava. A partir daí, os dois começaram a namorar e a se apalpar — "assim como a gente apalpa fruta para ver se está madura", ela maldava. Pois é. Apalpa aqui, apalpa ali, Leonor nunca mais largou do pé do Sebastião. Romance rural que até deu certo.

Pedras portuguesas

Eu, passeando pelas ruas da capital federal! Eu, que nunca viajei a parte alguma, que nunca fui além dos arredores de Santo Antonio da União, solto no mundo! Sim, o Rio de Janeiro é o mundo! Mundo que eu só conhecia de ouvir falar. Mundo que cabia inteiro nos três mapas da escola: o "Mapa-Múndi", o "Mapa dos Estados Unidos do Brazil" e o "Mapa do Estado do Rio de Janeiro e Districto Federal". Mundo de papel — de letras, desenhos e gravuras. Mundo que eu — o verdadeiro Fernão Dias Paes Leme! — desbravava desde menino, com a ajuda das histórias de Tia Palma, das aulas de minha professora, dona Emília Alvarenga, e dos livros da biblioteca do senhor Avelino. Quem diria? Eu, aqui, solto na capital federal.

Pensão familiar. Quartos para cavalheiros. A recepção não é das melhores, mas a acolhida é. Contradição nenhuma. A recepcionista e eu estamos felizes. Será talvez a sorte de estarmos os dois assim neste ânimo. Será talvez o dia?

— É aqui que eu assino?

— Aí mesmo.

A assinatura me dá direito à chave e às boas-vindas. As malas, eu mesmo as levo. Na placa do chaveiro, o número 11. Pé-direito alto, escada de madeira, sonho de Jacó, segundo andar, terceira porta à esquerda. Nada me incomoda. Nem a cama, nem o colchão, nem os lençóis. Vejo poesia nesta pobreza específica, me aconchego neste desconforto franciscano. Sou capaz. O único banheiro fica lá fora, no corredor, terei de dividi-lo com outros hóspedes. Que mal há nisto se a minha janela dá para os Arcos da Lapa?!

— Deixa as malas aí, Antonio! O cansaço da viagem, pra depois! Uma água no rosto é o quanto basta! Rua, homem! Anda! Vai ver coisas! Rua!

Não penso duas vezes, me obedeço. Abro a porta com determinação e me ponho daqui para fora. Vinte e um anos. Hora de saber se terá servido tanta leitura. Sustos exclamativos! Estarei mesmo em 1941?! Terei chegado finalmente ao século XX?! Jornais e revistas! Quantos! Bondes elétricos, fagulhas, gente amontoada nos estribos, trilhos! Automóveis pretos reluzentes, buzinas fanhas, burburinho de ruas e cafés — como me é possível não conhecer uma só alma?! Século XX, com certeza! Praças grandiosas, avenidas que se perdem no horizonte, monumentos! Reconheço todos eles e me emociono! O Palácio Monroe, a Biblioteca Nacional, o Museu de Bellas Artes, o Theatro Municipal! Estarei louco ou o *Thezouro da Juventude* ganhou vida?! Por que as ilustrações do *Lello Universal* me aparecem assim animadas e sem as legendas miudinhas?! Por que respiro tão fundo?! Por que esta tonteira alegre e colorida?! Por que esse povo na rua ao mesmo tempo?! Estará todo ele à procura de esmeraldas?! Esbarro distraído no ombro que vem em sentido contrário.

— Perdão!

O terno branco de chapéu-panamá mal se volta para mim, aceita apressado o pedido de desculpas e lá vai — febril bandeirante à procura de riquezas.

Quem foi que disse que, para vencer na vida, o jovem só deve olhar para cima? Discordo inteiramente. Discordo e pronto. Gosto deste chão — rua e calçada. Ali é asfalto. Lá é paralelepípedo. Aqui, pedras portuguesas! Já vi os desenhos! Me abaixo, para surpresa de quem passa. Acaricio o mosaico: é preto e branco, é feijão com arroz, é claro e escuro, é positivo e negativo. É Portugal, é Brasil, sou eu. Apoiado confortavelmente nas panturrilhas, fico tempo a admirar o belo assim de perto. Conheço bem a história destas pedras.

— Antonio, não podes imaginar a emoção que tua mãe, teu pai e eu sentimos quando aqui chegamos em 1909 e, ao sair do cais do porto, demos com as pedrinhas nas calçadas da avenida Central. Ficamos fascinados por elas e pelos desenhos em preto e branco. Lindíssimos! Um dia, quando fores à capital, hás de ver. Pois bem, estávamos os três a apreciar aquela beleza quando nos disseram que as pedras tinham sido trazidas de Portugal. Custamos a acreditar. Pedras portuguesas! Tinham acabado de ser postas ali por calceteiros vindos de nosso país, ordens do tal Pereira Passos, o prefeito da cidade. Lembro-me como se tivesse sido ontem. Teu pai se abaixou, acariciou-as e, em seguida, as beijou como se beijasse Portugal no rosto. Tua mãe e eu fizemos com que ele se levantasse da saudade. Abraçamo-nos os três com a certeza: este chão é a extensão de nossa terra. Estamos em casa. Estamos em família.

Súbito, o pregão esgoelado me entra pelos ouvidos. Sem pedir licença, me abafa a voz de Tia Palma para vender o bilhete lotérico.

— Olha a dezena do cachorro! Vai dar cachorro! Grande Prêmio das Festas Juninas! Corre dia 29! É a dezena do cachorro! Vai dar cachorro!

É um rapaz pouco mais novo que eu e sorri com ares de esperteza. Sabe que sou provinciano. Pelo gingado e desalinho, conhece tudo e todos no faro.

— O amigo é de onde?

Eu me levanto.

— De uma pensão aqui perto.

A resposta o desconcerta. Ele acha graça e, por reconhecer em mim habilidades, investe.

— Você não tem cara de dono. Tem mesmo cara de amigo. Não falo como homem, falo como cachorro.

— O quê?!

— Por que o espanto? Eu sempre incorporo o bicho do bilhete: leão, macaco, tigre, jacaré... Hoje, sou cachorro. Duvida?

— Se você diz...

— Já teve um?

— Já. Um vira-lata de raça.

— Qual o nome dele?

— Poeta. Morreu faz tempo.

— Compra o bilhete para me ajudar.

— Desculpa, mas meu dinheiro é contado. Acabei de chegar. Nem tenho emprego.

— Vai dar 20, a dezena do Poeta. Você vai ganhar. É certo.

— Se você tem tanta certeza, por que não fica com o bilhete?

— Aí você me ofende. Minha sorte não está no bilhete que vendo.

— Não tive a intenção.

— Compra o bilhete.

— Não posso, já disse.

— Se você me visse com outros olhos, saberia que eu não tenho pele, tenho pelo. Sou cor de caramelo, com manchas brancas no peito e nas patas. Sei que meu pai era labrador de raça e minha mãe, vira-lata que nem eu.

— Poeta?!

Ele põe a cabeça de lado e me olha com aquele olhar inteligente que eu conheci menino.

— Você não vai ganhar na loteria. Mas vai ganhar o emprego. Porque não é dono. É amigo.

— Espera! Quem sabe se...

O rapaz olha para o chão, não está mais interessado em vender o bilhete, desconversa. Diz que também gosta dos desenhos das pedras portuguesas. Os que estão perto da praça Mauá são mais variados, garante. Sorri com ares de esperteza e vai embora. Conhece tudo e todos no faro. Na ausência, eu cismo.

"Era você, Poeta? Era?"

Entre o Céu e a Terra cabe muita coisa. Vai dizer que não? Quatro dias depois, sem muito esforço, consigo trabalho como ajudante de cozinha. Tudo a esmo, tudo feliz coincidência. A rua Gonçalves Dias, por acaso. Eu, na Sete de Setembro. Dobrei por dobrar. Curiosidade, não sei. Nau sem rumo por opção. Bons ventos me levam. Algumas rajadas distraídas e, de repente, o mundo dentro do mundo: a Confeitaria Colombo! O maior dos sustos exclamativos! Maior que o Theatro Municipal, o Museu de Bellas Artes, a igreja da Candelária, o Paço Imperial. Maior, muito maior, nem se compara! Mas susto diferente. Eu, o verdadeiro Cristóvão! Eu, o descobridor! Aporto. Tenho no sangue a simplicidade dos navegantes. E a ousadia. O chegar já me dá confiança e direito à posse. Sou dono do meu destino, mas piso com cuidado no terreno desconhecido. Entro, exploro. Os espelhos colossais me obrigam a olhar para o alto? Eu olho. As molduras de madeira são obras de arte? Aprecio. Há outro andar lá em cima? Não temo o que será o próximo desafio. O mar de mesas é convite à aventura. Sigo. Na copa e na cozinha, o barulho de louças e talheres é intempérie. A vozearia é a marujada a postos que me recebe. Essa é a minha gente, não tenho dúvidas. Este é o meu barco e...

Duas batidas no ombro esquerdo me despertam da viagem. O português calvo de fartos bigodes quer saber o que faço em área restrita. Dou satisfação, me apresento, desfio talentos, ofereço préstimos, falo sem dar trégua. Abarrotado de informações, o pobre homem me pede calma, que o mundo não se fez em um dia. Diz que precisa falar com alguém não sei onde. Conversa vai. Aguardo. Cada minuto é século. Conversa vem, olhares francos, afinidades. Não há mais tempo para perguntas. O que me passa pela cabeça é o avental que me é dado sem compromisso à guisa de experimento. É fácil amarrá-lo atrás. Causo boa impressão com o laço rápido e forte. Queria me ver num dos espelhos lá dos salões — delírio passageiro. Ponho-me no meu lugar e me submeto aos testes que me vão sendo dados na hora. Faço como posso. Transpiro o nervoso que vem de dentro. Tia Palma, por favor, me ajuda. "O que o corpo põe para fora nos purifica." Sábia. Tia Palma não me falta nunca. A cenoura e a batata já cortadas, os tomates em rodelas e sem as sementes, a cebola picada bem miudinha, todos nas respectivas vasilhas. Mais alguma coisa? Isso e aquilo. Pronto, acabei. Não me canso. Ao fim do expediente, ainda há fôlego e entusiasmo de sobra. Reluto em desfazer o laço do avental. Já?! Essa é a minha gente, não tenho dúvidas. Este é o meu barco e...

— O emprego é teu, meu rapaz. Começas amanhã, às seis.

Caminho pelo largo da Carioca. Vou com a mão no bolso e assobio — guardarei feliz este 29 de junho. Paro diante do convento de Santo Antonio. Não estou certo de que devo a ele a graça recebida mas, pelo sim pelo não, paro. Sem contrição alguma, agradeço aqui de fora mesmo, aqui de baixo. Presto mais atenção na beleza do convento que na prece ao santo. Obrigado pela graça recebida, balbucio Ave-Marias. Está de bom tamanho. Então em nome do Pai, do Filho e do Espírito Santo, amém. Continuo em direção ao Tabuleiro da Baiana. O lambe-lambe me estimula a vaidade. O pano preto inibe. Tomo coragem para posar. Sinto-me um pouco ridículo, mas quero a lembrança, sim. Mereço a foto. Dou-me ao luxo. Ganhei o emprego, não ganhei? Mérito meu, trabalho suado. O convento ao fundo é o melhor ângulo, é o que todos pedem. Não, eu. Vira a máquina para cá. Quero os bondes verdes de recordação. Levanto mais a cabeça. Um pouco mais para o lado. Assim está bom? Excelente! Atenção! Pronto! Fico com o canhoto, virei buscar no dia tal. Entro na Senador Dantas. Passo em frente ao Liceu Literário Português. Portas depois, a casa lotérica. Ainda está aberta e exibe as várias sortes. Dou-me conta. 29 de junho. É hoje. Será que o bilhete foi premiado? Foi. Deu a dezena 20 do cachorro! Entre o Céu e a Terra cabe muita coisa. Vai dizer que não? Penso no Poeta de rua que me quis enriquecer. Mas, ele antes já sabia, não sou dono, sou amigo. Melhor assim. Tomo rumo. Quero chegar ao Passeio Público. Preciso de verde. O Magazine Mesbla, entrei outro dia, parece sonho. Hoje, me contento em lhe olhar de longe as vitrines — meu corpo pede jardins. Imagino que a praça Paris faça jus ao nome. Estou na Europa, livro de ficção científica, Julio Verne mora ao lado. Sento-me no banco mais afastado, ninguém por perto, estico as pernas. Acho engraçados os arbustos em forma de bichos. Que ideia! Terão vozes? Uma folha de amendoeira cai bem perto. Junta-se a outras. Vão e voltam com alguma brisa. Parecem pássaros à espera de alimento. Um vento mais adiante levanta a terra, me leva às raízes. Como estarão todos em Santo Antonio da União?

Arroz de bacalhau

O jardineiro cuida do jardim. O mato toma conta. O que prefere o jardim? A memória do jardineiro que cuida ou a liberdade do mato que toma conta? Eu cuido da mente. O esquecimento toma conta. O que prefere a mente? A memória do velho que cuida ou a liberdade do esquecimento que toma conta? A memória pode ser bela, mas pesa, eu sei. O esquecimento é leve. Pode até ser alívio. Tantas histórias de família e de amigos se perdem. Para sempre? Para sempre. Nunca mais? Nunca mais. É triste? Muito. Para sempre e nunca mais são medidas de tempo que me amedrontam e, às vezes, entristecem. A memória afetiva do mundo vai se apagando, enquanto os dados do planeta cabem todos no computador. Não há nada que você possa fazer, Antonio. É assim e pronto. Cada morte, seja lá de quem for, é acervo riquíssimo de experiências e sensibilidades que se queima. O incêndio é bom, é útil, é necessário? Falo da memória que emociona, não da memória que envaidece. Nos preocupamos muito com a perda desta última. Sentimo-nos humilhados quando esquecemos o nome do autor consagrado, o título do romance ou da famosíssima peça de teatro. Esta perda de memória, para mim, é lição de humildade. Mostra que a máquina aqui não tem jeito, é falha mesmo. Me faz bem à saúde, porque me vai aquietando o ego. Quero acreditar que com o tempo nos tornamos seletivos. Vamos retendo a informação que nos é importante. Os excessos, o cérebro naturalmente apaga, ou deleta, como diria Bernardo. Mas a memória afetiva é diferente. Quando conto ao meu neto casos vividos por mim, e por pessoas que me são queridas, ou que me foram passados por meus pais ou Tia Palma, não aspiro à posteridade. Bem ou mal falado, meu nome não irá além de umas poucas gerações. Pretendo apenas cuidar do meu jardim. Depois, será a vez de o mato tomar conta. Mas tudo a seu tempo.

Coleciono alguns guardados preciosos que, quando eu morrer, serão jogados fora, porque só fazem sentido para mim. A memória material deles começa e acaba em mim. Só a mim eles emocionam. Só eu lhes estimo o valor. Mas algo me diz que, em qualquer casebre, apartamento ou mansão, haverá sempre uma caixa, pasta ou gaveta onde se esconde aquele papel de bala — que foi desembrulhada no cinema ao lado de quem nos despertava paixão. Ou o desenho da família mal colorido por fora, os bonecos de olhos esbugalhados, cabelos espetados de quem levou um choque elétrico e os garranchos "eu, papai, mamãe". Ou a rolha do champanhe de um Ano-Novo especial, o convite de formatura da afilhada, o ingresso para aquele musical com o número da poltrona 03. Ou o santinho de papel com a imagem de Nossa Senhora de Fátima e que ninguém entende como foi parar ali, porque o falecido era ateu.

Fico cismando: o que aconteceria se nos fosse possível somar todo o amor que há nessas mínimas memórias guardadas em silêncio nos fundos das gavetas do mundo?

Quando papai morreu, mamãe me deu de presente uma carta que passou a fazer parte das minhas raridades de gaveta. A história desse papel amarelado, Tia Palma se encarregou de me contar, com cores fortes. Ela, na sua famosa quarta cadeira. Eu, encostado à janela, saboreando o café quente. Agora, volta tudo de supetão.

Rio de Janeiro, 27 de maio de 1945.

Meu querido pai,

Durante estes quatro anos que estou aqui, as cartas têm ido quase sempre para mamãe ou Tia Palma. Sabe como é: as mulheres são mais curiosas. Adoram receber notícias! Mas, acredite, nunca tive a intenção de preteri-lo.

"Preteri-lo"?

Papai conforma-se em não saber. Volta à leitura.

O senhor sempre foi um exemplo a ser seguido: pelo trabalho honesto, pelo amor à família. Posso lhe dizer, agora, que aquele dinheiro que o senhor me deu quando vim para o Rio de Janeiro, rendeu muito, deu bons frutos. Dinheiro abençoado!

Tenho uma bela notícia e quero que o senhor seja o primeiro a saber. Estou voltando para visitá-los. Chegarei antes do dia 11 de julho — a tempo, portanto, de comemorar seu aniversário de casamento.

Papai interrompe a leitura, vai direto espalhar a novidade. Uma família simples como a nossa não tem muito que contar. São esses acontecimentos banais, que só se tornam únicos quando nos dizem respeito. Por isso, notícia assim, de repente, de filho que volta, é mais importante que o fato mais importante de toda a história da humanidade! E a gente começa a viver o abraço antes do abraço. A voz, o cheiro, o pegar, o colar o rosto e o dar muitos beijos, muitos, muitos, muitos. Que filho foi feito mesmo para beijar. E em momento assim de reencontro, a gente aproveita e os sufoca de tanto carinho. Que em momento assim eles geralmente deixam e não se importam. E depois a gente afasta, que é para ver melhor, e começa a reparar nos gestos, que são um pouco da mãe, o jeito de falar, que é um pouco do pai, o brilho dos olhos e os cabelos, que são da avó materna! Nossos filhos, que pegamos no colo, vão crescendo. E vão ficando mais bonitos do que nós, mais educados e muito mais instruídos do que nós. Seus sentimentos também são bem mais apurados. Nossos filhos somos nós para melhor. Bom que seja assim. Bom quando é assim.

Mamãe e Tia Palma estão na horta. Papai já lhes dá a notícia de longe. Em pé, lá mesmo, os três releem a carta do início. Três cabeças coladas. Tia Palma, no meio, é claro. Agora, é ela quem lê, em voz alta. Termina, com a folha de papel colada ao peito, agradecida.

— *Receba todo o amor do filho, sempre perto, Antonio.*

Com cara de menina levada, Tia Palma olha para papai e mamãe, faz suspense e acrescenta:

— *P.S.: Estou levando boas postas de bacalhau, azeite, queijos, vinho verde e outras tantas gulodices vindas de Portugal.*

Abraços de contentamento. A vida é boa — eles têm a prova concreta, real e dos nove. Voltam todos para casa, euforia latina, planos imediatos para a festa de chegada, as verduras ficaram todas na horta.

— José, as verduras! Volta lá, homem! Senão não temos a sopa para o jantar!

Tarde da noite. De posse do gordo envelope, Tia Palma e mamãe confabulam. Expulsam papai do quarto. A carta agora é delas. Ele já conhecia as linhas, não precisava ir mais a fundo. As entrelinhas, as ilações, o implícito, tudo isto dependia do faro feminino, era com as duas e mais ninguém. Ele que voltasse para a rede, para o cigarro ou o que fosse. Mamãe põe os óculos.

— Achei bonita essa parte em que ele diz que o dinheiro que o pai lhe deu foi abençoado.

— Quer dizer então que o danadinho pretende abrir o próprio restaurante?!

— Trabalhador como ele é, posso apostar que isso é apenas o início.

— Pena que ainda não arrumou uma boa moça que o mereça.

— Está aqui, Palma! Então não leste a carta?! Ele ainda pensa na Isabel.

Tia Palma toma a carta das mãos de mamãe, tira-lhe também os óculos e os põe para ler.

— Onde, que eu não li?

— Você está ficando gagá, Palma. Aí embaixo, no final. Ele pergunta por ela.

— Ah, isso eu li!

— Leu nada. Lê direito, que tem mais coisa.

— *E, por favor, meu pai, dê lembranças minhas à Isabel. Se for o caso, gostaria muito que ela soubesse da minha chegada.*

— Estás a ver? Se for o caso...

— Ou seja: se não estiver comprometida...

Tia Palma tira os óculos.

— Precisamos fazer alguma coisa.

— Vou lá ao senhor Avelino avisar. Falo pessoalmente com Isabel.

— É pouco. Não basta.

— Que mais se pode fazer?

— Vocês não fazem anos de casados no dia da chegada do Antonio? Então? Preparamos um almoço e convidamos o senhor Avelino, dona Maria Celeste e a Isabel, que é quem nos interessa.

— Palma, os Alves Machado nunca se sentaram conosco à mesma mesa. Não sei. Sinto-me um pouco constrangida.

Ainda mais aqui, em nossa casa tão modesta. São muito bons e generosos, mas são nossos patrões. O mundo deles é lá em cima, na sede.

— O José Custódio e o senhor Avelino não são tão amigos? Então? Qual é o problema? Acho, inclusive, que já deveríamos tê-los chamado há mais tempo. Já ouvi, por diversas vezes, dona Maria Celeste dizer que o marido gosta do nosso José como a um irmão.

— Bom, isso eu mesma já ouvi do próprio senhor Avelino.

— O pior que pode acontecer é não poderem vir.

Silêncio. Silêncio porque há mesmo um receio reverente em convidar os Alves Machado. Silêncio porque as duas tramam e precisam de concentração. Silêncio porque a inspiração fala sempre muito baixo. Súbito, um brilho especial nos olhos de mamãe.

— Palma, não sabes o que acaba de me ocorrer...

— Claro que sei!

As duas saem direto para o oratório. Persignam-se diante da imagem do Sagrado Coração. Abrem a parte de baixo com reverência e curiosidade. Depois, desatam o saco de estopa. Mamãe apanha um bom punhado do arroz e o deixa derramar de volta ao saco.

— Perfeito! Veja, Palma! Pegue!

— Céus! Quase 40 anos e ainda saudável!

Mamãe beija as mãos de Tia Palma.

— Amor verdadeiro não se estraga. É para sempre.

— Três quilos é o quanto basta. Dará um belo arroz de bacalhau.

— É impossível que Antonio e Isabel não se resolvam.

O almoço é um sucesso. Os Alves Machado chegam um pouco cerimoniosos, mas logo, com tantos comes e bebes, somos a mesma família. Que importam os sobrenomes? Meu sonho sempre: estar em família com classes, raças, culturas, religiões, comidas diferentes. Países e pessoas aprendendo uns com os outros. Dentro de cada um de nós, a humanidade. Confio. Todos dentro de todos. Morre o preto velho no interior de Angola. Não sei, não vejo, não sofro. Mas, com ele, morre alguém dentro de mim e me empobreço. Nasce uma criança no coração de Nova York. Não sei, não vejo, não vibro. Mas, com ela, nasce dentro de mim algo que lá chamam *hope* e aqui chamamos esperança — sons distintos que significam exatamente a mesma coisa.

Não acredito no que meus olhos veem. Dona Maria Celeste só faz elogiar o arroz de bacalhau. O senhor Avelino diverte-se com as histórias de meu pai e com os discursos de Tia Palma pregando a eliminação do Estado e de todas as classes sociais. Inflamada, ela decide:

— Classe é estilo! O resto são invencionices políticas dos que não sabem celebrar a vida! — E repetia: — Classe é estilo!

Dona Maria Celeste, com ares nobres, enche-se de vinho e concorda com a cabeça. O arroz, é certo, desinibe os corações e desperta os melhores sentimentos em todos os presentes. Na hora das despedidas, beijos emocionados à moda de Portugal e abraços efusivos à moda do Brasil. No chão com tempero brasileiro, as diferenças já não fazem a menor diferença. O almoço, mais que celebrar a visita de um filho e o aniversário de um casamento, surte o efeito desejado: já no ano seguinte, Isabel e eu nos casaríamos com o consentimento e as bênçãos de nossas famílias.

kd vc?

Por que essa história do arroz? Por que desencavar tanto passado? Justo agora que tenho tão pouco tempo de vida? Minha cabeça me prega peças com frequência. O fato curioso some assim sem mais nem menos. Aquele outro, por mais que eu queira, não se apaga nunca. A conversa velhíssima com o amigo já morto vem quando menos espero e me surpreende. O ressentimento surge do nada e me atazana. Secreto, confidencial, ostensivo — quem, por mais sábio e letrado, ousará organizar o arquivo pessoal? As tristezas por ordem alfabética? As alegrias por ordem cronológica? As amizades por ordem de chegada? Ou pelo grau de importância? Canseira inútil. Em que pasta ficariam os nossos sonhos, os nossos feitos, as nossas frustrações?

Tento entender minha aflição. Sim, porque só procuramos entender o que é ruim. O que é bom simplesmente vivemos sem mistérios. Se estamos com saúde, se realizamos um bom negócio, se é um bom filho, achamos que tem de ser assim e pronto. Os porquês só para o que nos desgraça e incomoda — questionários sem-fins. Para o que nos alegra não há perguntas, só belas exclamações — vida que segue e nem nos damos conta. Na felicidade tudo faz sentido. O universo torna-se simples e fácil como número de mágica que fascina. Mas eu, neste exato momento, embora eternamente curioso, peço a Deus que não me tire mais nada da cartola. Quero é mergulhar de cabeça dentro desse vaso preto de abas que não quebra, conhecer a origem do caos e da ordem, aprender os truques... Deus coleciona universos, eu coleciono memórias e sonhos, Bernardo coleciona amigos no Orkut. Se não é o mais sábio, é sem dúvida o mais comunicativo de nós três.

Falo do Bernardo e logo sinto saudade. Saudade do riso safado e do abraço que não se desfaz. Por onde andará esse anjo vagabundo? Me preocupo tanto. Para quê? Bernardo é invencível. De repente, chega aqui na fazenda, e instala msn e câmera no meu computador, brinquedos mais divertidos que telefone. Depois, já de volta à casa dos pais, inaugura o novo canal de comunicação, tecla rápido.

"vo, vc ta ae?"

Ponho uma carinha feliz.

"Oi, Bê! Tudo bem?!"

Ele põe um bonequinho de óculos escuros.

"td. to de férias"

"sempre, não é?"

"coe vo?! to ae na batalha tb. rs"

Vejo Bernardo na batalha. Todos à sua volta armados até os dentes. Elmos pesadíssimos. Maças, lanças, espadas em riste. Golpes desferidos sem misericórdia. E o Bernardo lá, bem no meio da fúria, bermudão florido, tomando sua aguinha de coco. Cruzado indisciplinado, sem cruz, colorido. A prancha de surf por montaria. As ondas — cavalos selvagens, dóceis a seus pés — não quebram nem machucam...

"vo, c ta ae?????????"

De um lado, papai, mamãe e Tia Palma. De outro, o Bernardo. Sou ponte quilométrica entre duas margens que não se conhecem. De mim, me perco do início ao fim. Perder como? Ponte lá tem encruzilhada? A minha tem. E sem placa de sinalização.

"vo, kd vc????????????????"

"Estou aqui, Bê. Dei uma desconectada, mas já estou de volta."

Ele põe uma carinha que dá gargalhadas. Me conhece bem. Sabe perfeitamente o tipo de desconectada a que me refiro.

“se liga ae, vo! vc tem muito chaum pela frente. num vai vazar assim facinho naum. Kero vc aki. rs.”

“Qualquer dia vou ter que pedir aulas particulares pra entender o que você escreve! Pobre Camões, deve se revirar no túmulo!”

Como um Champollion, vou tentando decifrar os códigos dessa nova Rosetta.

“po, vo. liga a cam e o mic ae, kero v vc. bora, eh rapidinhu.”

Bernardo me convida. Eu aceito. Logo já estamos rindo diante de nossas câmeras. Homem quase feito, me manda beijo e dá adeus feito menino. Sua voz sai nítida pelos alto-falantes e pelos cotovelos. Disfarço a emoção ao vê-lo e ouvi-lo assim. Filme de ficção científica. Não somos mais de carne e osso. Somos imagens de luz que se comunicam. E o universo me parece simples e fácil como número de mágica que fascina.

Porque sim

Já noivo de Isabel, volto à fazenda. Preparativos do casamento. Mamãe e Tia Palma têm longa conversa comigo sobre o arroz. Estão dispostas a contar tudo a papai. Mesmo com o que possa vir pela frente. Acho certíssimo. Afinal, ele faz parte da história, é um de seus principais protagonistas. Antagonista, concordo. Mas por que justo agora quando estamos todos naturalmente mais ansiosos e emotivos? Alguma razão especial para cutucar a onça com vara curta? Coladas uma na outra, as duas se olham e se dão as mãos. Siamesas, me confirmam em uníssono: sim, há uma razão especial. E inadiável. Querem aproveitar minha estada para pôr tudo em pratos lavados, enxaguados e limpos. Meninas de cabelos grisalhos é o que vocês são. O comentário agrada. O olhar cheio de expectativa à espera do meu apoio. Tudo bem, contem comigo, confio sempre. Vocês querem parar de rir? A conversa não vai ser assim fácil. Bom saber direitinho como e quando contar.

Dia seguinte. Papai sai do banheiro, feliz da vida. O momento é agora. A verdade, toda a verdade, nos pormenores. Mamãe sabe que tem de ser assim, de pronto, de chofre, sem dar tempo para ele pensar. Ataque surpresa.

— É melhor te sentares.

— Sentar-me? O que foi?

— Assunto rápido.

— Se é rápido por que sentar-me, por que essa cara, por que Palma e Antonio a cerrar fileiras aí do teu lado?

— É do teu interesse.

— Parece sério. Algo com o senhor Avelino ou com dona Maria Celeste? Algum comentário que fizeram?

— Não, pelo contrário, os dois estão felicíssimos com o casamento de nossos filhos. Acalma-te, que o assunto é cá entre nós.

— É sério, pressinto que é sério.

— Já foi sério, seriíssimo. Hoje, é bem diferente. Mas vais escutar tudo o que está represado há tempos dentro de mim.

— Preferia que fosses direto ao que interessa.

— Pois bem. O arroz de Palma é o que interessa.

— O que estás a dizer?!

— O que estou a dizer é que já é hora de saberes que o arroz de Palma é especial, há 36 anos não se estraga, abençoou-nos o casamento com quatro filhos saudáveis e agora faz a união entre duas famílias totalmente diferentes!

— Como abençoou-nos o casamento? O que o arroz de Palma tem a ver com os nossos filhos?

— Tudo.

— Que raios! Essa lengalenga outra vez!

Mamãe não se intimida. É verdade atrás de outra. O arroz trazido para o Brasil no oratório, a cumplicidade com Tia Palma, o purgante na comida, a canjinha magra, o arroz de bacalhau servido no último aniversário de casamento e ainda tem mais. Mais?! Papai se levanta, esboça reação. Mamãe o manda sentar novamente. Isto mesmo: manda. E papai obedece — acaba de sair do banheiro, está leve, desarmado, incapaz de se enfezar. Tia Palma e eu piscamos o olho um para o outro — a antiga estratégia da privada sempre funciona. Mamãe continua, fala com todos os efes e erres. Sua autoridade se impõe ao poder de papai. Ela lembra detalhes. Do que foi obrigada a suportar por causa do bendito arroz. Bendito, sim! E ele a negar a bênção, sempre. Primeiro, por orgulho cego. Depois, por simples birra. Até os cotos de vela e a fome solidária lá em Viana do Castelo vêm à baila. Terminada a tempestade, silêncio absoluto. Papai espera bem quieto, quer ter certeza de que a trovoada está longe. Só então levanta a cabeça. Não por altivez, mas para poder olhar mamãe nos olhos. Está atônito. Nunca o vi nem o ouvi assim.

— Céus. Já nem me lembrava desse arroz. Pensei que já o tinhas deitado fora.

— Deitado fora! Imagina! E tu nestes anos é que te tens empanzinado com ele mais que todos.

— Soube-me bem, não posso negar.

Papai, inacreditavelmente dócil. E zonzo, é verdade. Não responde assim só por ter sido feliz no banheiro. Ah, mas não mesmo! Há algo no ar que não entendo. Mamãe continua no comando. Não abre a guarda. Parece que esperou esses anos todos pelo desabafo. Remoça a cada verdade lançada. Aprendo que um basta bem dado no momento certo faz bem à saúde. Impressionante. Do início do transbordamento até agora, está, pelo menos, uns dez anos mais jovem. E embelezou. Papai percebe. Sua Maria Romana irradia. Altiva, serena, intemerata. Sim, ela tem razão. Só agora ele percebe. Estúpido! Sim, foi no mínimo turrão e insensível estes anos todos. E os Céus ainda o abençoaram com quatro filhos saudáveis. Por virtudes dela, é claro. Dele, não teriam sido. Papai quer ouvir mais. Precisa ouvir mais. Mamãe não o desaponta.

— Palma e eu tomamos uma decisão. O arroz que ainda há — uns oito quilos bem pesados — será dado ao Antonio como presente de casamento. O cartão, o mesmo. Só que tu e eu o assinaremos também.

Agora, até eu me surpreendo. Tento assimilar a fala de improviso dentro da cena que havíamos ensaiado tão bem. Está explicada "a razão especial e inadiável". Meninas de cabelos grisalhos é o que vocês são. Cúmplices sempre. Não precisavam aprontar essa comigo, me desconcertarem assim em frente de papai.

— Ahn???!!!

Reflexo condicionado, mamãe e Tia Palma viram-se para mim. O "ahn" espontâneo e assustado dá a impressão equivocada de que não quero o presente. Nada disso. É claro que quero. E como! Desde menino, o único a conhecer a história do arroz nos mínimos detalhes. A promessa de guardar segredo. Nem um pio, nunca, a ninguém. Cumpri a palavra. Mas receber todo o arroz como presente de casamento é demais. Que merecimento?

— Por que não dividi-lo com meus irmãos? Se nos fará felizes, saudáveis e férteis, se é garantia de amor eterno, por que não compartilhá-lo? Não. Não o posso aceitar assim de graça. Por quê?!

— Porque sim!

A fala veemente de papai assusta-me. "Porque sim" e "porque não" são argumentos definitivos que encerram qualquer tipo de discussão com o filho mais rebelde. Não precisa dizer, eu sei. Mas a resposta teria que ter vindo de mamãe. Não dele. Há algo no ar que não entendo. Papai se levanta, ignora mamãe e Tia Palma. Olha-me direto nos olhos. Tenho vontade de recuar, mas não me movo de onde estou. O que é que está acontecendo? Sortilégio. E eu metido nisto. O que é essa transformação súbita de papai? Por que me olha desse jeito comovido? Não quero o arroz! Ou melhor, quero o arroz, sim, mas acho injusto tê-lo todo, já disse. Quero a parte que me cabe e pronto. Tão simples! Será que não compreendem o óbvio? Não são tão sábios e experientes os três? Eu, o jovem aprendiz, sendo obrigado a lhes fazer ver o que é correto e o que é errado. Papai lê meus pensamentos. Eu sei que lê. Eu também o ouço sem que ele verbalize palavra. E ficamos assim por alguns segundos num diálogo silencioso que articulado levaria horas. Há muita coisa entre o Céu e a Terra. Tia Palma e mamãe sabem disso. Não nos ouvem, mas intuem que algo diferente se passa. Não buscam explicações. Ficam felicíssimas ao verem papai e eu nos darmos um forte e emocionado abraço. Por quê? Ora, porque sim!

O dono do arroz

Houve momentos na vida, e não foram poucos, em que fui obrigado a abrir mão de minhas convicções. Traidor de mim mesmo. Depois, uma boa desculpa para me acomodar o peso na consciência. Dizer que fui obrigado, por exemplo. Obrigado coisíssima nenhuma. Sempre que agi de modo contrário ao que acreditava foi por pura conveniência. Para me justificar, é claro, recorria aos conhecidos clichês: "ninguém é dono da verdade, Antonio", "não se pode ser radical, Antonio", "se fincares os pés na areia, Antonio, a onda te leva de roldão. Ondas, furamos ou subimos com elas".

Assim, mesmo persuadido intimamente de que não é justo, aceito o arroz como presente de casamento. Mais que isto. Com o passar das semanas, fico egoisticamente feliz por tê-lo todo para mim. Já nem me importo com meus irmãos. Culpa nenhuma. Fácil justificar-me com os dois lados do travesseiro. Afinal, não é decisão vinda de cima e ainda ratificada em última instância por papai? Se ele — até aqui, o antagonista, o vilão da história — sentencia que o arroz deve vir para mim, não tenho como contrariá-lo. Se naquele abraço silencioso que nos demos, com as bênçãos de mamãe e Tia Palma, entendi que entre o Céu e a Terra há fatos que não se explicam, não posso pretender mudar o próprio destino. Destino que me favorece. Destino que me permite subir ao palco como protagonista. Destino que também me dá o direito de chamar Isabel para contracenar comigo. Logo, ela conhecerá a história do arroz. O drama e a comédia, a poesia e a patacoada, tudo. Mas entenderá o significado do presente? Ficará emocionada? Constrangida? Será indiferente? Crio defesas para a possível decepção, o eventual sofrimento. Convenço-me de que se papai, um pé-rapado sem eira nem beira, se sentiu ofendido, é natural que Isabel, tão abonada, por mais compreensiva que seja, reaja com igual ou maior indignação. Com o que irão pensar meus futuros sogros, sinceramente, não perco o sono. Pensem o que quiserem. Que nos vejam como avaros ou ridículos. Na minha trama, o senhor Avelino e dona Maria Celeste são coadjuvantes. A partir de agora, determino eu a fala e o lugar de cada um no palco. Quem fica na frente ou no centro ou atrás, um pouco mais à direita ou à esquerda. Não adianta esticar o pescoço em direção à luz. Ficam plantados onde eu os ponho. É assim que faz o Criador. As marcas machucam, são injustas? Nada disso me preocupa. Quero mesmo é que a história vá adiante. Não mais contada por Tia Palma, mas vivenciada por mim. Sou o dono do arroz. Quem quiser, Maomé ou montanha, que me venha ao encontro. Eu faço e aconteço, conto como é e como será, decido o presente e o futuro do arroz. Mal posso esperar para ver Isabel. Sua opinião, sim, me interessa. Prova de sintonia ou prova de escolha equivocada. Levantaremos o tom da voz? Casamento desfeito por motivo fútil? Preciso falar com Isabel. Não pode ser aqui, com mamãe e Tia Palma por perto. Muito menos na sede da fazenda, toda aquela criadagem, visão e audição apuradíssimas, à espera da menor novidade. E dona Maria Celeste, com os chás e os biscoitos. Quatro paredes, não. Portas entreabertas e conversas entreouvidas, não. O lago menor. O lago menor é bom lugar. Afastado, recolhido. Mas já estivemos lá tantas vezes. Que graça? Antonio, o importante é vocês estarem sós. É final de outono, esse sol coado que não se mete em conversa, essa temperatura que nos faz esquecer o corpo. E o cenário é perfeito. Isso, o lago menor. Está decidido. A história do arroz continuará em grande estilo. Isabel e eu em cena. Mais ninguém. Sem ensaios, é claro. Não existe ensaio, sabemos disso por experiência. Quero ver Isabel na hora do improviso, se é boa repentista, com que versos me rebaterá, com que rimas. Mas antes, tenho de trazê-la para a história. Celebrar sua cumplicidade, correr o risco de perdê-la.

— Ouça primeiro, sem interromper. Depois, você pode falar o que quiser. Está bem?

— Tente não fantasiar muito, Antonio. Seja objetivo, por favor.

E eu sou. Meto-me logo em brios. Sucinto e direto, é assim que ela me quer. A saga do arroz sem adjetivos ou interjeições. Apenas fatos. Nenhum sentimento. Termino com o dado matemático não muito preciso mas que, acredito, não dará margem a interpretações.

— Por isso, receberemos uns oito quilos de arroz como presente de casamento.

Paro por aí. Pego o graveto ao alcance da mão, como se nada que disse tenha assim grande importância. Nem desencosto do tronco da figueira, nenhuma expressão no rosto, aguardo. A árvore aguarda. O céu, o lago menor, o mato, os insetos, algum pássaro. Todos aguardam. É a vez dela.

— Então é isso que o afligia tanto?

É exatamente isso. Nem mais nem menos. Só lhe peço que seja sincera comigo. Se o presente a constrange ou...

— Se o presente me constrange? Antonio?!

— Não?

— É claro que não! Pelo contrário, me excita.

Meu corpo todo endurece. Me reteso. A saliva aumenta rapidamente, molha toda a palavra.

— Excita?

— Pensa bem. Quase 40 anos... Nele estão as mãos das pessoas que foram ao casamento de seus pais. Com exceção de sua Tia Palma, nenhuma delas comparecerá ao nosso. Muitas já terão morrido.

— Você está diferente, Isabel.

— Diferente como?

— Esse comentário não é seu.

— Também tenho meus devaneios, sabia?

— Estou sabendo agora.

— Só não gosto de um detalhe: ao contrário do que acontece com todos os noivos, o arroz não será jogado sobre nós. Virá embalado para presente. Isso não é bom. Eu acho.

— Espera.

— O que foi?

— Pronto.

— O que é que você tem aí?

Mostro o lenço branco fechado pelas quatro pontas.

— Um punhado pra mim. Um punhado pra você.

— Louco!

— Peguei escondido. Ninguém vai saber, ninguém viu.

— Me dá medo.

— Medo? Por quê?

— O proibido assusta.

— Proibido?! Eu sou o dono do arroz!

— Então por que você o pegou escondido?

— O coração mandou.

— E você o obedece assim tão fácil?

— Pelo sim, pelo não...

— Sim e não: você quer estar bem com os dois, não é? Acende uma vela pro claro, outra pro escuro, sempre.

— O escuro precisa mais.

— Antonio, leva esse arroz de volta.

— Não!

— O arroz é presente, ainda não foi dado a você.

— Que mal tem? Só dois punhados sobre nossas cabeças. Seremos como todos os noivos. Não é assim que você quer?

— Abençoar nossa união, é isso que eu quero, claro!

— E escuro também.

Abro o lenço. O arroz nos seduz e hipnotiza. Por que brilha tanto? Contas preciosas? Pérolas pingentes? Sugestionados, nós? Enfeitiçados?

— Olha! Vê mais de perto!

— Posso pegar agora?

De nada adianta o cuidado excessivo. Coisas do Divino. Nossas mãos se esbarram e o arroz entorna todo no colo de Isabel. Susto!

— Foi você!

— Eu?!

— Foi você, sim. Fez de propósito.

— Foi sem querer, juro. Olha, ele está todo aqui no meu colo. Não aconteceu nada.

É claro que aconteceu. Corte, quebra, sei lá, mas aconteceu. Isabel deixa escapar o riso. Não de ironia, mas de travessura adolescente que me revolta. E eu a silencio com meu beijo. Não gosta do inesperado, do incontido e até do perverso? É claro que gosta. Por isso, abre mais a boca e me pega os cabelos e se perde comigo no tempo. Depois me afasta e me olha nos olhos e diz que me ama. Com todos os meus delírios. E agora, mais este. O do arroz. O maior de todos, ela pressente. Será que não me canso de enredos? Isabel se deita, sensual. Quer que eu a veja assim, estirada. O arroz todo derramado em seu colo. Que olhar é esse que não conheço e me desconcerta? E esse outro que me agride e me convida? Por instinto, beijo o arroz entre suas pernas, nele me esfrego e nelas me aconchego — menino que quer mais e mais e mais. Fecho os olhos. E de olhos fechados tudo vai abaixo: paredes, fronteiras, universos. De olhos fechados, tudo é possível. O escuro é página em branco, nele se cria o que se quer. O escuro é colorido, é cósmico e abissal. Viagem. Voo cego. O Deus do azul opera por estranhos caminhos. As mãos de Isabel em mim, e por onde passam, sou eu? O tato nos mistura e confunde. O tato desconhece o limite dos corpos. O tato me pergunta onde um acaba e começa outro. A carícia às vezes é tão leve que perco noção dos meus próprios cabelos. Estarei por um fio? O que me separa o real da imaginação? As mesmas perguntas de quando eu nasci. Não terei aprendido nada nestes anos de juventude? Preciso que Isabel me diga algo. Depois, talvez. Qualquer som agora é arriscado. No escuro, melhor o silêncio. Suas mãos nos meus cabelos. Meu rosto no seu ventre. Como será por dentro? Quero filhos. Muitos? Os que vierem. Sou o dono do arroz, sou o que fertiliza. Isabel, está me ouvindo? Claro. Nossos calores, nossos odores respondem por ela. O faro me diz que sou bicho, que ela é bicho, que a paixão deixa pistas. As mãos em suas pernas. Posso continuar de olhos fechados. É isso o que ela quer e pede. É isso o que eu quero e peço. Ajoelho-me diante dela, devoto. Com fervor e veneração pagã, levanto-lhe o vestido. O instinto consente, o arroz todo escorre, meu beijo faz que sela o portal, mas logo consegue a senha que permite o livre acesso. Que forças são essas que se desencadeiam? Suas mãos em minha cabeça me coroam com autoridade e alguma raiva, os dedos me cravam — sagração da loucura. Agora, sim. Isabel fecha os olhos e me encontra no escuro. Me puxa com força para cima, é isso o que eu quero. No escuro absoluto onde tudo é possível, entregues e permissivos, um dentro do outro, prestes, perdemos noção. De volta ao Paraíso — jardim de portões escancarados, pleno de serpentes que se esfregam sibilantes e voluptuosas em ninfetas e efebos. O Deus do azul, despreocupado, assobia e passeia longe daqui sem bolsos onde enfiar as mãos. Veja!

Árvores do conhecimento carregadas de enganos científicos milênios a fio — prefiro as maçãs. Os pomos me passam livres pela garganta, me farto sem sustos. Liras, uvas, saudáveis vícios, uns poucos panos transparentes, fáceis de tirar. Arrozais! E nós, encharcados nestes tons de verde, chegamos juntos ao gozo quase eterno — o prazer por mais longo é átimo de segundo. Nem isso. O orgasmo manda o tempo para o espaço e desdenha o universo — um nada se comparado ao brevíssimo êxtase dos sentidos. Abrimos os olhos. Alguma noção já é possível. Tateamos. Exaustão e paz. Impossível separá-las. Rostos transfigurados, hálitos, odores ainda. Os calores se foram. Isabel deixa escapar o riso de cumplicidade, de travessura adolescente que agora me enternece. A religião ainda não veio nos atrapalhar. Quando virá com as culpas e os arrependimentos? Virá?

— Eu sou o dono do arroz, que também é seu, dona Isabel.

— Dona... Por acaso, estamos casados?

Sim, estamos casados. O Deus do azul sabe que estamos. O lago menor sabe que estamos. O sangue e o arroz sabem que estamos.

É preciso diálogo

Acredito no diálogo. Sempre acreditei. Mesmo no mais duro, no mais áspero, ponho a minha fé. Na busca sincera do entendimento ou do convencimento, admiro as falas de cada um. A palavra certa no momento exato, o xeque-mate. Ou o discurso equivocado, mas cheio de verdadeira paixão. O falar pausado ou o desmedir a voz. O adicionar o choro, o recorrer ao berro. O calar súbito que surpreende e o recomeçar no tom baixo que desarma. Reconheço até que o chutar o balde faz parte do diálogo. Permite às vezes que a conversa vá adiante. Tudo vale quando se quer chegar ao outro honestamente. Quando alguém me conta como se passou a conversa ou a discussão que não presenciei, dou tratos à bola. Fonte confiável ou não, quem leva adiante o que ouviu já estabelece um novo diálogo. A mentira deslavada, a mais pura verdade, o não foi bem assim. Quem conta um conto aumenta um ponto? Pode ser. Mas diminui também, ou omite, ou distorce pelo ângulo que vê. Luz e prisma se entendem com perfeição. Quantas cores no diálogo? Quantos tons?

Junho de 1946, alguém vem e me conta. Dou ouvidos, sim, e daí? Afinal, vésperas do meu casamento. Tenho o direito de saber, não tenho? Mamãe e papai anseiam por reunir todos os filhos.

— Mulher, não é amanhã que o Nicolau e o Joaquim chegam?

— É. Combinaram de virem juntos no mesmo trem.

— Pena que só vão poder ficar alguns dias.

— Já dá para matar as saudades e, pelo menos, saber como estão e o que fazem por lá.

— Por onde anda a Leonor? Ainda não a vi hoje.

— Foi ao vilarejo com o Antonio e a Isabel. Ela que estava sempre a falar mal deles, agora se tomou de amores pelos dois.

— Conheço bem a filha que temos. Se está bem com eles é para estar de mal com alguém.

— Conosco, ora.

— Conosco?! Por que raios?

— Porque daremos o arroz ao Antonio.

— Explica-se: ciúmes.

— Não. Ao contrário. Está a defender o irmão. Que déssemos o arroz, concorda. Mas acha pouco. Anda a dizer que somos uns miseráveis e que se envergonha de nós.

— É típico da Leonor. Que disparate.

— Que é típico da Leonor, concordo. Mas não podemos dizer que seja disparate. Está a ter a mesma reação que tiveste há quase 40 anos lá em Viana do Castelo.

Papai funga, pigarreia. Desconversa.

— O que te parece esse Sebastião?

— É bom rapaz.

— Às vezes me aflige. Custa a entender as coisas. É muito bronco.

— Algum encanto a Leonor deve ter encontrado nele.

Papai e mamãe nunca repararam no pé do Sebastião. A conversa muda novamente de rumo.

— Vai ser bom ver a família reunida outra vez.

— A casa cheia. A mesa completa.

Acontece que família é prato difícil de preparar. Mesmo nas mãos do cozinheiro mais experiente, o doce desanda de uma hora para outra. A fofoca, súbito, faz o estrago. O mexerico surpreende e desperta a fúria de quem parecia o mais pacato. Nada a fazer — há dias em que o mundo amanhece de ovo virado. O caldo entorna. E aí, mesmo em casas onde há fartura e sobra pão, todos berram sem razão. Por isso, quando há bolo na família, nunca ponho fermento. Deixo passar o tempo. E o que hoje parece tão sério, breve passará a fazer parte das reminiscências, das conversas de mesa, da horinha da saudade. Mas que, no momento, machuca, ah, machuca.

Só depois de velho e com a vista ruim é que vejo o mundo com nitidez. E ainda ouço vozes. Logo ao chegar, Nicolau cria o drama.

— Estão todos loucos! Isto é um verdadeiro absurdo! Não sei o que é que eu vim fazer aqui.

— Nicolau, vê lá como falas comigo. Sou tua mãe. Não sejas ridículo!

— Ridículo, mãe?! Ridículo é esse presente de casamento que vocês inventaram de dar ao meu irmão, coitado.

— És mesmo um insensível!

— Oito quilos de arroz! Pobre Antonio! Eu me pergunto se, no dia do meu casamento, terei de passar por uma situação constrangedora como esta! Quanta vergonha!

— Vergonha é ter posto no mundo filho tão obtuso!

— Ainda bem que volto para o Rio de Janeiro!

Nicolau sai pisando forte. Mamãe custa a crer.

— Pode?! Um campônio que ainda cheira a estábulo com ares cosmopolitas! Deus, dai-me paciência!

Joaquim mostra igual ou maior indignação.

— Mãe, é verdade essa história boba que a Leonor me contou?

— Não é uma história boba, Joaquim! É uma história lindíssima! Que tem a ver com o meu casamento, a nossa família, o nascimento de vocês, tudo!

— Mãe, raciocina: os Alves Machado estão presenteando a Isabel e o Antonio com um belíssimo sobrado num dos bairros mais nobres da capital. E nós vamos dar a eles um saco com alguns quilos de arroz?! Não faz sentido!

— O senhor Avelino e dona Maria Celeste são ricos. Nós somos pobres. Não há vergonha nisso. Nosso presente é feito de amor. Só amor. Mas sabe, Joaquim, que quando fores rico — se um dia fores — poderás comprar quantos sobrados tu quiseres. Agora, amor, não. Amor é artigo que não está à venda. Propriedades, sim. Automóveis, sim. Mas amor, meu filho, nem ao menos uns poucos gramas tu consegues encontrar no mercado.

Papai entra, põe fogo pelas narinas.

— Onde está a Leonor?

A fúria de papai intimida Joaquim.

— Não sei, meu pai.

— Pois vai procurá-la, quero-a aqui imediatamente.

— Sim, senhor.

— A família inteira reunida! Todos amigos e alegres!

— Meu velho, não fiques assim. Isso passa. Gente moça é mesmo inconsequente. São radicais. Fazem tempestade em copo d'água.

Leonor entra ressabiada.

— O senhor mandou me chamar?

Papai, descomunal, cenho franzido, olhos de Deus versão Antigo Testamento.

— Não é sem motivo que a Natureza não dá asas a cobra! Põe a língua para fora diante do espelho. Vê se não é fina, comprida e com duas pontas como a de uma cascavel!

Leonor leva as mãos à boca, com horror. Mamãe tenta apaziguar.

— Filha, por que foste falar essas coisas todas? Apequenar um gesto tão cheio de carinho... Jogar teus irmãos contra nós...

— Falei sem pensar.

— No dia que conseguires pensar alguma coisa, o cheiro vai ser insuportável. Agora, ouve bem o que te vou dizer: tua

Tia Palma não está a saber de nada disto. O Antonio e a Isabel também não. Tu vais falar com aqueles dois néscios dos teus irmãos e acabar com isso de uma vez. Amanhã, quero todos juntos na entrega do presente.

Leonor chispa dali. Papai respira todo ar que pode e o solta com raiva conformada.

— O pior é que olho para esses bestalhões e sou obrigado a reconhecer que eu era exatamente assim!

Mamãe acha graça.

— Alguma parvoíce pode ser de mim. Só que a ambição e a turra não são do meu lado. Isso eles herdaram lá da tua gente.

— O comprimento da língua da Leonor vem da tua mãe, tu bem sabes. Parece até que estou a ver a minha sogra. Que Deus a tenha!

Papai e mamãe se abraçam, tentam se proteger de faturas passadas.

— Esquece isso, Custódio. Só temos que pensar que estão todos em casa e, amanhã, nosso filho vai se casar.

— A vida está sempre a aprontar das boas. Do lado de Isabel, o senhor Avelino e a mulher se emocionam com a história do arroz e cá, do lado do Antonio, os irmãos, tão unidos a ele, a fazer chacota. Será que é a justiça divina ainda a me punir?

— Não te martirizes assim, homem. O importante é que Isabel e Antonio gostaram do presente.

— O Antonio me disse que se surpreenderam principalmente com a reação do senhor Avelino. Um homem de fortuna, tão lógico e racional, ali, a prestar atenção em tudo o que ele dizia, querendo saber detalhes, acreditando com sinceridade nos poderes inexplicáveis do arroz de Palma.

— Mas é preciso dar descontos. Sabes que o nosso Antonio está sempre a florear as narrativas, a pôr cores onde não há.

— Não. Absolutamente. Desta vez não houve os floreios nem as cores do Antonio. A própria Isabel me contou. Ficou pasma. O pai comoveu-se em inúmeras passagens e lhe disse que não conhecia história tão rica.

— Acredito. Dona Maria Celeste já me confirmou que ela e o marido cá estarão para a cerimônia do arroz.

Os dois continuam abraçados lá no avarandado. Papai se ausenta por dentro. Depois, volta.

— Estava a me lembrar de nossa querida Viana do Castelo. Faz tempo que não chegam cartas de Portugal.

Sonho é sonho, realidade é realidade

No dia seguinte, logo cedo, movimento incomum dentro de casa. Mamãe e Tia Palma, fechadas no quarto. O antigo saco de estopa que guardava o arroz foi coberto por outro de fibra ainda mais resistente. Este novo, feito a quatro mãos, impressiona pela alvura do pano e pelo primor do acabamento. Mesmo agora, nos últimos detalhes, o trabalho conjunto continua. Se a mãe estende a fita, a tia vem com a tesoura. Se uma põe o dedo, a outra firma o laço.

— Pronto, ficou ótimo!

— Melhor, impossível.

A embalagem é importante, valoriza o presente, concordam. Papai se apura diante do pequeno espelho do banheiro — não está nada mal para os seus 60 anos. Meus irmãos, a contragosto, aguardam na pequena sala, já prontos para participar da cerimônia. E eu ali, tentando convencê-los de que não há razão para irritações ou constrangimentos. Agradeço a indignação e o empenho dos três para que eu recebesse algo mais digno. Por outro lado, se eu e minha noiva estamos felizes com a lembrança, e se até os Alves Machado se comovem com a história, por que logo eles, que tanto me querem bem, hão estar daquele jeito? Os desabafos e as críticas não parariam por aí, mas Isabel chega. Morre o assunto. Ainda bem. Ela cumprimenta todos amavelmente. Puxa-me para o canto, diz que precisa me falar. A voz baixa já me desperta a imaginação e o desejo.

— Dona Isabel, a senhora está lindíssima.

— Para com isso, Antonio. Pode vir, gente.

— O que é que tem? Já não somos casados?

Isabel impede que minha mão vá adiante.

— Não, não somos. E para de me chamar de dona Isabel.

— É só brincadeira, amor.

— Não gosto, pronto. Sei muito bem o que esse "dona" significa. Acho grosseiro.

— Também não precisa ficar amuada desse jeito.

Isabel me atende, muda o rosto, o tom da voz. Precisa mesmo me falar.

— Tive um sonho de madrugada. Me assustou. Não consegui mais dormir.

— Que sonho?

— Um tipo de aviso. Não sou de me impressionar, você sabe. Mas temos que voltar ao lago, recuperar o arroz que pudermos.

— Faz mais de semana que estivemos lá. Tem chovido muito. Não vamos encontrar nem um grão.

— Não custa tentar.

— Foi tão bonito o que aconteceu. Ou não foi? Por acaso, estou aumentando, fantasiando?

Isabel acha graça.

— Não, não está. Foi tudo muito bonito, sim.

— Então? Mesmo que encontremos algum arroz por lá, será outro. Um arroz sem mágica, sem poesia.

— Sonhei com sua Tia Palma.

— Você? Com a Tia Palma?!

Me sinto traído. Por que Isabel e não eu? Recado por sonho, que o desse a mim, o sobrinho e confidente, o herdeiro da história. Alguma coisa não bate. Ciúmes de Isabel? Eu? Imagina! Ela e Tia Palma mal se conhecem. Que afinidades podem ter? Além do mais, eu é que entrei escondido no quarto de mamãe, que assumi a responsabilidade e corri o risco de pegar os dois punhados de arroz. O que aconteceu lá no lago menor foi resultado da minha vontade, da minha ousadia. Ciúmes de Isabel. Bobagem. Está tão visível assim?

— Não tenho culpa se eu sonhei com ela e não você, o sobrinho predileto.

— Não sou o predileto. Tia Palma gosta de todos igual.

Isabel e eu sabemos que não é verdade. Mas ela finge que acredita e eu, também. Este ponto não é importante agora.

— Ela sabe o que você fez. Sabe do nosso encontro lá no lago. Tudo o que aconteceu.

— Não, ela não sabe. Impossível. Sonho é sonho, realidade é realidade. E mesmo que soubesse não se importaria. Hoje já falei com ela várias vezes. Está alegríssima. Duvido muito que visse algo de errado no meu gesto. Eu apenas acelerei o tempo. Sem querer, antecipei o ritual.

Engano meu, redondo, feito a compasso. Teatral como é, Tia Palma respeita o tempo dramático, o tempo de comédia. Perdê-los é deslize que frustra o choro e o riso de quem está por perto. Ensina que, na vida ou no palco, é preciso sempre estarmos atentos à fala e ao silêncio do outro. Há o tempo para sermos o foco das atenções, há o tempo para estarmos em segundo plano. Roubar a cena? Pode. Não pela premeditação, mas pela súbita inspiração que vem do alto e valida o talento na hora. Roubar a cena? No calor do desempenho, pode.

Tia Palma entra com entusiasmo que transborda. Oferece pitangas.

— Estava à cata de vocês, meus queridos. Querem? Estão fresquíssimas. E doces. Vejam que cor!

Apanhado tão de surpresa, verbalizo de imediato o desejo inconsciente.

— A senhora vai ter vida longa.

— É mesmo? Que notícia boa!

— Isabel estava me contando o sonho que teve esta noite.

Tia Palma passa o recado de imediato.

— Todo sonho é verdade. Todo sonho é mensagem. Por mais absurdos que pareçam.

Isabel me entreolha, pressente dificuldades. Fala com algum esforço.

— Foi um sonho meio estranho. Me assustou.

Tia Palma não demonstra a menor curiosidade. Isabel se desconcerta, quer ocupar as mãos, escolhe umas três ou quatro pitangas, comenta o tamanho, prova a maior com uma pequena mordida. O sumo vermelho parece corte no dedo, faço que me impressiono.

— Você precisa de um curativo.

Isabel põe o resto da fruta na minha boca, me obriga a lhe lamber os dedos como se quisesse me calar. O comentário é bobo, concordo, mas Tia Palma acha graça e não perde a oportunidade.

— Às vezes, é bom deixar correr o sangue.

Sonho é sonho, realidade é realidade? Estúpido, eu. De que adiantaram anos de convívio diário com Tia Palma? Será que, marmanjo e morando na capital, perdi a sensibilidade? Terei me esquecido de que ela transita com perfeição nos dois planos? Ela sabe, é claro. "Bom deixar correr o sangue." O que quer dizer com isso? Talvez, o período de toda a mulher. Talvez, a perda de virgindade de Isabel. Mas como ter certeza? Insinuo? Pergunto? Isabel, sempre objetiva, se impacienta com minhas hesitações, não espera por mim.

— O sangue que correu de mim foi com o meu consentimento. Por amor e por desejo.

Quase engulo o caroço. O que essas duas estão pensando? Intimidades reveladas por causa de uma pitanga! Eu aqui e não existo! O dono do arroz e elas me ignoram! Tenho que falar alguma coisa. É questão de dignidade. Mas falar o quê?

Não sei do sonho, não sei do aviso, não sei de nada. Me dou conta de que estou em segundo plano. Melhor me sentar e ficar atento às falas. Cuspir o caroço sem ser notado é a ação possível no momento, e já está de bom tamanho.

— Eu bem sei, Isabel. Ato de entrega sem o peso de culpas e arrependimentos. Por isso, vocês têm a minha bênção.

Tia Palma agora se dirige a mim.

— Pena que o ritual nasceu prematuro. O sagrado ainda não sabia as falas e o profano entrou sozinho em cena. Esses dois grandes atores se admiram e se respeitam. Não é prudente instigar um contra o outro.

Para bom entendedor, meia palavra basta. É o que lhe respondo com a expressão do rosto. E mais não faço. Em pé, um pouco afastada, mas ainda em cena, Isabel ganha confiança.

— No sonho, eu era bem menina. Caminhava por um parque de diversões levando na mão um balão de gás, grande e colorido. Eu olhava para cima e achava graça porque o balão era o Antonio! A senhora caminhava ao meu lado, já com a idade que tem hoje e...

— ... eu lhe dizia para ter cuidado, para segurar bem a linha e não deixar o balão fugir.

Isabel lembra-se de um detalhe que lhe havia escapado.

— Foi a senhora que me deu o balão de presente. Vejo com nitidez. Amarrou a linha no meu dedo como se fosse um anelzinho.

— Uma aliança.

Isabel confirma com alegria pronta.

— Sim, uma aliança.

Tia Palma não tem pressa. Nos dá a impressão de que o tempo lá fora parou. Nenhum Alves Machado prestes a chegar, nenhuma ansiedade de mamãe, nenhum nervosismo de papai, nenhuma impaciência ou contrariedade de meus irmãos haverá. Todos imóveis onde estão. A ação do mundo se concentra aqui neste pequeno cômodo.

— Quando eu tinha 15 anos, apaixonei-me perdidamente por um rapazote da minha idade, o seu nome era Carlos. Chegou a Viana do Castelo com um grupo de teatro mambembe. Ficaram por lá uns três meses. Andavam pra cima e pra baixo em três carroças que também lhes serviam de palco e moradia. Mesmo sem o consentimento de meus pais, ia vê-los amiúde. Sempre às escondidas. Encantavam-me as histórias, as experiências, as aventuras mundo afora. Com o convívio, apeguei-me a eles. Pareciam-me livres, sensíveis, selvagens. Um dia, criei coragem e lhes levei meus versos mais queridos. Nunca ninguém os havia lido. Ninguém antes me havia inspirado confiança. Carlos começou a dizê-los em voz alta. E com tal desembaraço e graça que parecia já os conhecer. Os outros aplaudiam com entusiasmo ao final de cada poema. Mal pude acreditar quando me pediram para lhes deixar os papéis por uns dias. Queriam aprender os versos e representá-los para o público!

Tia Palma fala como se tivesse aprontado alguma.

— Achei-me importantíssima. Só lhes pedi anonimato. Sabia perfeitamente os estragos que meus versos causariam aos ouvidos pudicos da plateia.

Isabel se diverte.

— Eles cumpriram o prometido?

— Cumpriram tão bem que, além das vaias, receberam dúzias de tomates e os piores insultos!

— E a senhora?

— Só fazia chorar. Não de tristeza. Mas de admiração por eles. E de vergonha pela minha covardia. Eu tinha consciência de que, afinal de contas, as vaias, os tomates e os insultos eram para mim. O desempenho deles foi magnífico. Lá do pequeno palco improvisado, o Carlos me olhava e sorria. As manchas de tomate nos cabelos e na roupa pareciam sangue. Mas ele as ostentava como feridas e condecorações de combate. Ele e os outros. Todos altivos, felizes e realizados por terem dito o que queriam. E eu, a chorar. No anonimato.

Tia Palma faz uma pausa demorada. Agora, voz baixa, revela segredos como uma adolescente.

— Depois da apresentação, já tarde da noite, saí de casa sem que ninguém soubesse e fui vê-los lá em suas carroças. Minhas pernas tremiam. O medo era imenso, mas a paixão era bem maior. Dava-me petulância. Estavam todos em volta de uma fogueira. Cantavam e bebiam. Carlos veio correndo para mim. Parecia não acreditar no que via. Eu tampouco. Abraçamo-nos e nos beijamos, ávidos, sôfregos, sem uma única palavra. Foi a primeira vez que nossos corpos se tocaram e pareciam já tão íntimos. Afastamo-nos dali, sem direção, feito dois loucos. Jogamo-nos no chão verde que mais nos apeteceu e nos entregamos um ao outro por puro instinto. Desmedido sentimento. Razão nenhuma. Bichos com alma.

Isabel me abraça, se aconchega em mim, sorri com alguma maldade.

— Nosso ritual foi bem parecido.

— Ah, minha querida Isabel... Por estímulos diferentes, nos precipitamos, as duas.

Tia Palma, riso sincero, conforma-se.

— Deslizes, ora! Belos deslizes. Humanos deslizes.

Isabel provoca.

— Desumanos deslizes. De bichos com alma.

— Tens razão. Tens toda razão. Para falar a verdade, não entendo por que ligamos "desumano" ao que é cruel, se a crueldade é algo que só nós, os humanos, conhecemos.

— Depois do desumano deslize, como foi possível deixar de ser bicho, voltar a ser gente?

Tia Palma acha graça da pergunta.

— Não voltei a ser. Foi o meu juramento. Não de fidelidade, mas de liberdade. Desejo meu ser apenas sentimento e instinto. Razão nenhuma, repito. Por toda vida. Nunca mais virei gente, Isabel. Até hoje sou bicho com alma.

— Por que a senhora não foi com o Carlos?

— Ir-me com ele?! Éramos duas crianças... Dois bichos crianças!

Tia Palma ri de si mesma.

— O Carlos foi o meu balão. E eu o soltei. Ninguém me fez a aliança de barbante no dedo. Quem seria capaz de entender o nosso amor? Quem? Quando abri mão, o balão se foi. E eu a olhar pra cima, a vê-lo subir céu afora. Até desaparecer. Fiquei com a lembrança dele. Nítida, perfumada, cheia de sons e sabor. O tato às vezes me vem em sonho. Não é pouco. Sou grata à vida.

— A senhora não quis ter filhos?

Isabel se arrepende imediatamente da pergunta.

— Desculpe-me a intromissão.

— Intromissão nenhuma, ora essa! Nossa conversa é franca.

Tia Palma fala com naturalidade.

— O Carlos me sangrou, é verdade. Mas algo logo me disse que eu não daria cria. Não era o meu destino. Minhas crias viriam todas de outros ventres. Primeiro, foram meus irmãos, que me foram dados com a morte prematura de mamãe. Depois, esses meus sobrinhos tão queridos. E agora tu, que és quase uma filha.

Isabel gosta do que ouve.

— Nunca mais se apaixonou?

— Tive afetos passageiros...

A conversa morre — morte natural. Isabel fica séria. Tia Palma a acompanha na expressão. É que pensamentos também mudam de assunto. O conselho vem à tona.

— Isabel, não precisas nos contar o final do sonho.

Isabel discorda com veemência.

— Preciso, sim. A senhora, melhor que ninguém, sabe que preciso.

— Não, agora. Não, hoje. Saberás quando.

Isabel se abraça com Tia Palma. Está mesmo amedrontada.

— Fiques tranquila. Não te culpes. O arroz derramado sobre o teu ventre foi bênção.

— Penso em voltar ao lago. Juntar o que for possível...

— Não é necessário. O Antonio está certo. O arroz que lá ficou é outro. E cumprirá missão.

— Mas no sonho...

— Esquece o sonho. Vais ver que esse final que hoje te assusta, um dia fará sentido e te trará imensa paz. Por enquanto, quero-te bem bonita lá na sala. Teus pais estão a chegar.

Esta última frase funciona feito um estalar de dedos. Volta súbita à realidade. O senhor Avelino e dona Maria Celeste prestes a chegar, meus irmãos lá fora impacientes, mamãe e papai também já prontos. Tia Palma beija Isabel. De longe, dá um sorriso em mim. Como?! Dá um sorriso em mim?! Exato. Sinto sua alegria tocar meu rosto. Não faço a mínima ideia de como consegue. Mas o gesto me ensina que, em questões delicadas, é preciso tato.

Sangue

Insisto: não existe "Família à Oswaldo Aranha", "Família à Rossini", "Família à Belle Meunière" ou "Família ao Molho Pardo" — em que o sangue é fundamental para o preparo da iguaria. Família é afinidade, é "à Moda da Casa". E cada casa, repito, gosta de preparar a família a seu jeito. Os Alves Machado, por exemplo, nunca puderam ter filhos. Isabel é adotiva. Nenhuma ideia de quem foram os pais verdadeiros. Quero dizer, os pais biológicos. Os pais verdadeiros, a meu ver, são o senhor Avelino e dona Maria Celeste, que a receberam ainda recém-nascida, e que, indiferentes ao sangue que lhe corria nas veias, criaram-na e a educaram. Deram-lhe amor. Isabel soube ser grata. Principalmente, por não lhe terem escondido a verdade. Todos conheciam a história da adoção. Quando começamos a namorar sério, ela tocou no assunto sem nenhum desconforto. Queria que eu estivesse mesmo ciente de que, se viéssemos a casar, nossos filhos não saberiam, por parte dela, a origem do sangue.

— Se é sangue bom, se é sangue ruim... Não faço ideia, Antonio.

— E daí, minha querida? Que importância tem isso?

Hoje, velhinho, aqui nesta cozinha, acho graça do diálogo que já vai longe. Afluentes de um só rio somos todos, eu disse a ela. Artérias de uma só veia que deságua no coração: a veia artística. Criadores de nós mesmos, nos inventamos e reinventamos sem trégua, diariamente. A cada experiência, boa ou má, nasce um outro eu de nossa própria autoria. O talento é dado a todos, sem exceção. Por instinto e vocação, todos nos concebemos, nos rascunhamos, nos passamos a limpo e nos apresentamos em público na versão que julgamos menos falha ou mais convincente. Depois, voltamos corajosamente para dentro de nós e labutamos. Tentamos nos emendar, nos corrigir. Cortamos aquela parte que nos incomoda ou não soa bem e acrescentamos algo que agora nos dá sentido. O que há de errado com nossa forma e conteúdo? Que dieta precisamos fazer, que ginástica, que corte de cabelo? Que livro nos falta? Que ousadia, que idioma, que habilidade? Que sentimento é preciso? Que carícia, que estímulo? Que mulher, que homem em nossa cama? Que figurino para festas? Que roupa para o enterro? Ninguém mais fala em luto fechado ou luto aliviado. A morte já não exige tanto. Nossa dor ficou um pouco mais leve e confortável, podemos usar jeans sem medo. Ao final, que diferença faz o sangue? Tantas questões por responder. Ser da família é ter o mesmo sangue? Então por que nossos pais têm sangues diferentes? Que fator Rh nos fará mais felizes? Que grupo sanguíneo nos reunirá de verdade para beber e cantar em torno da mesma mesa? Breve tocará o sinal e o Professor Deus tomará a minha prova. Tantas questões por responder. Afluentes de um só rio somos todos, acredito. Artérias de uma só veia que deságua no coração. Bela missão esta que nos foi dada: a de nos criarmos e recriarmos pacientemente a cada dia. Sem que o sangue jamais nos suba à cabeça, é o que peço. Família somos todos.

Sagrados rituais

Quero distância de religiões, mas respeito rituais. Influência de Tia Palma, admito. Meu café da manhã é sagrado. O ritual é sempre o mesmo: a hora, a xícara, o pôr o leite primeiro, o escurecê-lo depois no ponto certo, o abrir o pão, o tirar o miolo. Meu banho também cumpre um ritual, que é bastante cômodo quando conheço o chuveiro. Sim, porque em cada hotel ou casa que me hospeda mudo a cerimônia. É que chuveiro desconhecido me intimida. Preciso, antes, aprender a intensidade e a temperatura da água. Torneiras são mistérios. Abro toda a quente e regulo com a fria? Ou o contrário? Espero esquentar? Abro bem as duas? Não tem jeito: na primeira vez em chuveiro alheio sempre tenho de adaptar meu ritual de banho.

Individual ou coletivo, o ritual é conexão e cumplicidade. Com o outro ou com a vida: o cavalheiro segura a porta e a dama passa, o sargento ordena e o soldado marcha, o terceiro sinal toca e o ator entra, o juiz bate o martelo e a sessão se encerra. Que gestos são esses? Que comportamentos? Concluo que há sempre algo de autoritário nos rituais. Mas neles não haverá também algo que emociona? Não haverá algo de belo e de poético?

O que dizer então de casamentos? Nunca me vi diante de padre ou de juiz para responder "sim, aceito". Quem eles pensam que são? Há séculos, as velhas togas e batinas, as velhas ameaças. Mas me comove a troca de alianças. Outra contradição — alianças são algemas. Algemas sem chaves que enternecem o compromisso, pondero. E fáceis de tirar. Fáceis de tirar? Por favor, Antonio. Menos fantasia, por favor.

A realidade é uma só: Isabel quer casar. E você, que saída?, sim, aceitará os rituais todos. O amor opera milagres.

E o arroz? É, o arroz! Tia Palma quer que a entrega desta vez ganhe algum ritual. Mamãe e papai concordam. Não são apenas os oito quilos que contam. O presente de casamento tem agora o peso da história. Portanto, não será dado de modo informal, como aconteceu em Viana do Castelo. As convicções religiosas, é claro, interferem na maneira como veem a programada entrega. Mamãe e papai, catolicíssimos. Os Alves Machado, também. A mesma fé superlativa. Apostólicos e romanos, todos. Tia Palma? Bem, esta, como sabemos, acredita que velho na horinha da morte é ao mesmo tempo elefante e louva-deus. Para pequenas questões cotidianas, confia na sua informal amizade com os santos. Sempre os chama pelos nomes de batismo: "o Joaquim e o Sebastião vão me atender", "o Francisco não me faltará, tenho certeza", "a Clara me dará tempo bom amanhã". Até Nossa Senhora lhe é íntima: "Maria não é boba, percebe que queremos fazer um bonito ato de entrega. Ela há de nos inspirar." Papai não se conforma com tamanha intimidade, quer esganá-la pela irreverência.

— Irreverência?! Ora, homem, não sejas ignorante! Como te referes ao filho de Deus?! Não é pelo nome com intimidade?! Não o chamas de Jesus?! Ele lá se importa?! Por que os outros haverão de se importar?! Vai trabalhar e me deixes quieta!

Papai, é claro, não tem o que responder. A discussão arrefece e os três chegam a um acordo: haverá, sim, um ritual de entrega do arroz, mas nada que lembre cerimônia religiosa. Ponto.

13 de junho de 1946. Tão nítido! Mamãe e Tia Palma estão para entrar com o presente. Isabel e eu, o senhor Avelino e dona Maria Celeste, papai e meus irmãos já estamos reunidos na sala. O Sebastião e seus pés acabam de chegar. E cabem. E se sentem confortáveis. Devagarzinho, com licenças, Leonor

vai arrumando modo de ficar do lado deles. O cômodo é pequeno, obriga o aconchego, a proximidade dos corpos. Acho bom, gostoso isso, o ajuntamento.

Súbito, meus pensamentos voam para a Europa, onde países ricos, que se dizem sérios e respeitáveis, digladiaram-se por causa do tamanho de suas casas. Com alianças de ocasião e inflamados discursos, promoveram o absurdo ritual da guerra. Inadmissível uma coisa dessas. Nós aqui, nestes confins, gênios e temperamentos tão diferentes, provamos que, quando nos acomodamos com jeitinho, há espaço de sobra para todos. Se gente pode, país pode também. Pessoas são países, países são pessoas. Paz é questão de tempo. Tempo dramático. Alguma união sempre será possível, confio.

Isabel me diz algo que não ouço. Papai, ao lado, concorda com a frase que não sei. Os dois dão falta de mim. Estes voos de pensamentos me fazem perder muita coisa, admito. Mas não tenho culpa, nasci assim. Pouso quando Isabel me chama e me puxa pela manga do paletó. Ela se zanga com minha ausência. Papai nem tanto. Pronto, voltei. Estou aqui, não estou? Então? Essa cara feia por tão pouco. Peço um beijo de não foi nada. Ela resiste. Peço outra vez. Ofereço a bochecha, que beijo na bochecha é mais engraçado. Dá certo. Infantis, fazemos as pazes.

Impressionante, reconheço. Com a chegada solene de mamãe e Tia Palma, tudo toma grandes proporções, ganha requinte. Mágica? Eu acredito. A saleta vira salão de festas. Papai, um simples administrador, força uma tossidinha ligeira com o garbo e a naturalidade do anfitrião que, a pedir silêncio, bate o talher na taça de cristal. Param as conversas. Leonor, ares nobres, se engancha no Sebastião. Nicolau e Joaquim, também tocados pelo condão, entreolham-se com aristocrático enfado. Dona Celeste ajeita discretamente o vestido — não lhe ocorre nenhum outro movimento. O senhor Avelino é o que surpreende. Sua felicidade está estampada no rosto. A ele, agrada todo o enredo. E chega a se emocionar ao ver assim de perto o tão falado arroz. Isabel e eu começamos a ter noção da importância do momento. O que acontece com ela, acontece comigo: o sorriso que não disfarça o nervosismo, as mãos que transpiram. E os corações combinados no descompasso ao ouvir a voz de Tia Palma.

— Isabel e Antonio, meus queridos, este arroz, que há quase 40 anos foi dado como presente de casamento à minha cunhada Maria Romana e ao meu irmão José Custódio, por nossa vontade agora vos pertence. Fazemos votos de que a tradição continue e de que todo o amor aqui contido chegue às gerações futuras.

Mamãe põe os óculos, lê a dedicatória atualizada.

"Este arroz — plantado na terra, caído do céu como o maná do deserto e colhido da pedra — é símbolo de fertilidade e eterno amor. Esta é a nossa bênção.

Palma, Maria Romana e José Custódio.

Fazenda Santo Antonio da União, em 13 de junho de 1946."

Protegido pelo pano branco, o arroz passa às nossas mãos.

— Nossa! Parece nuvem!

Isabel e eu, ao mesmo tempo. Espanto com a fala incomum saída assim a uma só voz. Sintonia, coincidência. Já brincadeiras do arroz? Melhor não cogitar.

Todos aplaudem — uns com entusiasmo, outros com nem tanto. O senhor Avelino chora. De verdade. Os olhos não dão conta. Ele recorre ao lenço de cambraia de linho, as iniciais bordadas. Assoa águas cristalinas, lágrimas com outra consistência. Dona Maria Celeste nunca o viu assim, confessa. Ninguém nunca o viu assim. Para ele, nada de mais.

— Estou a casar minha única filha. É natural que me comova. Ou não?!

— Isto aqui não é o casamento, homem! Nem civil nem religioso. É uma simples entrega de presente.

— Se queres saber, mulher, "isto aqui", como tu dizes, tem grande significado para mim!

Mamãe intervém na discreta discussão.

— O senhor Avelino me perdoe, mas dona Maria Celeste está certíssima. O que está a haver nesta casa é uma simples entrega de presente.

— Não, não é uma simples entrega de presente. E a senhora sabe perfeitamente disso. Agradeço vossa delicadeza e modéstia, mas tenho consciência de que estou a participar de um momento único na história de nossas famílias.

Dona Maria Celeste está visivelmente constrangida. Os demais, surpresos. A mim, o comportamento do senhor Avelino causa mais admiração que espanto. Meu respeito por ele ganha proporções de monumento. Não pisco. Toda a atenção nele. Todo o foco. Enganei-me redondamente, esse homem não é coadjuvante, nunca foi. Pelo amor de Deus, Antonio! Protagonista, isso sim! E dos bons! Quero que ele fale mais. Preciso que ele fale mais. Ele olha para papai e mamãe, e me atende.

— Tenho um pedido a fazer. Só que não sei a quem. Se a vós, ou se ao Antonio e à Isabel.

Todos, sem reação, à espera da próxima fala. Todos, em segundo plano. O senhor Avelino nos rouba a cena. No calor do desempenho, pode. Não pela premeditação, mas pela inspiração que vem do alto e valida o talento na hora. Tia Palma sabe e consente. O senhor Avelino nos rouba mesmo a cena e ainda nos desarma com a franqueza.

— Não sei se ouso ou se até ofendo, mas queria muito poder pôr as mãos no arroz que está sendo dado à minha filha. Ao menos, queria vê-lo.

Silêncio. Quem tomará a iniciativa de atender ou negar o inusitado pedido? Não eu. Isabel, pelo encolhimento, tampouco. Mamãe e papai se olham com aflição passiva. Tia Palma, claro, bicho com alma, é quem entende de instintos e emoções. De onde está, autoriza com doçura.

— Isabel, por favor, abre o presente para o teu pai.

O triplo de dedos, Isabel desata o laço e abre a embalagem de modo a deixar à vista o arroz. Dona Maria Celeste não gosta nada da cena. Mas o senhor Avelino conhece o papel que lhe foi dado, sabe que é para ir adiante. E vai. E chega perto. E observa. E mergulha as mãos no arroz. E volta com elas à tona. Depois, em novo mergulho, junta nas palmas o arroz que pode. Deixa-o escapar e repete o gesto que nos transmite fartura. Ele é homem da terra, sabe lidar com o que vem dela. Pleno, desprende os poucos grãos que lhe ficaram na concha improvisada. Menino, convida a mulher a viver o mesmo. Tia Palma e mamãe dão estímulo, mas ela se nega com tal formalidade e educação que não permite o insistir. O senhor Avelino dá nenhuma importância à recusa. Volta-se inteiro para Isabel, lhe põe as mãos ainda perfumadas do arroz sobre o ventre e o abençoa.

— Tenho certeza de que esse arroz lhe dará filhos! Bons filhos!

Dona Maria Celeste diz que não se sente bem, pede licença e se retira. Não vemos ofensa na atitude. Entendemos os seus motivos. Família é prato difícil de preparar. O senhor Avelino me prende com um forte e demorado abraço. Me aconchego no aperto. Tomo a iniciativa de beijá-lo no rosto. Ele retribui o afeto e inaugura a amizade. Diz que já nos espera. Sai em seguida. E o que mais? O que mais já não encontro na memória. Está por aí em algum canto.

Ah, sim! Com assinaturas em pesadíssimos livros, diante de padre, juiz e testemunhas, Isabel e eu nos casamos oficialmente às 11 horas, na capela da fazenda dos Alves Machado. Ali, fizemos todos os juramentos possíveis e trocamos as alianças. Mas, para mim, o sagrado ritual de casamento se deu lá no lago menor. Com dois punhados de arroz e um filete de sangue. "Dona" Isabel discorda. Onde já se viu?

Primeira noite

Vida é caleidoscópio. De nada adianta girarmos o cilindro devagar. Tanto cuidado para quê? Quando menos esperamos, os cacos de vidro desabam uns nos outros e formam o imprevisível desenho. O bom é que o novo quadro faz esquecer o anterior. Sempre. Exagero meu?

Isabel não quer saber disto agora, filosofias de bolso. Está exausta da viagem. Precisa é tomar um banho morno, comer alguma coisa e dormir. Eu que vá girando a vida como bem entender. Amanhã o dia será cheio. Nem sabe por onde começar. Eu que também trate de ir para cama e de estar bem disposto logo cedo para ajudá-la.

— Isabel?

— O que é, Antonio?

— Por que você fala comigo assim, como se já estivéssemos casados há 50 anos?

O tom afetuoso me sai perfeito. Isabel se arrepende do modo, da impaciência, da voz. Fica outra. Mudança sincera. Vem para mim cansada e doce. Me beija na boca. Beijo longo de amor desmedido. Assim, eu quero. Aproveito. Afinal, não é a nossa primeira noite, o nosso enfim sós? De olhos fechados, ela faz que sim. Novo beijo. Novo mergulho. Perdemos noção. Depois, voltamos à tona, tomamos fôlego.

— Deixa o banho para depois. Vamos nos deitar um pouco. Te amo tanto.

E ela quer? Querer, eu sei que quer. Mas não assim. Melhor parar com os beijos, aquietar as mãos. A cama não está forrada. A rouparia, num dos baús. Mas qual? É preciso também encontrar os travesseiros. Não foi ideia minha deixar para desembalar a mudança depois do casamento? Foi, e daí? Daí que ela, Isabel, precisa de um mínimo de ordem. Eu, não. Por mim, fica tudo como está. Não quero que a nossa lua de mel comece desse jeito — sem arrebatamento, sem romantismo ou poesia. Canastrão, eu. Isabel não compra o meu número. Acabo lhe dando razão. Não dá para ser romântico 24 horas por dia. Se quero poesia, então que vá vendo onde estão os pratos e os talheres, que descubra os copos, que ponha mesa para dois. Os castiçais ela sabe onde estão. O pacote de velas, na prateleira de cima do armário da cozinha. Isabel promete que, depois do banho, faz uma comidinha gostosa com o que veio da fazenda. Daí toma coragem e encontra os lençóis, arruma a cama. Isso sim lhe parece romântico. Não o colchão à mostra e nós dois, roupa do corpo, estirados nele de qualquer maneira a nos desabotoarmos, precoces e atabalhoados, sem nenhum mistério, sem um mínimo cuidado. Que poesia? Ela pede resposta. Que poesia?! Instinto, desejo, paixão incontida, pode ser. Mas poesia?! Onde?!

— Está certo, está certo. Já me convenceu. Então vai logo tomar esse banho, enquanto eu faço o que a patroinha está mandando.

Isabel abre um sorriso vencedor. Tudo, ou quase tudo, acaba saindo como ela quer. E na ordem proposta: os banhos, a mesa arrumada, toalha e tudo, a luz de velas, o vinho tinto providencial, a comidinha caseira e até a sobremesa. A cama forrada, o deitar os dois, o aconchego. Está bem agora? Vê poesia? Vê romantismo? Então vamos voltar para a cena do beijo. Beijo de boa-noite, não. Ah, sou eu que não presto? Sei. Conheço a senhora muito bem. Para com isso. Não paro, "dona" Isabel. Vai, repete. Sou eu que não presto? Risos.

Provocações bobas que atiçam o corpo. Alguém lá se lembra das horas de viagem, do cansaço, do sono que sempre bate? Alguém lá se dá conta do relógio e do que os ponteiros têm a dizer? Melhor seguir com os beijos, deixar as mãos fazer o que quiserem e deixar que pensem que são elas que querem. Te amo tanto. Eu também te amo. Perdemos noção.

O lápis atrás da orelha

Não quero me levantar. Bom ficar assim, amarrotado, revirando cama, embolando lençol, cheirando travesseiro. Dez e meia, Antonio. Dez e meia! Só mais um pouquinho nada. Anda, levanta. Isabel abre a janela. O claro assusta e a luz me fere. Choro sem que ela ouça. Recém-casado é recém-nascido. Um recém-nascido experiente que sabe chorar em silêncio. Os olhos franzidos — só um arrisca abrir nadinha de nada para avaliar o quanto dói a claridade. Dói muito. Melhor mesmo voltar para o escuro. Isabel percebe a queixa, sabe que não é manha. Mantém a janela aberta porque o dia é preciso. Mas vem, senta-se na cama, do meu lado. Me faz festa na cabeça, me aquece. Intui que esposa e mãe são quase a mesma coisa. Diz que estou muito bonito assim estirado, lençol para lá, o pijama com cheiro de menino, os pés descalços, o cabelo desse jeito, preguiça infantil. Diz mais, Isabel. Diz mais. E ela diz e me excita. E eu me reteso e me espreguiço inteiro. Isabel gosta do que vê. Sou bicho, filhote, que precisa de cuidados. Ela chama, eu vou. Ela pede, eu obedeço e acomodo a cabeça no seu colo. Assim. Mais atrevimento ainda. Ouso, criança, o que adulto nem sequer imagina. Brincadeira boa. Ela consente e inventa mais. A cena muda de repente. Isabel me surpreende. Gosto do improviso. Agora, mãe incestuosa, me cobre com o corpo todo, me protege. Nenhuma luz vai me fazer mal. Nenhuma, promete. Eu, menino. Ela me nina. Cantigas sem letras. Adormecemos, berço de casal.

Quando ponho os pés para fora da cama, me dou conta. Pronto, acabou, Isabel já não está. Isabel é o barulho de louça lá na cozinha, pedaço de ausência. Me conformo, me alegro até. Eternidade demais às vezes cansa. O voltar à finitude é sempre saudável. Mas o voltar sem medo do ramerrão diário. O voltar preparado para o que der e vier: surpresa boa, notícia ruim, vitória, fracasso, a pasmaceira e o susto, a falta de perspectiva e a guinada, chateação, prazer, a conversa e o recolhimento, aflições, ansiedades. Tudo finito, dure o quanto dure. Puxo a descarga da privada, lavo as mãos, o rosto, escovo os dentes. Isabel, onde estiver, sabe que também sou barulhos.

Quando nos reencontramos por inteiro, já é quase uma da tarde. Mais da metade do dia se foi. Há tanto o que combinar e fazer. Melhor comer primeiro. Amanhã já é quarta-feira. Só quero ver. Pelo menos este andar aqui de cima tem que estar pronto até domingo. As mesas e as cadeiras para o restaurante lá embaixo chegam na segunda-feira. Duvido muito que possamos receber fregueses antes do dia 20.

Entendo as preocupações de Isabel, mas também conheço minha capacidade de trabalho. Faz cinco anos que cheguei ao Rio de Janeiro. Parece que foi ontem, parece toda uma vida — depende de onde vejo. Morava num quartinho de pensão lá na Lapa, comecei na Colombo como ajudante de cozinha, passei a cozinheiro com menos de um ano de casa. Fui guardando algum dinheiro. Centavo poupado, centavo ganho. Logo depois, consegui que o Nicolau e o Joaquim viessem para a capital já com promessa de emprego lá mesmo na confeitaria. São responsáveis, trabalhadores, deram-se bem. Mas se acomodaram. Contentam-se com pouco. Não julgo. Cada um sabe de si. Bem que ofereci para virem trabalhar comigo, abrirmos juntos o próprio negócio. Não precisariam entrar com capital. Só com o trabalho. Os dois recusaram. Os dois! Trabalhar para irmão?! Indignaram-se até. Iriam se sentir diminuídos. Expliquei que não seriam empregados. Seriam sócios. Não conseguiram entender. Ou não quiseram, sei lá.

Fazer o quê? Vida que segue. Continuam na Colombo. Um, no balcão de doces. O outro, servindo as mesas. Custo a crer. Seria tão melhor estarmos todos juntos no mesmo barco. Que alegria para meus pais. E Tia Palma, já pensou a felicidade?

Isabel me ouve o desabafo mas, no fundo, acha até bom que seja assim. Cada um no seu canto. Sabe que somos diferentes. Muita amizade, mas nenhuma afinidade. Eles, boêmios. Eu, com os livros. Quando ainda morava na pensão, algum dia, por acaso, consegui dividir quarto com eles? Nunca. Pois é. Quantas vezes eu disse que os dois viviam chegando de madrugada e me acordavam com a barulheira? Quantas?

Muitas, admito. Era realmente um inferno. Mas são meus irmãos e gosto deles. São engraçados, carinhosos. Eu também tenho meus defeitos. Devem me achar um chato, um pretensioso, um oportunista que só pensa em subir na vida. Por que será que as coisas têm que ser assim? Lembro a história dos gravetos que, separados, podiam ser facilmente partidos e, juntos, tornavam-se um feixe fortíssimo. Tia Palma contava toda a trama com detalhes. Eu, entusiasmadíssimo, já queria ser graveto, queria que meus irmãos também fossem gravetos, queria que nos transformássemos no tal feixe indestrutível. E aí, de repente, não éramos mais gravetos, eu decidia. Éramos mosqueteiros do rei de França. Um por todos, todos por um. Três mosqueteiros que eram quatro. Perfeito. Leonor, meio gordinha, seria Porthos. Nicolau e Joaquim seriam Athos e Aramis. Eu, é claro, o D'Artagnan. O mais abusado, o mais destemido, o mais bonito — tudo o que eu não era.

A família é meu fraco, não adianta. Isabel tenta outro jeito. Me puxa para o lado profissional, que é onde me sinto mais seguro. Reconhece que ambos são honestos, que há total confiança entre nós. Mas daí a serem sócios. Fui generoso com eles, fiz de tudo, ela me anima. Não tem sentido esta tortura. Ano passado, eu já chefe de cozinha, sempre me aprimorando depois do expediente. Sem receber um vintém por isso. Chefe de cozinha na Colombo! Em apenas quatro anos! Me acomodei? Estufei peito? Não, pelo contrário. Troquei o certo pelo duvidoso. Decidi arriscar, sair e abrir meu próprio restaurante. E eles, nenhum esforço a mais para melhorar, nenhum progresso, nenhuma ambição. Estão felizes. Isso é o que importa. Nada os impede de continuarem meus amigos, nada. Talvez até se tornem mais próximos, assim, vindo aqui só para nos visitar. Além do mais, quem tem sócio tem patrão. Gastaremos mais para pagar dois ajudantes, é claro. Mas, em compensação, os lucros serão todos nossos. E os prejuízos — ela ri.

Isabel se ilumina — uma luz que não me fere. Ao contrário, me convida. Nos abraçamos. Vai dar tudo certo. Escolhemos o sobrado no centro da cidade em vez da viagem a Portugal. Não há arrependimentos. Ela quis, eu quis. Seus pais abençoaram a escolha. Acharam-na acertada, madura. Nossa independência, primeiro. Passeios, depois. Não se trata de tirar o lápis de trás da orelha e molhar a grafite na ponta da língua. Não, lógico que não! A prosperidade não está em contas de padeiro. Mas está em acordar cedo, mesmo quando se tem uma paixão do lado!, me convenço. Pegar o leite, a farinha, os ovos e pôr as mãos na massa. Agora, chega. Vamos tratar da vida. Assunto encerrado. Viremos pois a página.

De volta aos 88

Se me perguntarem, não sei dizer o que comi ontem no almoço. Mas sou capaz de reproduzir diálogos inteiros da minha juventude, quando esta fazenda ainda era do senhor Avelino e eu ainda morava na casa lá de baixo, com Tia Palma, meus pais e meus irmãos. Gozado, isso. Vai entender. Memórias antigas? Nítidas, perfeitas, cheias de mínimos detalhes, cheiros e sons até. Inclusive as experiências ancestrais que não vivi, as histórias lá de Portugal que me foram contadas: todas aqui dentro, de cor e salteado. Fatos recentes? Coitados. Vão se segurando em mim como podem. Parecem aqueles personagens de cinema, cara de terror, agarrados no alto do edifício só pelas pontinhas dos dedos. Quase todos despencam. E pior: diante do olhar de alguém que os vê de cima sem pingo de misericórdia. Uma coisa ou outra fica, é verdade. Meio desbotada, imprecisa, extremamente grata à mão do cérebro que a resgata. Nenhum critério de seleção. A bobagem, o cérebro retém. O notável, ele descarta. O recado é direto: chega de colecionar lembrancinhas da viagem terrena. Fazer o que com toda a tralha? Além do mais, com o correr ou o arrastar dos anos, não há fortuna que pague tal excesso de bagagem. Eu, Antonio, entendo perfeitamente os argumentos. Aceito sem queixumes. Só levo comigo o que a alfândega da mente deixa passar.

Aos 88 anos posso delirar à vontade. Delírio, o cérebro deixa. E até estimula. O Deus do azul acha graça. Imaginação fértil, realismo fantástico: preciosidades de velho e criança. Bom ser criança vetusta, reaprender a inventar histórias e a esquecê-las com facilidade, alimentar sonhos, não guardar raivas nem condecorações, não se deter em nada que dure mais de um dia.

Ter 88 anos me dá o direito de viver o hoje como se fosse primeira folha de caderno novo e bem encapado. Caneta-tinteiro cheia. Azul real lavável. O cabeçalho no alto, com o nome da escola, a letra caprichada. A determinação de mantê-la assim, redonda, caligráfica, os tês bem cortados, até a última linha da última página. Determinação nunca levada a cabo. Vida é professora que dita rápido. Não espera. Pode sacudir o braço já adormecido, pode pedir para ir mais devagar. Ela não ouve, não está nem aí. Ela imprime o ritmo. Acompanhe quem puder. Por isso, nossos humanos e infantis garranchos aparecem cedo. Dou de ombros. Tenho 88 anos. Amanhã, abrirei outro caderno. Será que nas escolas ainda usam cabeçalho antes de cada lição e do dever de casa? Preciso perguntar ao Bernardo.

Não quero você metida aqui dentro na cozinha. Por favor, Isabel. Não é nada disso. É porque você fica zanzando para lá e para cá. Põe a mão, prova, dá palpite. Me atrapalha. Fico doido, não quero. Nem você nem ninguém. Deixa que eu dou conta do recado. Tantos anos à frente lá do restaurante, chefe com vários prêmios, não basta? É preciso mais? Idoso coisa nenhuma. Dispenso o eufemismo bobo. Sou velho, isso sim! Eu sei, não precisa dizer. A vista não ajuda muito, nem as pernas nem os reflexos. Mas, espera aí, gagá ainda não estou. Tenho força nas mãos. Acho que ainda posso mexer uma panela. Quatro panelões, concordo. Fica tranquila que não vou me queimar. Nem a comida. Anda, chispa daqui, chispa. Antes me dá um beijo. Outro. Com essa cara feia não vale. Agora, sim. Você é especial, sabia? E eu, um velho chato e mimado, tem razão. Que me estragaram em criança, nada. Culpa sua, que me atura. Isabel, com você abraçada assim vou acabar fazendo um estrago aqui. Não se preocupe, vai sair tudo certo.

Isabel me dá um beijo na nuca, me desabraça. Desabraça? De onde você tirou isso?! Risos bobos.

— Se precisar eu chamo. Prometo. Ah, amor! Vê como vai ficar a distribuição das mesas e das cadeiras lá fora, adianta esse lado. Você é boa nisso. Escolhe também as toalhas, por favor.

Isabel me olha da porta. Feito eu fosse menino ou feito eu fosse velhinho? Conhece minhas travessuras, meus gênios, meu lado pequeno. Companheira de estrada. O que seria de mim? Melhor nem pensar. Não me imagino. Quero ir primeiro desta Terra. Ela se zanga, não admite a hipótese. Se o Deus do azul levar em conta méritos, estou frito: ela segue, eu ainda fico. Minha esperança é que o critério de chamada seja outro. Ordem alfabética me parece justo.

Isabel desconfia que meus pensamentos já vão longe. Me traz de volta, eu pouso. Pergunta sobre os pratos. Sugere o serviço de Vista Alegre que era de dona Maria Celeste. Ótima ideia. A ocasião merece. E é aparelho completo com não sei quantas peças. Sei é que, pelo tamanho, dá e sobra.

Os cômodos já estão arrumados. A maioria do povo vai ficar para dormir, aposto. Vamos ter que espalhar colchões pela salas. É muita gente. Problema algum. Com portas trancadas, tudo são quartos, mamãe não cansava de dizer.

Volto a me concentrar no preparo do almoço. Me concentrar? E eu consigo? É só abrir a torneira da pia e pronto. Lá vou eu com Tia Palma para o meu caderno de receitas. Aquele primeiro, de capa dura, o que ela escrevia com a própria letra e ainda ilustrava com recortes de revistas. Era como se me enviasse cartas, era como se falasse comigo.

ARROZ DE LENTILHAS (para ser preparado com devoção)
2 chávenas de arroz
2 chávenas de vinho branco (há de ser seco)
2 chávenas de água
1 cebola (não muito graúda)
1/2 chávena de lentilhas
Sal a gosto

Antonio, meu querido, lava bem as lentilhas em água corrente enquanto recitas: "trepadeira, trepadeira/ beijo-te as folhas penadas e as flores violáceas/ trepadeira, trepadeira/ não estou ao fundo/ estou ao fresco/ estou à beira/ és fortuna, és saúde, és companheira/ trepadeira, trepadeira/ és amor amigo/ és paixão verdadeira."

Feito isto, respira fundo três vezes e solte o ar pela boca. Deixa teu corpo sentir o benefício. Põe as lentilhas em tacho com bastante água já temperada de sal. Leva ao lume alto até ferver. Ao ferver, abaixa o lume e deixa cozinhar até que as lentilhas estejam macias.

Escorre a água da fervura. E enquanto ela se vai, diz com voz de certeza: "água fervida/ água de sal e de vida/ água boa que segue/ toma teu rumo/ fertiliza."

Coloca as lentilhas num recipiente e reserva.

Pica a cebola (não é essencial, mas se te fizer chorar, é bom, porque te purifica com lágrimas naturais, que não são de alegria nem de tristeza). Coloca numa panela com o azeite e refoga. Tempera de sal.

Lava o arroz em água corrente enquanto recitas: "espiguetas de uma só flor/ flor querida de seis estames/ fios de minha rica existência/ recebo a bênção agradecido/ prosperidade/ fruto de aprendizado e paciência."

Feito isto, respira fundo três vezes e solte o ar pela boca. Novamente, deixa teu corpo sentir o benefício. Junta o arroz ao refogado, mexendo sempre. Deixa refogar mais uns instantes. Junta então o vinho e a água (com solenidade de sacerdote em celebração) e deixa cozinhar até ficar soltinho. Retira o arroz do lume e mistura-o com a lentilha reservada. Ao misturar, recita e repete quantas vezes for: "saúde e paz/ é assim que se faz."

Antonio, cuida bem, porque poucos conseguem acertar esta receita de arroz. Não pela dificuldade, que é quase nenhuma. Mas pela devoção que o preparar espera.

— Antonio, dá um pulinho aqui!

A voz de Isabel vem correndo da sala, entra pela cozinha, me chega aos ouvidos, me traz de volta aos 88.

— Só um minuto! Já estou indo!

Nuno e Rosário

Antigamente, eram nove meses de expectativa e, então, duas novidades ao mesmo tempo: o nascimento e o sexo do bebê. Não havia essa tal de ultrassonografia. Havia, sim, a torcida acalorada pelo azul ou pelo rosa. Havia as barrigas redondas ou pontudas que, imaginávamos, poderiam dar alguma dica. Conheci um recém-nascido menino que vestiu rosa da cabeça aos pés, porque a mãe apostou todas as fichas numa filha. Quando recebíamos a notícia de um nascimento, o que queríamos logo ouvir era se menino ou menina. Se viera perfeito, saberíamos depois.

Estou para chegar ao mundo. A torcida fica meio dividida. Mamãe quer o rosa. Papai e Tia Palma, do mesmo lado pela primeira vez na vida, querem o azul. Ainda transpirando muito, mas já refeita das dores e da emoção do parto, mamãe toma fôlego, aperta os olhos esperando o pior e arrisca:

— É menina?

Tia Palma, sem coragem de ser direta, põe a ponta do dedo indicador bem próxima à do polegar.

— Quase. Por um pouquinho assim que não é.

A brincadeira dá certo. Mesmo decepcionada, mamãe acha graça. Quer mesmo é me aconchegar em cima dela, me cheirar e me lamber todo. Na próxima, formará o par, promete. Ela que faça lá como quiser. Estou felicíssimo com esses centímetros a mais que ganhei de brinde. Viro no berço, já consigo sentar, engatinho, ando e corro! Depois, ainda bem, volto a andar sem precisar correr. Namoro, fico noivo e me caso com Isabel. É a minha vez de responder a inevitável pergunta.

— Prefere menino ou menina?

— Tenho mesmo de responder? Então vou pelo nome. Quero um filho Nuno.

— Nuno?! Por que Nuno?! De onde você tirou essa ideia?

— Histórias de Tia Palma. Vai lá, reclama com ela, que me apresentou a ele. Dom Nuno Álvares Pereira, condestável de Portugal. Um gênio. Estrategista militar. Melhor que Napoleão, melhor que Wellington. Deixa longe. Em 14 de agosto de 1385 venceu a batalha de Aljubarrota à frente de um pequeno exército de 6 mil homens contra as 30 mil tropas de Castela. O rei D. João I o considerava seu amigo mais fiel. Afinal, foi ele que o tinha colocado no trono e salvado a independência de Portugal.

Isabel, que porta nome de rainha castelhana, diz que não preciso ir além com mais detalhes. Está de acordo com a escolha. Até gosta. Nuno. Tem personalidade. Mas também não perde tempo e parte para o ataque. Quer porque quer uma mulher. O nome, não sabe. Prefere esperar o santo do dia. Faz promessa para toda a corte celeste, faz novena, desfia terço. Uma filha. Tão mais fácil de lidar, tão mais engraçadinha, tão mais companheira, tão mais...

— Está bem, está bem. Estamos entendidos. Eu fico com o Nuno. Se for menina, você escolhe o nome. Ou a Folhinha do Sagrado Coração de Jesus escolhe.

7 de outubro de 1948. Mexo a panela. Assobio. A vida é boa. O ensopadinho de quiabo quase pronto. Isabel, barrigão enorme, está por perto, ainda faz sapatinhos de crochê. Será que não se cansa? Súbito, põe o trabalho de lado, me chama.

— Antonio!

— Só mais um pouquinho, meu amor. Só mais um pouquinho. Pode deixar que eu ponho a mesa.

Isabel sente nova contração. E outra ainda mais forte. Respira fundo. Eu, encostado no fogão. Como é que posso saber?

— Antonio, acho que está na hora.

— Ainda não, querida. Quase. Quando estiver pronto, eu te chamo.

Contrações seguidas. Não dão trégua. Isabel, segurando o bebê para não cair, vem até a cozinha. O embrulho está se abrindo todo.

— Antonio...

— Pronto! Pronto! Está pronto!

O almoço, na mesa. Uma delícia, aposto. Volto-me vitorioso para Isabel que, em pé diante de mim, sente uma pontada violenta. É o tempo de se arriar na primeira cadeira que está à mão. A criança pode desabar no chão a qualquer momento. O rosto dela é de dor. Dor Maiúscula. Mas é dor boa, ela garante. Por essa eu não esperava. Logo agora, com essa comidinha gostosinha fumegando nas travessas! Enlouqueço. Não. Não é para tanto. Tiro o avental. Preciso pensar alguma coisa e rápido. Já sei!

— Vou chamar o doutor Humberto. Não, melhor não. A gente vai direto para a Casa de Saúde.

— É. Vamos direto para a Casa de Saúde.

Vou até Isabel. Faço festa em sua barriga.

— Você está bem?

— Estou. São só as contrações.

— Fica calma, que eu estou calmo.

Vou até a panela. Faço um prato. Isabel, sem entender, continua sentindo as contrações. Como marido, dou todo o apoio. É meu dever, é minha obrigação. Serei um excelente pai, na certa.

— Não tem motivo para você ficar nervosa. Logo, logo o neném vai nascer. Isso passa. Você tem é que se alimentar para ficar boa depressa.

— Mas eu não estou doente.

— Eu sei que não está.

— Antonio, para quem é esse prato?

— Este prato? Sei lá para quem é este prato!

— Então deixa isso aí, e vai buscar as minhas coisas que estão lá no quarto.

Amo Isabel. Que calma. Que postura. Como ela consegue? Largo o prato ali mesmo ao lado da panela. Tento decodificar a instrução recebida.

— As suas coisas...

— É. Estão lá no quarto. A mala já está pronta, lembra? É só apanhar dentro do armário.

Isabel abaixa a cabeça. Por que será que ela abaixou a cabeça? Será que faz bem abaixar a cabeça desse jeito? É assim mesmo? Talvez seja para irrigar o cérebro. Alguma instrução médica. Será que é sintoma grave? Melhor não ir pegar a mala no quarto coisa nenhuma. Melhor ficar perto, segurar na mão. Ajoelho-me diante dela. Dou-lhe uns tapinhas carinhosos no rosto.

— Desculpa, meu amor, calma! Não se mexe, pelo amor de Deus!

— Antonio, eu posso me mexer, eu não quebrei nenhum osso. Eu vou ter um filho. Só isso.

— Lógico. Só um filho. Tem toda a razão.

— Quer ir buscar a mala, por favor? A dor está muito forte. Se a gente demorar muito, o neném nasce aqui.

— O neném nasce aqui?! Não, pelo amor de Deus! Tudo menos isto!

Saio à toda. Agora, até eu sinto contrações. Fortíssimas. Mas tenho que segurar firme. Se ela aguenta, eu aguento. Sou homem ou não sou? Ir ao banheiro agora? Não posso. Não há tempo. O bebê nasce aqui! Valha-me Nossa Senhora. Nestas horas, chamo. É preciso atravessar todo o corredor, chegar até o quarto, abrir a porta do armário e pegar a mala. Só isso. Simples. Qualquer um é capaz de fazer esse favorzinho sem a menor dificuldade. Qualquer um?

— Amor, corre aqui, me ajuda que eu não estou encontrando a mala!

Isabel acaba que consegue me levar até a Casa de Saúde com segurança. O chofer de táxi também é bastante atencioso comigo. Tudo muito rápido. Dou-lhe boa gorjeta. Diz que não precisa, imagina. Nada disso, insisto. Dobro o dinheiro e lhe ponho no bolso da camisa, camisa de mangas curtas. Ele aceita, é claro. Pressente que serei generoso. Irá conferir depois, quando estiver sozinho no carro, e acertará no palpite.

Ficamos eu, a mala e algumas sacolas ali na recepção. Isabel é logo posta na maca, sai por um corredor em alta velocidade. Desaparece. Fico um tempo olhando naquela direção. De repente, pisco. Pouso de volta. Alguma coisa pousa comigo. O que será? Preencho ficha, pego chave, levo mala e sacolas para o quarto, que é bem amplo e confortável. Gosto desta Casa de Saúde São José, descubro. Bom ter vindo para cá. O nervoso parece que foi embora e não volta mais. Crio algum ânimo. Chego às portas da sala de operação. Daqui não passo. Haverá alguém aí dentro? Encosto o ouvido. Nem um pio. Nada. Dormiram todos; Isabel, médico e ajudantes? No cartaz, a enfermeira pede silêncio com o gesto. É precisa? Não há vivalma. As horas se arrastam, e ainda nem 20 minutos de espera. Melhor voltar para o quarto. Sigo meu conselho. Volto. Deixo-me estar na varandinha que dá para o jardim interno. Sinto a paz quase ao alcance — me conformo, ela assim a essa distância já me faz imenso bem. Duas rolinhas pousam juntas perto de mim. Dão mais dois pulos no parapeito, querem me estudar melhor, abusadas. São lindas. Nem me mexo que é para não as espantar. Quanto tempo durarão comigo? Quem representam? Isabel e eu? Seria muito óbvio. O significado das presenças é outro. Antepassados não são, tenho certeza. Casal de namorados conhecido? Menor chance. Sei pelo olhar. As duas se olham é com amizade. Amizade infantil, pura, sem maldade. Não são adultas. São crianças. Pelo menos agem como se fossem. Estão aqui por algum motivo, aposto.

— O que é que vocês querem, hein?

As duas se divertem com a curiosidade que me despertam. Viram a cabeça, me olham de lado. Bobo, você, uma diz. Muito bobo, a outra concorda. Só tem tamanho. Homem desses, de barba na cara, parado aí, se acreditando São Francisco. E a mulher lá na sala de operações, mordendo lenço para suportar a dor.

— Eu já estava aqui, não chamei ninguém. Vão tratar da vida. Vocês não têm mais o que fazer?

Têm. Uma faz cocô. A maior naturalidade do mundo. A outra olha para baixo, confere se o disparo causou estrago. Imita, descarrega também. Definitivamente, são crianças. E querem me dizer algo. Mas o quê? Alguém entra no quarto e nos assusta. Elas voam, eu fico.

— O senhor deve ser o pai.

— Devo ser.

A velhota sorri bondade. Austríaca? Olhinhos azuis, espertos. Safiras? Deve ser mais que enfermeira. Mais que madre superiora. Muito mais. Assim, sem mácula, toda paramentada de branco alvíssimo engomado, me inspira proteção e reverência. Sinto vontade de lhe beijar as mãos. Mas sua simplicidade não gostaria. Se zangaria até. Tento ao menos lhe transmitir, pela expressão do rosto, que este seria o meu desejo. Ela não perde tempo.

— O senhor terá uma bela surpresa! Acompanhe-me, por favor.

A velhota caminha firme, alegre e rápido. Aperto o passo para acompanhá-la. Não nos falamos. Não nos olhamos. Seus sapatos brancos de sola de borracha fazem um barulhinho gostoso no chão encerado dos corredores. Estou rindo à toa e tenho certeza de que ela também está. Vou como criança que dá a mão à mãe para atravessar a rua. Confiança total no barulhinho dos sapatos.

Chegamos ao berçário. Ela me convida a entrar. Há uma enfermeira e dois bebês. Um veste rosa. O outro, está se pondo de azul. Respiro fundo. Perfume de bichinhos novos. Tão bom se algum deles já viesse de Isabel. O rosa ou o azul, não faço questão.

— Algum desses é meu?

— A menina é sua.

— A menina?!

Mal tenho tempo de agradecer a bênção.

— E o menino também.

— O quê?!

— Esse belo casal de gêmeos é seu!

Nunca me esqueci dessa frase em tom materno nem do singular no final: "... é seu." Aliás, este sábio singular no final resumiu com perfeição tudo o que ia dentro de mim. Ganhei dois filhos, um rosa e um azul. Mas o amor que se manifestou em mim foi um só, singularíssimo. Por isso, vi o par como se fosse ímpar, único, insubstituível. Lindos mistérios da vida que não me cabe decifrar. Não me dividi. Em nenhum segundo. Minha entrega foi inteira para os dois. E haveria de ser sempre assim. Haveria? Bem, isso já serão outras lembranças, que devem andar por aí, em alguma dessas pastas, numa dessas prateleiras. Outra hora, eu acho.

O azul, eu sei, é Nuno — nome que coube a mim escolher. E o rosa? Vejo na folhinha do Sagrado Coração: 7 de outubro. Dia de Nossa Senhora do Rosário. Não tenho a menor dúvida, Isabel vai querer a homenagem.

Cada um toma seu rumo

Meus irmãos, solteiros, eram uns. Casados, são outros. Também me vejo diferente agora que vivo com Isabel. Se mudamos por nós mesmos, misturados a alguém, mudamos mais. Para melhor ou para pior, nunca se sabe. Química que funciona? E o encontro? Me diz: como se dá? Destino? Elaboradíssima dramaturgia divina? Graça obtida do santo casamenteiro? Ou uma seleção assim mais próxima de Darwin? Ou ciência nenhuma, mistério nenhum? Seja lá como for, matrimônios e patrimônios vão desfigurando a família. A transformação acontece naturalmente. O núcleo original se desfaz, surgem novos núcleos. E não há como manter os mesmos lugares à mesa. Todos se acomodam de outro jeito. Sei o que estou dizendo. Matrimônios pedem mães. Patrimônios pedem pais. Cada um toma seu rumo. "Quem casa quer casa bem longe da casa onde casa", canso de ouvir. Mas há sempre uma Páscoa, umas Bodas de Prata, um aniversário de número redondo que obriga a presença. E lá vêm os filhos, os agregados e suas proles. Quem está à cabeceira gosta da casa cheia, manda logo puxar mais aquela cadeira. Inútil o "não precisa", o "estou bem aqui". Há que se puxar mais aquela cadeira e pronto. Conversa vai, conversa vem. Você engordou. Você está perdendo os cabelos. Continua com espinhas, descuido, puro descuido. Meu Deus, essa menina cresceu! E você, um homenzarrão! Se vejo na rua, não reconheço. A voz está igual à do pai, impressionante. E os pés, mamãe? Já reparou? Não param de crescer. Os sapatos não duram mais que mês. Conversa vai, conversa vem. As comparações são inevitáveis. Quem arrumou o melhor par. Quem tem mais filhos e os mais bonitos, os mais inteligentes, os mais afetuosos. Quem lhes dá a melhor formação. Quem não os tem e o porquê. Quem prospera, quem marca passo.

Tudo rivalidade boba. Venha o que vier, bom ou ruim, a vida é festa. É mesmo? "Cada um no seu canto chora o seu pranto", canso de ouvir também.

Quando me casei e meus irmãos se casaram e o tempo nos separou de vez, no início, eu senti. Nossa! E como! Cismava dia e noite. Queria entender por que nossa receita de família havia desandado. Só isso. Estava escrito? Escrito coisa nenhuma. Sina coisíssima nenhuma. Não me conformava. Reconhecia que eu era o irmão antônimo e eles, os irmãos sinônimos. Cada um com o seu significado. Mas nunca precisamos nos consultar no dicionário para saber o que queríamos dizer. Nos entendíamos perfeitamente. Éramos chegados, sempre juntos a nosso jeito. Hoje, "cada um por si e Deus por todos!" Os mosqueteiros do rei conseguiriam brandir as espadas para bradar algo semelhante? Nunca. Morreriam de vergonha, isto sim. Mote mais egoísta este. Como pudemos nos afastar assim? Eu e Isabel no Rio, às voltas com o restaurante e os gêmeos. Leonor e Sebastião, mal se casaram, foram para o interior de Minas. Por vontade dele, que bateu pé. Imagina o Sebastião batendo aquele pé. Leonor não resistiria, impossível. Com o dinheiro que papai lhes deu, compraram uma terrinha, no diminutivo — o essencial para começarem vida digna. Parecem felizes. Colecionam filhos e não saem de lá. Notícias, uma ou outra de longe a longe. Nicolau continua na Colombo. Meteu-se com uma das copeiras, a Amália, e a engravidou. Problema nenhum. Os dois se gostavam de verdade. Passaram a morar juntos — na Tijuca, numa ruazinha que vai dar na Conde de Bonfim. Somam os salários e vão vivendo. Notícias, uma ou outra de longe a longe. Joaquim aventurou-se como eu. Foi para São Paulo abrir o próprio negócio. Investiu num botequim que o Santoro, amigo de boemia, recebeu como herança — botequim com mesas e cadeiras, estive lá uma vez, sem Isabel. Bem simpático o lugar. Chama-se "Joaquim e Santoro". Mas como? O Santoro não é o dono do imóvel? O nome dele deveria vir na frente. É, mas não soava bem, Joaquim me confidenciou. Enfim, os dois se entendem às mil maravilhas. O casamento ideal. Mais que sócios, continuam amigos de farras. Dividem os lucros e as muitas mulheres. Divertem-se com isso. Mais não posso dizer, porque notícias vêm, uma ou outra, de longe a longe.

Quem volta e meia volta à fazenda? Só eu. O Nicolau raramente aparece. Leonor e Joaquim, uma vez na vida e outra na morte. Para eles, fica difícil, dizem. Dizem também que minhas frequentes idas a Santo Antonio da União não têm o menor valor. Vá toda semana, ainda assim será pouco. Acham que tenho mais é que ir para o beija-mão, bater ponto. Meus sogros são os donos da fazenda, sou obrigado a acompanhar minha mulher de qualquer modo. Então, que aproveite e mate dois coelhos a cada vez. Visito nossos pais e os dela. Visita de interesse, isso sim. Puro interesse, meu e de Isabel. Criticam-nos também por nos hospedarmos na sede. Nunca nos dignamos a ficar com mamãe, papai e Tia Palma. Como sabem disso?!

— Sei lá! Não faço ideia!

Isabel descobre. Foi a Amália, mulher do Nicolau, que passou a história para a Leonor e o Joaquim.

— A Amália?!

— Ela mesma.

— Tinha que ser. Mas se preocupar com uma besteira dessas! Dormimos na sede porque fica melhor para todos! Tia Palma agora tem o quarto só para ela. O outro, virou uma salinha de costura. Para que desacomodá-la se há espaço de sobra na casa dos teus pais?!

— Maldade, Antonio. Inveja, só pode ser.

— Quer saber de uma coisa? Não vou ficar aqui esquentando cabeça com bobagem. Tenho mais o que fazer. Cada um que pense e fale o que quiser.

Tia Palma não se importa com essas nossas pinimbas. Para ela, pequenas implicâncias dão tempero à família. Entristece-se, sim, com o distanciamento gradativo entre nós, a indiferença, o não querer saber um do outro. Quer ver os sobrinhos mais unidos, ainda que à custa de algumas brigas. Dá-se como exemplo. Ela e papai vivem às turras mesmo agora depois de velhos. Significa desamor? Muito pelo contrário. Um não vive sem o outro. Os dois vieram para o Brasil, deixaram irmãos, tios e primos em Portugal, mas todos sempre se escrevem, se põem a par. Há alegria maior do que quando chega carta com selos portugueses? O perfume que exala quando se rasgam os envelopes, o custo para se decifrarem as caligrafias, a euforia com a novidade boba, mas que causa surpresa. Então? Será que, por estar em Minas ou São Paulo, não se há de mandar dizer alguma coisa de vez em quando? Não haverá assunto que interesse? Nenhunzinho?!

Mamãe e papai, pelo menos na minha frente, não se queixam das ausências, não cobram atenções nem notícias. Qualquer uma que chegue está de bom tamanho. Querem é que estejamos bem e felizes nos lugares que elegemos e com as companhias que escolhemos. Só, rarissimamente, no meio de uma conversa, comentam uma saudade, um desejo de rever este ou aquele. Ah, sim, há o grande sonho. O de reunir a família completa — filhos, noras, genro e netos — em Santo Antonio da União. A data que seja. Não lhes importa a ocasião, o essencial é que possamos ir todos. Um dia, têm fé. Precisam apenas de um pretexto. Um bom pretexto. Mas qual? Não há nada que estimule a saudade de todos ao mesmo tempo. Nada que nos felicite a todos em grau superlativo. Nada que nos alegre a todos a ponto de motivar o encontro. Deve haver uma maneira, um jeito. Dou tratos à bola e — talvez por me sentir também culpado, sei lá, talvez pela frustração de nunca mais ter visto meus irmãos, de nem conhecer alguns sobrinhos — acabo me metendo onde não sou chamado. Vou inteiro. Meto o bedelho, o nariz, os pés pelas mãos.

— Tia Palma, preciso falar com a senhora. Agora.

— Queres que seja aqui?

— Não. Aqui na cozinha, não. Melhor noutro canto. Não é bom que mamãe nos surpreenda.

— Vamos lá para sala. Com a porta aberta, vemos quem chega. Se for preciso, há tempo de desconversarmos.

A cadeira que Tia Palma escolhe é a mesma, a quarta, a que papai restaurou e lhe deu de presente pelo meu nascimento. A cadeira das pazes que fizeram. Aquela em que ela se sentava para me contar a história do arroz e tantas outras. A cadeira é a mesma, mas Tia Palma é outra. E eu sou outro. A vontade é de me sentar no chão diante dela, mas me falta coragem de ser menino. Contento-me em me acomodar, adulto e direto, na cadeira em frente. A fala é minha. Fala estranha, sem emoção. Por quê?

— O arroz foi posto de lado, Tia Palma. Está lá em casa, na dispensa, esquecido no fundo de um armário.

— Tu és o dono. Deves saber o que fazes com ele.

— Desde que nos casamos e nos mudamos para o Rio, Isabel e eu não sabemos que destino dar ao presente.

— É natural. Tu e Isabel andam sempre ocupados com os negócios. Há ainda o Nuno e a Rosário que estão numa idade dificílima e a exigir cuidados. Deixa o arroz quietinho lá onde está, no fundo do armário. Chegará a hora em que vais precisar dele.

— Pensamos em devolvê-lo.

— Devolvê-lo?

— Desculpa, Tia. Não me interprete mal. É claro que não vamos devolver algo dado com tanto carinho. Não é isso o que eu quero dizer. É só pra senhora ter ideia do tamanho da minha aflição.

— E o que é que tanto te aflige, meu querido? A vida tem sido tão generosa contigo. Deu-te ótima esposa, sogros que gostam de ti e te admiram. Deu-te cá esta velha tia que te ama tanto e pais também amorosos. Deu-te irmãos que, mesmo que não te procurem, te respeitam e gostam de ti, eu sei. Deu-te saúde boa, formosura, sucesso no teu trabalho. O que pode te afligir, filho?

— Nossa família assim, toda dispersa, cada um pra um lado. O afastamento do Nicolau, da Leonor e do Joaquim. Um sem saber do outro. Ninguém brigado, ninguém rompido. Mas também ninguém se falando. Todos querendo distância. Quanto mais, melhor.

— Foi o caminho que vocês escolheram. Por livre e espontânea vontade. Por que não mencionas o teu afastamento também? Não conosco, mas com eles. Tu também não os procura.

— Ah, Tia, pelo amor de Deus! A Leonor nunca me respondeu uma carta. Uma única sequer. Fui com Isabel duas vezes lá naquele fim de mundo visitá-la. Alguma vez ela veio me ver? Veio?! Ela e aquele estrupício que é o Sebastião?

— Já pensaste nas dificuldades da Leonor? No quanto lhe custaria sair daquele "fim de mundo", deixar marido e filhos para te ver? E se os levasse com ela, ficariam todos na tua casa?

— E o Nicolau? O Joaquim? Fiz de tudo para irem trabalhar comigo no restaurante, ofereci sociedade, eles entrariam só com o trabalho e a roupa do corpo. Eles quiseram? O Nicolau se meteu com a Amália, arrumou logo um filho e está na Colombo até hoje. Emprego que, aliás, deve a mim, o ingrato. O Joaquim? Preferiu ir para São Paulo e ser sócio daquele beberrão do Santoro. Num boteco, é claro!

— Pelo pouco que sei, o Nicolau está bem feliz com o que tem. O Joaquim e o tal Santoro são muito amigos. Há ali uma relação de confiança, de camaradagem. E o negócio prospera. Todos seguem suas vidas. Como tu estás a seguir a tua.

— Desculpa, eu não devia ter falado dessa maneira.

— Desabafos são saudáveis. Não sinto raiva dentro de ti. Mas, diz, o que é que tudo isto tem a ver com o arroz?

— Penso em trazer o arroz para ser servido num grande almoço em família. Esse será o pretexto. Essa será a razão para reunir todo mundo. O arroz já não nos trouxe tantas alegrias? Então? Um risoto de confraternização. O que a senhora acha?

Tia Palma desconfia do meu empenho. E do desempenho.

— A confraternidade não é assim tão simples, Antonio. Há que se estar propenso a ela. E a propensão vem com o convívio, com o procurar manter os vínculos mesmo à distância. É trabalho permanente de toda uma vida. Portanto, trabalho de paciência. Tu conheces muito bem a história do arroz. Daquela primeira canjinha que preparei pro teu pai ao risoto do teu noivado, não foram truques ou passes de mágica que despertaram os melhores sentimentos nas pessoas. Foram, sim, imensas doses de amor e tenacidade. Esta, a receita que dá certo. Mesmo depois de nossas piores brigas, mesmo quando teu pai praticamente deixou de falar comigo, continuei a amá-lo e a querer estar ao lado dele. Reconheço que Maria Romana foi figura essencial para nossa união. Mas tu não calculas o esforço que sempre fiz para ter meu irmão por perto. Desde a morte de nossa mãe, eu sabia que ele, apesar de querer passar a imagem de menino forte e independente, dos irmãos, era o que mais precisava de proteção, de colo, de mimos. Por isso, nunca o abandonei. E sei também que ele se esforçou muito para se dar bem comigo. Não deve ter sido fácil para ele aturar minhas loucuras, entender meus sonhos, meus devaneios. O irmão querido e predileto sempre me foi o José Custódio. Justo o mais rebelde, o mais turrão, o mais irascível. Peças que a vida nos prega. Os que ficaram lá em Portugal, sei que não mais os irei ver. Mas, enquanto o Deus do azul me permitir, continuarei a lhes escrever cartas e a ansiar pelas respostas.

— Tia, não chore assim.

— Lágrimas nos purificam.

Em segundos, repasso essa antiga lição. Tia Palma se purifica também assoando o nariz. O tom agora é grave. Beira a admoestação.

— De que serve trazeres de volta o arroz para um "grande almoço em família!", se não estás propenso a te dedicares ao que realmente importa: ir antes ao encontro de teus irmãos, doar parte do teu tempo para conhecê-los como são hoje em vez de estares aí com queixumes. Aquele que pretende reunir a família é que tem que tomar as iniciativas, assumir a responsabilidade de aglutiná-la. É o que deve ser paciente. É o que deve ouvir, compreender, relevar. E, sobretudo, estar pronto para o desgaste que a tarefa exige. Ou então, o melhor é ficar quieto e feliz no seu pequeno núcleo. E se conformar com as coisas do jeito que se apresentam. Família é prato difícil de preparar.

Me impaciento. Elevo a voz. Revolta, frustração, descaminhos.

— Foi um erro vocês terem dado o arroz para mim. Eu sabia disto desde o princípio. Mas depois caí na tentação e acabei até gostando da ideia. O arroz todo para mim deu asas ao meu orgulho, entende? Me fez estufar o peito, me achar o melhor de todos, o mais importante, o mais querido. Para quê? Para tê-lo agora como peso inútil dentro de um armário?! Esse arroz deveria ter sido dado a mim e aos meus irmãos!

— Estás a dizer um amontoado de asneiras!

— E é isso o que eu vou fazer, Tia. Se não posso trazê-lo de volta para um almoço de confraternização, Leonor, Nicolau e Joaquim vão receber o que lhes é devido.

— Céus! Tem cabimento uma coisa dessas?!

— Vou contar grão por grão. Ficaremos com partes exatamente iguais.

— Certifica-te primeiro de que o número de grãos é divisível por quatro. Ou estarás diante de um problema ainda maior.

— O arroz vai se estragar, Tia! E a nossa família vai se estragar junto com ele!

— Tu agora passaste dos limites, Antonio!

— Tia Palma, por favor, sente-se. Espere!

— Tua cota de tolices por hoje está esgotada!

— Eu ainda não terminei!

— Melhor terminar outro dia.

— Outro dia, não. Fique, minha Tia, eu estou pedindo.

Tia Palma me faz esperar um bom tempo pela resposta. Decide.

— Está bem, Antonio. Eu fico. Mas antes que continues com esse festival de equívocos, hás de me escutar algumas poucas que, acredito, também serão boas. Não queria te dizer, mas tu me obrigas.

Os segundos de espera são séculos, me permitem pensar. Nunca vi Tia Palma assim comigo, a ponto de entornar o caldo. Irreconhecível, eu. Contradição: o medo, às vezes, nos dá atrevimento. E estou com medo, admito. Medo de o arroz se estragar em minhas mãos, medo de não estar à altura do presente que me foi dado, medo de ser incapaz de aglutinar a família, medo de... Tia Palma torna a se sentar. Não diz palavra, não precisa. A majestade de um Salomão não lhe chega aos pés. Esse silêncio é tempo dramático essencial — conheço. Posso apostar que vem chumbo grosso nessas poucas e boas. Abro a camisa, mostro o peito. Nada de escudos. Respiro fundo. Ergo a cabeça. Que coragem nova é esta? Tenho certeza de que, junto com o chumbo, vem luz, vem amor, vem ensinamento. Uma força criança dentro de mim me inspira e me liberta e me faz sentar no chão diante dela. Mesmo casado e pai de filhos, estou pronto para o pito, para o puxão de orelhas. E me sinto ótimo. Agora, sim! Ter 6 anos depois dos 30 é privilégio. Tia Palma, cabelos todos brancos, reconhece o feito. Minha coragem a desconcerta e a enternece.

— Antonio, Antonio...

Sua mão de veias altas me afaga o rosto. Me aquece. A fala agora será outra, pressinto. Outra, não. Será a mesma. O tom é que virá diferente. O ritmo das palavras, a cadência das frases, tudo deverá ser revisto. Antes, fala severa para adulto obtuso. Agora, fala franca para menino atento.

— Lembras-te de quando me sentava aqui a te contar histórias?

Que pergunta.

— Ainda tinhas ouvidos aguçados para entendê-las.

O primeiro recado está dado. Tomo nota rápido.

— Compreendo perfeitamente essa tua preocupação com a família, essa tua vontade de reunir todos os teus irmãos aqui nesta casa. Pensas que este também não é o meu desejo e o dos teus pais?

— Eu sei que é, Tia. Por isso a minha insistência em ajudar para que o encontro aconteça.

— Mais importante que o encontro, é a união de vocês. E essa união tem que ser espontânea. Sem cobranças. Um tem que sentir a necessidade de procurar o outro, de estar com o outro, de saber que pode contar com o outro sempre que for preciso. De nada adiantam a data festiva e o arroz como pretexto, se não houver essa necessidade de se estar junto. Convites não são ordens, meu querido. É preciso se estar aberto para eventuais recusas. E, convenhamos, ainda que todos se sentissem obrigados ao comparecimento, por respeito, reverência, pelo que for, que prazer haveria? Que felicidade? Que bem-estar?

— Nenhum.

— O arroz por si só não faz milagres. Começa a plantar um agrado aqui e ali. Faz uma gentileza, dá uma atenção. Programa uma visita inesperada, presenteia com carinho sem ostentar o que tens. Sê generoso sem esperar nada em troca. Será um excelente começo.

— Será mesmo? Não acredito.

— Esse é o teu maior problema. E o deles. O não acreditar. Afirmo, com segurança, que eles também sentem saudades e pensam muitas vezes em tomar essa ou aquela iniciativa de aproximação. Mas são incapazes de ir adiante porque, como tu, não acreditam que vá adiantar grande coisa.

— Tenho medo, Tia. Esta é que é a verdade. Tenho muito medo.

— Pior seria ter medo de ter medo, negar esse sentimento de inquietação.

— Já quis por diversas vezes ir até ao armário, abrir o presente, pegar o arroz. Mas me falta coragem.

— Ora, por quê?! Se ele te pertence.

— Penso que estará imprestável, cheio de bichos.

— Essa visão que tens do arroz é a visão que tens da tua relação com teus irmãos.

— Costumo acordar durante a noite aterrorizado por essa imagem. O arroz cheio de bichos! Isabel se aflige com isso, se revolta até. Foi ela quem me deu a ideia de trazer o arroz aqui de volta para a fazenda, preparar o almoço e acabar com a história.

— Ela está a defender o que é dela, a paz dentro de casa. Não podes criticá-la.

— Mas eu não a critico. Pelo contrário. Concordei com ela de imediato. Não concordei por concordar. Fiquei feliz, radiante, achei que era a solução de tudo. E, se a senhora quer saber, continuo achando que esse é o caminho.

— O medo está mesmo a te turvar as ideias. Ainda achas que recebeste o arroz como prêmio e não como responsabilidade. Isto está claríssimo para mim. Por isso, só estufaste o peito. Não preparaste os ombros. O que te aflige não é o peso "inútil" do arroz. É o peso do compromisso que assumiste ao recebê-lo.

— Compromisso?! Eu não pedi nada, eu não quis nada! Vocês decidiram que o arroz viria pra mim e pronto!

— Vês? Nem te dás conta. Compromisso, sim. Missão, papel, destino, chama lá do que quiseres. Teus irmãos não são piores nem melhores do que tu. São diferentes. As responsabilidades deles são outras. Por isso, o arroz coube a ti, Antonio. A ti. Por decisão minha e de teus pais, é verdade. Mas com o teu consentimento. Consentimento que já vinha de menino, quando preferias ficar aqui em casa e me ouvir a ires brincar lá fora com a Leonor, o Nicolau e o Joaquim. Se tivesses te entediado desde cedo com as minhas histórias, se tivesses te mostrado indiferente a todos os outros meus ensinamentos, se, por fim, tivesses te negado terminantemente a receber o arroz, essa trama teria sido outra. A palavra final foi tua. O sim definitivo foi teu.

Calo-me. O silêncio não é tempo dramático. É que realmente não tenho o que dizer. Tia Palma não abrirá a boca até que eu assimile, pelo menos, suas duas últimas frases e fale. Eu a conheço. Irá esperar o tempo que for. Uma vida, se preciso. A vez é minha. Eu que arrume o que dizer, invente um caco qualquer, mostre uma expressão de rosto que seja indício de espanto ou de contrariedade ou de assentimento. Ela não abrirá a boca. Vou pela reação óbvia. Reconheço o xeque-mate. Mas não deito o rei no tabuleiro. Voltar aos 6 anos depois dos 30 é privilégio. Tenho tempo de sobra para me reaproximar dos meus irmãos, dar mais atenção a Isabel, estar mais atento ao Nuno e à Rosário.

— Fique tranquila, Tia. Nosso arroz não há de se estragar.

Visitas e hospedagens

1950. Ano bom, este. O sobrado da rua do Ouvidor já pronto, uma beleza. Terminamos a reforma no início de março. Moramos nos dois andares de cima com todo conforto. O restaurante funciona no térreo. Ambiente simpático, acolhedor. Casa sempre cheia. Clientes novos, fregueses amigos, frequentadores assíduos. Nosso segundo lar. Isabel e eu nunca estivemos tão bem. O trabalhar juntos nos entusiasma e até nos diverte. Sabemos lidar com nossas diferenças. O vento sopra a favor. Nuno e Rosário nos dão vida, movimento. Estamos felizes com o que temos, nossos beijos não mentem. Mas continuamos a fazer planos. Há muita estrada pela frente. Queremos extrair o máximo da vida. Somos ambiciosos, ela e eu. Combinamos. O senhor Avelino e dona Maria Celeste hoje reconhecem que foram injustos conosco. Principalmente com a filha. Nunca se opuseram ao nosso casamento, mas não se conformavam com o fato de Isabel, pelos modos e a educação esmerada, querer trabalhar comigo no restaurante. Chegaram a ponto de nos oferecer a Babá, que cozinha para eles há mais de 30 anos. Imagina! Absurdo. Mesmo sabendo que a Babá amava a ideia e teria vindo correndo, por causa de Isabel, é claro. Fizemos ver a eles que o desafio era nosso, os sonhos eram nossos. Aceitamos, sim, trazer um casalzinho novo lá da fazenda para nos ajudar, a Conceição e o Roque. Ela, na cozinha. Ele, nas mesas. Está dando certíssimo. Os dois são ótimos. Vão longe.

Quando estiveram aqui para nos visitar, o senhor Avelino e dona Maria Celeste se emocionaram com o que viram.

— Vocês dois estão de parabéns! A casa está lindíssima! O restaurante está uma graça!

— Obrigado, dona Maria Celeste. Só é pena que os senhores não queiram ficar hospedados aqui conosco.

— Assim como está, está bem, Antonio. Avelino e eu nos sentimos mais à vontade no hotel.

— Vocês ainda são jovens, precisam de privacidade!

— Ah, papai, que bobagem!

Bobagem ou não, achei ótimo os dois terem ido mesmo para um hotel. Uma coisa é visita. Outra, bem diferente, é hospedagem. Por isso, a temporada dos Alves Machado no Rio de Janeiro foi deliciosa. Nos víamos todos os dias. Eles almoçavam e jantavam conosco, ajudavam a olhar as crianças, passeavam com elas. Como vinham ao Rio com alguma frequência, conheciam bem a cidade e também faziam lá suas programações. Foi perfeito. Tiramos retratos. Deixaram saudades. No dia seguinte à partida, confesso, senti falta de vê-los entrar logo cedo pelo restaurante. Nuno e Rosário também sentiram, percebi. Senti peninha deles. Busquei brinquedos. Dei maior atenção. Procurei compensar.

Já estamos bem no meio do ano. Mês que vem, aniversário de Tia Palma. Setenta anos, número redondo. Ela não quer festas, já estou sabendo. Resolvo então trazê-la para o Rio de Janeiro. Papai e mamãe virão com ela. Isabel aprova a ideia com entusiasmo.

— Acho ótimo! Mas será que eles vão querer vir? Eles nunca saíram de lá, Antonio. Nunca.

— Bom, não custa tentar. O máximo que pode acontecer é eles dizerem que não.

— Se você quiser, eles podem ficar aqui conosco.

— Você lê meus pensamentos.

— Não tem cabimento eles irem para hotel. Mesmo você pagando.

— Nem eles aceitariam.

— Eu sei.

— Pode deixar. Eu convido só por uma semana. A semana do aniversário de Tia Palma.

— Uma semana, duas, um mês. O tempo que você quiser. A mim, me dará muita alegria recebê-los aqui em casa. Damos nosso quarto para os seus pais. Tia Palma fica no quarto de hóspedes e nós nos acomodamos com as crianças. Elas vão adorar.

A generosidade de Isabel me desconcerta. Contraste. Eu, tão egoísta. E falso. Falso, sim. Fazendo média com a sogra e o sogro, dizendo que lamentava a ida deles para o hotel e, no fundo, dando graças a Deus. Que vergonha, Antonio. Que vergonha. Ainda bem que Isabel não lê meus pensamentos. Não lê? Quem diz que não lê? Claro que lê. E ainda me tira culpas.

— Os três são diferentes de papai e mamãe. São simples, fáceis, sem cerimônia alguma. Se eles vierem, vai ser muito bom, você vai ver.

Obrigado, Isabel, obrigado. É o que significa meu beijo longo e demorado. E ela, não seja por isso, aceita de nada a minha língua. Sou mais emoção que razão. Sempre fui. Todos sabem. No dia seguinte, viajo bem cedinho para a fazenda. Carrego o Nuno e a Rosário comigo. Assumo o comando. Os dois para fora da cama, já! Cócegas. Excitamento. Trégua para Isabel. Ela merece. Dou conta, custa nada. Viagem ótima. Nem sinto. As crianças dormem o tempo todo. Gostam do sacolejo. Apagam sempre. Quatro da tarde. Nem passo pela sede da fazenda. Vou direto lá para casa. Quero surpreender, quero fazer convite, quero emocionar. Dá certo. Chego em boa hora. Dou com os três: papai, mamãe e Tia Palma. Pelo riso estampado em meu rosto, sabem que tudo vai às mil maravilhas. É susto bom. Mamãe me abraça apertado. Diz que assim eu a mato do coração. Papai pega o Nuno, joga para o alto. Depois, upa!, de novo, para o alto e upa!, igualzinho fazia comigo e com a Leonor e com o Nicolau e com o Joaquim. Para o alto. Depois, upa!, Rosário com a cara amarfanhada do travesseiro sai do carro ainda zonza. Que moda mais feia! Uma moça dessas de chupeta na boca! Tia Palma a sufoca com os beijos. Todos vamos entrando, a porta é pequena para tanta gente ao mesmo tempo. O café está cheirando e o bolo na mesa ainda não foi aberto. Está quente, mamãe garante.

— Parece que adivinhei. É de aipim. O teu preferido. Saiu do forno agora.

Tia Palma canta feliz. Roda com Rosário no colo, roda:

— A cotia está com dor de dente/ é de tanto, tanto/ comer doce quente!

Rosário morre de rir. Morremos todos. Morte boa, esta.

— Que surpresa, meu filho! Que presente estás a nos dar! Dona Maria Celeste e o senhor Avelino já sabem que estás aqui?

— Não, mamãe. Vim direto pra cá. Vocês são a razão desta minha viagem.

Os três se olham. Crianças incrédulas. Mamãe vai cortando o bolo, papai serve o café. Tia Palma, ainda com Rosário no colo, alça o Nuno que também quer ir com ela.

— Nós?!

— É, Tia. Vocês. Especialmente a senhora.

Meu Deus, como é que aguenta com os dois? E ainda roda e dança desse jeito.

— Nuno, Rosário, não façam assim! Vocês vão acabar machucando a Vovó Palma.

— Estão só a brincar com a Vó, não é, meus queridos?

Do encontro, ainda fica o gosto do bolo quentinho de aipim. A camisa de listras de papai, que mamãe acabara na véspera. Linda, sem gola, como ele gosta. Peço uma igual para mim. Ela diz que sim, mas que engordei e terá de me tirar novas medidas. Principalmente o colarinho. Fica também Tia Palma, que me puxa pelo braço sem que ninguém note. Quer me falar um instantinho a sós.

— Olha, Antonio, vou te dizer uma coisa. Tu já sabes que não quero festejar os meus anos...

— Mas, Tia...

— Ouve, primeiro. Ouve. Acho que vais gostar da minha proposta. Setenta é um número como outro qualquer. Setenta e um, setenta e dois, que diferença faz? Prefiro ficar quietinha aqui em casa com teu pai e tua mãe.

— Eu sabia. Eu sabia! Bem que Isabel me preveniu.

— Prometo que vou visitá-los logo em seguida e levo teus pais comigo.

— Sério?!

— Tens minha palavra.

— Mas então por que não vêm logo pro aniversário?

— Porque o aniversário é uma coisa. A viagem é outra. Já que não podemos tê-los todos aqui, iremos até vocês. Tenho certeza de que o José Custódio e a Maria Romana vão gostar da ideia. Ficaremos um pouquinho com cada um: com o Nicolau, que já está ali pertinho de ti, o Joaquim e a Leonor. Depois, voltamos cá pro nosso canto. O que me dizes?

Não chego a torcer o nariz, mas gostar, não gosto. A ideia de levá-los em viagem foi minha, a iniciativa de querer festejar os 70 anos de Tia Palma foi minha, eu é que me meti numa estrada com duas crianças pequenas para ir até eles, pensei neles o tempo todo, fiz planos, me entusiasmei. E os outros? Separaram um minutinho sequer de suas vidas para pelo menos pensar em alguma coisa que agradasse os velhos? Então por que agora tenho que os dividir com eles? Por que, hein? Falo tudo isso para Tia Palma. Quero só ver o que ela vai me dizer.

— Faz uns 15 dias, esteve cá o Joaquim.

— O Joaquim?!

— Veio com uma ideia parecida. Queria nos levar para São Paulo na semana do meu aniversário. Como mora sozinho e não tem muita estrutura em casa, ofereceu-se pra nos pagar a hospedagem num hotelzinho perto. Tiraria uns dias de folga e seria nosso cicerone. O Santoro cuidaria do bar sem nenhum problema. De lá, se quiséssemos, nos levaria até o interior, para ver a tua irmã, a Leonor.

— A senhora aceitou?

— Não. Porque o aniversário é uma coisa. A viagem é outra. Fiquei de pensar com seus pais a melhor época para fazermos o passeio.

— E ele?

— Abraçou-me, com aquele jeito meio brutamontes dele, e disse-me que fizéssemos conforme fosse o nosso gosto.

Fico com cara de tacho. Por mais que procure, não encontro outra melhor. Depois da bela costura, Tia Palma dá o arremate.

— Vocês são todos muito bons. Todos, sem exceção. O fato de estarem afastados uns dos outros é que me causa alguma pena. Também nada assim de tão grave que me faça perder o sono.

— Quem sabe um dia ainda nos reuniremos todos aqui na fazenda?

— Quem sabe? Minha mãe dizia que tudo o que vem convém. Seja bom ou seja mal, o que nos é posto no caminho serve ao nosso aprimoramento. Concordas?

— Em gênero, número e grau.

Quatro dias depois, volto com as crianças para o Rio de Janeiro. Prevalece a vontade de Tia Palma. O aniversário, quietinha na fazenda, com papai e mamãe. Nada de bolos e velas sopradas. Em seguida, a viagem programada para durar quatro semanas. Uma com cada um de nós. Começam em minha casa e, depois, na do Nicolau. Do Rio, seguem para São Paulo. Tudo acertado. Joaquim os recebe na rodoviária e os acomoda no tal hotelzinho. A última semana, passam no sítio, com a Leonor. O próprio Joaquim se encarrega de levá-los até lá.

Visita abençoada, visita essencial. Concordamos todos: Nicolau, Joaquim, Leonor e eu. Aproveitar papai, mamãe e Tia Palma, aproveitamos. Aproveitamos presente, ao tê-los. Aproveitamos passado, ao lembrá-los. Impossível precisar o tempo dos verbos porque, mesmo depois de acabar, tudo continua, real e nítido. Cada minuto com os três, especial, inesquecível. Nos vangloriamos todos do que, em nossos pequenos universos, conseguimos proporcionar a eles. O melhor quarto, a melhor cama. A comidinha mais saborosa, a toalha de banho mais macia, o cuidado no pisar se eles ainda estiverem dormindo, os mimos, as atenções. Tudo para eles. Tudo. Prazer de acomodar, prazer de mostrar, prazer de dar prazer. Está bem assim? Fica aí, deixa que eu trago. Um pouquinho de molho na carne. Em cima ou do lado? Precisa de outro travesseiro, esse está alto? Tem sabonete novinho no banheiro. Eu vou lá à cozinha pegar o copo d'água. O interruptor é aqui. Se precisar é só chamar.

— Eu hoje vou levar vocês a um lugar lindíssimo!

Não importa quem diz, se eu, se Leonor, se Nicolau, se Joaquim. Retribuição ínfima, reconhecemos todos. Porque os três, indispensáveis. Os três, as nossas raízes. Os três nos dando a honra pela primeira vez. Quem sabe, a única.

Saudade

Essa viagem à capital e a São Paulo nos causou surpresa. Por quê? Ora! Desde que chegaram a Santo Antonio da União, papai, mamãe e Tia Palma nunca saíram para além dos arredores da fazenda. Decisão unânime se apegar literalmente de corpo e alma ao chão que os acolheu. Cartas de Portugal frequentemente lhes pedem o regresso, a visita pelo menos. São os irmãos, algum tio ou tia mais saudosos, uma comadre, uma prima mais chegada. E eles, nada. Dizem que quem sabe, que talvez para o ano, que se as coisas melhorarem. E nada. Ficam onde estão. E tocam a vida, felizes e gratos com o que têm. Não que queiram se fazer rogar. Não. De jeito nenhum. É decisão tomada e pronto. Decisão antiga, saída bem lá de dentro deles. Pouquíssimas vezes, e muito por alto, ouço tocarem no assunto. Assunto que machuca, que mexe por dentro, que traz à tona o que deve permanecer no fundo. Um dia, rapazote, quero saber mais de Tia Palma, que é quem me permite indagar. E assim mesmo...

— Tia?

— Pergunta.

Tia Palma sabe que sou muito mais perguntas que comentários.

— A senhora sente saudades de Portugal?

— *Saudades*? Não.

— Não?!

— Onde já se viu?! *Saudades*! Não tens a mínima noção do que estás a dizer.

Ela, um aperto no peito, quase dor, mexe a panela mais rápido. Eu, mudo, pasmo, queixo caído. Tia Palma se desconcentra, tira o tacho do fogo. Bate forte duas vezes com a colher de pau na borda, solta o que deve ser solto. Toma fôlego, vira-se para mim. Os olhos a ponto de entornar. Mas não entornam. A pitada de irritação não deixa.

— *Saudade*, Antonio, é palavra *singular*! Não há outra que a substitua. Nenhuma sequer parecida. Aprende.

A frase termina imperativa e terna com esse "aprende" que ao mesmo tempo espeta e acaricia. Terá a ver com o que sente. Nem pisco. Preciso ouvir com olhos bem abertos.

— Ainda mais a saudade a que te referes, que me é imensa, descabida.

Sinto vontade de abraçá-la e ela precisa do abraço. Nossos corpos se encaixam perfeitos como dois pedacinhos de quebra-cabeça.

— Desculpe, minha Tia. Eu não devia ter perguntado.

— Devias, sim. É claro que devias. Assim te vais aprimorar. Ainda és muito moço, não abriste mão de nada, tua vidinha está intacta. Um dia, mais cedo ou mais tarde, hás de saber que saudades, no plural, são lembranças, cumprimentos que se mandam. É muito pouco, Antonio, pra exprimir este sentimento que eu e teus pais trazemos na alma com relação a Portugal e ao que lá deixamos. Saudade, sim! Saudade, no singular, é a palavra que condiz. Podes até achar que é detalhe. Mas é detalhe precioso a que só nossa língua se dá ao luxo de chegar. É bom que guardes isto contigo porque, quando vier a hora, terás a medida exata para avaliar a tua perda, por maior que seja. Não só a medida. Terás também o perfume para atenuá-la. A primeira vez que, sozinho e incontido, disseres "Que saudade!" começarás a entender o que sentimos, teus pais e eu.

Fico impressionado como o pensamento é capaz de surpreender. O diálogo, que aconteceu faz uns 15 anos, me ocorre assim, de repente, enquanto passeio com eles e as crianças aqui na praia de Copacabana. Programei a vinda de automóvel. Isabel preferiu ficar em casa para que nos acomodássemos melhor no carro. Saímos bem cedinho lá do Centro. Mas tive de apressá-los.

— Vamos, andem! Senão vai ficar tarde.

Mamãe diz que ainda vai beber um copinho d'água, Tia Palma volta para pegar o xale. No caminho, me segura pelo braço, quer me confidenciar algo, em particular.

— Agora, Tia Palma?!

— É, agora. Coisinha rápida.

Tia Palma dá a impressão de que me vai contar um segredo.

— Sei que fizeste com a melhor das intenções. Mas não me agradou ver o arroz naquele pote de cristal exposto lá na montra do restaurante.

— Não? Achei que a senhora tinha gostado. Papai e mamãe elogiaram tanto!

— Que está bonito, está. O pote é uma bela peça. E, assim, com o arroz dentro e ainda iluminado na montra, deu vida à sala do restaurante.

— Então?!

Tia Palma diminui ainda mais a voz, me fala ao ouvido.

— Sabes o que é? O arroz é a tua felicidade e a de Isabel, Antonio. Não deves fazer alarde dela. A felicidade, meu filho, desperta mais inveja que a riqueza.

— Quase ninguém sabe dessa história, Tia. Só nós de casa.

— Bem, faz o que quiseres. Mas, na minha opinião, passaste do 8 para o 80. Antes, querias devolvê-lo porque achavas que estaria cheio de bichos. Agora, queres exibi-lo como troféu. Pensa bem.

Tia Palma me dá um tapinha carinhoso no rosto e me libera. Mamãe chega, diz que já está pronta há tempos. Papai faz cócegas em Rosário, Nuno lhe escapa da mão. Onde será que enfiei as chaves do carro? Quando penso que não sairemos nunca, já me vejo na direção. Todos acenam eufóricos para Isabel. Ajudo no alvoroço, buzino duas vezes e arranco. A impressão é a de que vamos viajar por meses. Tomamos a avenida Beira Mar, praia do Flamengo e enseada de Botafogo. Ali, saltamos um pouco. A emoção é grande diante da visão do Cristo Redentor, que obra de engenharia!, e do bondinho do Pão de Açúcar, que audácia! Quando chegaram ao Brasil, um e outro não existiam. E, agora, olha só para isso! Tão bom se o ser humano pusesse a cabeça a funcionar só para o bem. Todo o tempo gasto a construir tanques, aviões e navios de guerra empregado em obras assim. Em pensar que só faz cinco anos que a Segunda Grande Guerra terminou. Portugal é que fez bem em manter-se neutro. Foi bucha de canhão em 1914. Verdadeira carnificina. Nenhum reconhecimento. Quantas vidas ceifadas, rapaziada nova, bonita! E desta vez? Quantos brasileiros caídos lá na Europa! Achas que os grandes vão dar valor? Espera sentado. Vão é se gabar das próprias matanças. As mães e as esposas, pobrezinhas, que se lixem! Mamãe já puxa o lenço. Obrigo a mudarem de assunto. Digo que, se quiserem, os levo lá em cima a ver a vista da cidade, que é deslumbrante. Os três entusiasmam-se com a possível aventura, a alegria maior que o medo. Tia Palma acha engraçado o nome "Pão de Açúcar". Que ideia! De onde será que tiraram isso?! Espanta-se por eu saber que foram os tupinambás, primeiros habitantes da região, que o batizaram de "Pau-nh-açuquã" que, em tupi-guarani, quer dizer "morro alto, isolado e pontudo", mas que os portugueses traduziram erradamente para "Pão de Açúcar". Tia Palma discorda: "erradamente, não. Poeticamente". Está certíssima. Já começo até a achar que o morro se parece mesmo com um bico de pão. Agora, é só esperar um pouco de neve no topo e o nome estará perfeito!

Voltamos ao carro, seguimos adiante, passamos pelo túnel Novo, mais exclamações! Por fim, Copacabana! O êxtase! Já estamos fora da baía, explico. Cheiro de maresia. Areia branca, ondas colossais. O oceano. Portugal fica para lá da arrebentação, para lá da linha curva do horizonte — prova de que a Terra é redonda, papai lembra com ares de menino. Preferem agora ir a pé. Admiram as pedras portuguesas da calçada rente à praia, o mosaico de ondas negras e brancas. Que rico! O Copacabana Palace é majestoso. Já pensaste a vista dos quartos? Acordar diante desse cenário! Privilégio! Lá ao fundo, o forte de Copacabana. Tia Palma quer andar na areia, toma a iniciativa de tirar os sapatos. Todos a acompanhamos. As crianças adoram a folia. Sou capaz de apostar que haverá função de mar. E há. Papai arregaça logo as calças. Brinca com Nuno bem na beira e o levanta pelos bracinhos toda vez que vem a onda. Upa! Também de calças arregaçadas, fico com Rosário no colo, ela não quer entrar. Tem toda razão, a água está gelada. Mamãe e Tia Palma seguram as barras dos vestidos. Divertem-se, riem à toa. Correm das ondas, deixam-se alcançar até as canelas. Faz tempo não as vejo tão felizes, tão meninas. Quero reter a imagem de paraíso. Com essas mesmas cores, esse mesmo cheiro, esses mesmos sons. Mais um quadro para a futura pinacoteca. Quem o assina? O Deus do azul? Eu? As pessoas que o compõem? As que ajudaram a criar o cenário? Obra de arte coletiva, deduzo. Agradeço do meu jeito. Todos sossegam. Agora, tudo é paz. Tia Palma olha o mais longe que pode. Esforça-se ao máximo, eu sei.

— Este mar aqui é o mesmo que bate lá em Viana do Castelo. Isto me conforta.

Papai e mamãe se abraçam, olham na mesma direção, o mais longe que podem. É a forma que encontram para concordar em silêncio. A cena me leva distante no tempo. Eu era rapazote, uns 14, 15 anos. Cheguei para Tia Palma e perguntei se ela sentia saudades de Portugal.

O sim e o não

Nossa língua tem coisas engraçadas. Exemplo? Aqui, no Brasil, não damos o sim como resposta. Damos o verbo. Você lembra o que aconteceu? Lembro. Quer lembrar mais? Quero. Sabe o que isso significa? Sei. E por aí vai sem nunca pronunciarmos um único sim. Com a negativa é diferente. Dizemos não e pronto. Você lembra o que aconteceu? Não. O não é imediato, preciso, definitivo. O sim se omite. O não se impõe. Cismo. Se até no gesto o sim vem antes do não. O recém-nascido, primeiro, diz sim ao peito. Só depois, farto, diz não. Vou mais fundo e me dou conta de que o sim é movimento para cima e para baixo. O não é movimento para os lados. Por isso, para bem ninarmos um bebê, é preciso balançá-lo de leve com sins e nãos alternados. Ao se familiarizar com os dois polos, ele dormirá tranquilo. Aprendi essa lição nas madrugadas que passei com o Nuno e a Rosário. Vou adiante, descubro possibilidades. A paixão diz sim. A castidade diz não. A tentação diz sim. A virtude diz não. A saúde diz sim. A doença diz não. O esbofeteado diz não, o guardanapo na boca diz não, o pêndulo diz não. A freada do carro diz sim, os limpadores de para-brisas dizem não. As retas da estrada dizem sim. As curvas dizem não. A plateia de um jogo de tênis diz não. No futebol, o artilheiro tem de dizer sim e o goleiro tem de dizer não. Pois sim quer dizer não. Pois não quer dizer sim.

— Antonio, chega! Isso já é delírio!

— Falando sozinho?

— Eu?!

Isabel me conhece há mais de 60 anos. Sabe que tenho este hábito desde moço, mas insiste em perguntar sempre que me flagra. E eu me faço de desentendido. Não passo recibo. Nunca. Ela acha graça. Não me importo. Ficamos por aí. Ainda mais hoje. Não tenho tempo para isso. Eu aqui na cozinha. Eu aqui, um velho de 88 anos. E toda essa gente que vem para almoçar. Louco, eu? Louco, sim! E feliz, com a graça de Deus. Mangas arregaçadas e mão na massa. Reclamo? Imagina! Amo! Encaro a responsabilidade. Me remoça, o desafio. Nem vejo minhas rugas. Respiro a plenos pulmões. Minha cozinha é o centro do universo. Eu, o criador do prato principal e dos que giram ao redor, doces e salgados. Mesa farta, a perder de vista. Pode encher o prato, repetir à vontade. Um dia não são dias. Quer alegria maior? A família toda reunida! Confio. Ninguém faltará. Ninguenzinho. Nem velhos nem crianças. Astros e estrelas estão perfeitamente alinhados. A Vontade Individual, o Destino e a Providência Divina, forças que decidem, também estão de pleno acordo. Meus irmãos e eu faremos jus à saúde que ainda temos. Nós, os gravetos em um só feixe! Nós, os mosqueteiros do rei! Um por todos, todos por um!

Pode achar que é doidice, que é mais uma das minhas, mas ninguém me tira da cabeça de que foi aquela primeira e única, repito, primeira e única visita que papai, mamãe e Tia Palma nos fizeram, no distante 1950, que costurou este nosso encontro agora, em 2008. Nunca tinham saído daqui de Santo Antonio da União para nada. Estavam arraigados neste chão como três árvores centenárias. Floresceram e deram frutos. Realizados, queriam nos reunir todos ao mesmo tempo em alguma ocasião. Era sonho recorrente. Não conseguiram. Não havia meios de nós irmãos acertarmos nossos ponteiros. Sempre descompasso, sempre desencontro, sempre desacerto. Hoje sei: nos faltou boa vontade. Se tivéssemos sido um pouquinho menos egoístas, teríamos encontrado a maneira de proporcionar aos velhos essa alegria. "Maomé não vai à montanha? A montanha vai a Maomé" — provérbio que puseram em prática. Lição de vida. Talvez a última que nos deixaram.

Enquanto estiveram comigo — só me dei conta muito tempo depois — os três me trataram como se fosse filho único. Deles, todas as atenções, curiosidades e comentários eram para o meu núcleo familiar, para os meus feitos, para o meu cotidiano. Em minha casa, nenhuma referência a Leonor, ou a Joaquim ou a Nicolau, a menos que eu ou Isabel lhes fizéssemos alguma pergunta. Aí sim, respondiam com alegria e sempre de modo a nos aglutinar.

No último dia, Tia Palma me pediu, com a maior naturalidade do mundo, que os colocasse num táxi. Conforme combinado, iriam passar uma semana na Tijuca com o Nicolau e a Amália. Estavam curiosos para rever a Maria da Glória, que já deveria estar bem grandinha.

— Táxi?! Que bobagem é essa?! Posso perfeitamente deixá-los lá! O Joaquim não vai levar vocês de São Paulo até o interior para que vejam a Leonor? Então? O que me custa dar um pulinho ali na Tijuca?! Pelo amor de Deus, Tia, assim a senhora até me ofende!

Tia Palma achou graça da minha veemência, disse que não fez por mal, apenas não quis causar constrangimento. Sabia que Isabel e eu não falávamos com a Amália há tempos e que, por isso, nos havíamos afastado do Nicolau. Mas, diante de tamanha indignação, aceitou de imediato o oferecimento, feliz da vida. E eu, mais que ela, por ter um belo pretexto de rever meu irmão.

Tia Palma tinha esse dom: transformar fel em mel, amargor em doçura. Era firme — sua justiça, a de Salomão. Mas era doce, mesmo quando se zangava. Com seu jeitinho, ia conseguindo tudo o que queria. Ou quase tudo. Quando fui para o Nicolau e nos encaixamos fortes e demorados, os Céus me presentearam com uma visão inesquecível: a expressão de Tia Palma. Foi ela, tenho certeza, que me ajudou a prolongar e a apertar aquele abraço.

Amália me cumprimentou gentil, mas cerimoniosa. Convidou-me a entrar. Infelizmente, não era possível, eu disse. Isabel precisava de mim no restaurante. Ela lamentou, aliviada. Nicolau e eu tornamos a nos olhar nos olhos e a nos abraçar. Foram bons esses segundos grudados um no outro. Voltei para o carro. Nem cheguei a conhecer a Maria da Glória, lamentei baixinho comigo. Acenos da porta. Uma menininha de seus 3 anos veio lá de dentro, conseguiu passar entre as muitas pernas. Era a minha sobrinha, só podia ser. Nicolau fez com que ela também desse adeus. Buzinei de leve, duas vezes. O som saiu triste, embargado. Eu senti e eles também.

Maria da Glória virá hoje para o almoço. Trará os filhos. O mais velho, me disseram, tem 25 anos e já é pai.

O invisível e o inexistente

Lembranças nos desconcertam. O fato importantíssimo escapa, o pequeno gesto cotidiano fica. Quando recebo a notícia do desastre com dona Maria Celeste e o senhor Avelino, a primeira coisa que me ocorre é a imagem dos dois tomando café da manhã. Ele tinha o hábito de molhar o pão com manteiga no café e levá-lo pingando à boca. Ela achava terrível falta de educação, mas tinha de tolerar, era o marido. Pois bem, é isso que me vem à mente no momento em que fico sabendo da morte dos dois. O senhor Avelino, com o pão cortado em quatro bandas, uma já mergulhada na xícara, a cabeça meio virada pronta para morder o pedaço encharcado. E dona Maria Celeste, irritadíssima, evitando olhar a cena. Dá para entender? No reconhecimento dos corpos, no velório, na hora de baixar os caixões, volta e meia me vem essa visão do casal. Nenhum horror, nenhuma dor me impedem essa lembrança de intimidade. A vida gravada em mim mais que a morte. Não a do glamour, mas a do convívio diário. Gostava deles. Do velho, principalmente. Depois que me casei com Isabel, ele só me chamava de filho. Dona Maria Celeste, não. Amabilíssima sempre, carinhosa até, mas preferia manter certa distância, certa cerimônia. Quando poderia imaginar que os dois iriam juntos e assim de maneira trágica? Os corpos tiveram de vir de Minas Gerais. O acidente foi na estrada que vai para São João Del Rey. Fui eu que cuidei de tudo. Tudo. Tentei poupar Isabel no que pude. Agora, impossível. Não tem como. O máximo que posso fazer é lhe oferecer o braço. Ela aceita, reflexo condicionado. Não diz palavra, não derrama lágrima. Cumprimenta um e outro automaticamente. Tenho para mim que ainda não tem exata noção do que aconteceu. Que lembranças lhe estarão a passar pela cabeça? A capela do São João Batista já reúne um bom número de pessoas. O padre chega para encomendar os corpos. Fala mais do que deve. Muito mais. Parece gostar de ser o centro das atenções. Por fim, o alívio da água benta espargida, o em nome do Pai e do Filho e do Espírito Santo, amém — não há mal que não se acabe e bem que sempre dure. Os féretros levados em caminhada silenciosa, o túmulo de mármore branco polido, o anjo triste a esperar pelos novos moradores. Duvido que ele lhes sirva o café da manhã.

AVELINO DE ALVES MACHADO
* 13. 03. 1877 + 22. 09. 1952
MARIA CELESTE DE ALVES MACHADO
* 17. 12. 1880 + 22. 09. 1952

Os coveiros protagonizam a nova cena. Tiram o tampo. Por fora, bela viola, por dentro, pão bolorento: cimento. Eu é que não venho para cá, penso. Isabel se quiser que venha. Eu, não. Lugar mais frio, mais sem aconchego. De quem terá sido a ideia de comprar esse jazigo? Se eles nem viviam aqui na capital! Sei que um irmão de dona Maria Celeste já está aí, morando de favor. Pelo menos, os velhotes vão ter com quem conversar hoje à noite. Não sei é se haverá assunto. Bom, isso já não é problema meu. Tenho é que pensar em algo melhor para descansar meus ossos ou dar fim a eles. Cremação, uma possibilidade a ser considerada. O ritual das cinzas espalhadas é literalmente mais leve. E mais poético. Jesus Cristo é que fez bem e levou com Ele o próprio corpo, já pensei sobre isso uma vez. Alguém me bate no ombro, me fala ao ouvido enquanto me ocupo de minha última morada. Não me dou ao trabalho de entender o que é, nem de ver quem é. Isabel me conhece, responde por mim. O tipo se dá por satisfeito e se afasta.

Continuo pensando em opções. Mil vezes um recanto lá mesmo no cemitério do vilarejo. Cimento por dentro e por fora, quatro paredes chapiscadas com capricho, branquinhas. Simples, condizentes. Umas jardineiras floridas ou um jardinzinho do lado, talvez. Sim, é isso o que eu quero! Gosto tanto da ideia, que me pego a cantar, feliz da vida:

"Numa casa portuguesa fica bem
pão e vinho sobre a mesa.
Quando à porta humildemente bate alguém,
senta-se à mesa co'a gente.
Fica bem essa fraqueza, fica bem,
que o povo nunca a desmente.
A alegria da pobreza
está nesta grande riqueza
de dar e ficar contente.
Quatro paredes caiadas, um cheirinho à alecrim,
um cacho de uvas doiradas, duas rosas num jardim,
um São José de azulejo, sob um sol de primavera,
uma promessa de beijos, dois braços à minha espera.
É uma casa portuguesa, com certeza!
É, com certeza, uma casa portuguesa!
No conforto pobrezinho do meu lar,
há fartura de carinho.
A cortina da janela e o luar,
mais o sol que gosta dela...
Basta pouco, poucochinho p'ra alegrar
uma existência singela...
É só amor, pão e vinho

e um caldo verde verdinho
a fumegar na tigela."

Em algum momento, tenho a impressão de que algumas pessoas me acompanham e que ao final todos ali cantamos juntos e emocionados "Uma casa portuguesa". Volto ao enterro com os aplausos. Reflexo condicionado, eu mesmo bato palmas. Isabel, aos prantos, me beija agradecida pela homenagem inesperada. Olho ao redor, todos choram copiosamente. Não é possível. Será que, em vez de falar alto comigo mesmo, cantei alto? Só pode ser!

O túmulo já está fechado. Todos dizem que nunca viram enterro mais lindo. Até os coveiros choram pelos desconhecidos. Um vem me dizer que o falecido e a mulher, onde estiverem, jamais esquecerão tal homenagem. Alguém lembra que a canção era uma das favoritas de dona Maria Celeste. Outro, que nunca sentiu tanta paz e alegria numa despedida. Impressionante a sintonia dos presentes, me diz. Mesmo os que não sabiam a letra, entoavam a melodia.

Quando chegamos em casa, o Nuno e a Rosário já estão dormindo. Conceição garante que ficaram quietinhos, não deram trabalho algum. Pedimos a ela que nos aqueça algo para pôr no estômago. Ela diz que fez uma sopinha de legumes e já nos chama. Ficamos Isabel e eu a espreitar nossos bichinhos.

— Desculpa, Antonio.

— Desculpá-la? Por quê?!

— Quando você começou a cantar, eu belisquei o seu braço, tentei fazer você parar, morri de vergonha. Mas aí, tia Heloisa e tia Geralda, tão velhinhas, começaram a cantar também. As filhas as acompanharam e eu comecei a chorar. Quando me dei conta, todos cantavam. Eu já sabia que você estava ausente. Mas não tinha ideia do que você ia aprontar. Obrigada pelo carinho, por você ser assim como é.

— Não tem que se desculpar. Nem que agradecer. Eu estava pensando em mim mesmo. Num lugar para descansar o corpo quando chegar a hora.

Isabel me beija. Tem certeza de que ainda falta muito, muito, muito para essa hora chegar. Diz que, agora, só tem a mim e as crianças.

— Bobagem. Os seus pais estarão sempre com você.

— Queria tanto acreditar nisso. Eu, com toda minha religião, tenho menos fé que você com essas suas fantasias.

— Não é fantasia. Você confunde invisível com inexistente. Seus pais não deixaram de existir porque agora nós não os podemos ver. Mesmo neste nosso mundo material temos prova de que invisível não significa inexistente. Num dia de sol, você vai à praia de Ipanema e vê as ilhas Cagarras bem nítidas no horizonte. Noutro dia, o nevoeiro impede que você as veja. Ainda assim, elas estão lá, tão concretas quanto antes. Só que, no caso específico, você sabe explicar a invisibilidade.

— Você e suas saídas...

— Existe algo mais concreto do que a dor que você está sentindo agora? E você a pode ver ou pegar por acaso?

— Me protege, Antonio. Me protege. Estou sem chão.

Isabel senta no meu colo, órfa pela segunda vez. Não sei se ela me passa esse pensamento ou se eu a ela.

— Quando vi o papai e a mamãe mortos eu imaginei que eram meus pais biológicos que estavam ali e não eles. Eu não queria ser órfã pela segunda vez.

— Pensamento saudável, natural.

— Sabe que quando eles eram vivos eu vez ou outra me perguntava quem teriam sido meus pais verdadeiros?

Com os dedos, Isabel põe aspas em verdadeiros. Continua.

— Agora, mudou tudo. Não há dois pais e duas mães, Antonio. Nunca houve. Eu nasci deles. Um pedaço de mim, um naco descomunal foi embora.

Novamente, me voltam o invisível e o inexistente. Sei que os verdadeiros pais de Isabel sempre foram o senhor Avelino e dona Maria Celeste. Mas e os outros dois? Só porque invisíveis são inexistentes? Guardo a dúvida comigo. A hora é de ouvir e aconchegar.

Santo Antonio da União

Isabel quer voltar para a fazenda. Mas se sente dividida. Pergunta o que eu acho de a missa de sétimo dia dos pais ser lá, na capelinha de Santo Antonio da União, onde nos casamos. Concordo, é claro. Problema nenhum. Pegamos o carro e vamos com as crianças. Vai ser bom.

— Mesmo com todas aquelas recordações, todos aqueles armários, roupas e sapatos?

— Mesmo.

— Talvez eu deva esperar mais um pouco.

— Eu discordo. Acho que quanto mais cedo você for, melhor.

— E o restaurante?

— O que é que tem o restaurante? O restaurante já vai por ele. São todos bons profissionais.

— Não podemos viajar assim sem um mínimo...

— Bom, Isabel, você é quem sabe. Quando quiser ir, é só me falar. Saímos agora, se você decidir. Estou lá embaixo na despensa. Vou conferir umas compras que chegaram.

Sei que fui duro. Mas falei do jeito e no tom que tinha de falar. Isabel não está precisando de marido. Está precisando de pai. O ter sido firme, o ter virado as costas e saído há de surtir algum efeito. E surte. Não dá meia hora, ela desce. Conclui que quer mesmo ir. Agora, se possível. Abro os braços e a convido. Ela vem e desaba.

— Isso, querida. Pode chorar à vontade. Lágrimas são a forma mais elevada de nos purificarmos.

A viagem é tranquila, céu azul de primavera, temperatura amena, a estrada vazia. Dirijo devagar, vidros abertos, assim como se fosse passeio mais longo. A paisagem nos distrai.

Vez ou outra, olho Isabel. Parece bem. Vamos caladinhos, os dois. Nuno e Rosário dormem no banco de trás, emoldurados pelo retrovisor.

Quando saímos do asfalto e pegamos a estrada de terra, Isabel tira o lenço da bolsa. Enxuga os olhos. Vira-se para mim com um sorriso tristíssimo, mas que, ao mesmo tempo, significa que não devo me preocupar, que está tudo bem com ela. Nuno acorda com um sacolejo mais forte, pede para vir para o banco da frente. Acho ótimo. Upa!

— Olha as vaquinhas, Nuno! Quantas!

— Mãe, já posso botar a cabeça para fora?

— Aqui, pode.

Nuno é especial. Carinhoso, sensível, inteligente. Bom vê-lo assim, já um homenzinho, no colo de Isabel. Curioso de tudo. Aponta, pergunta, comenta. Rosário continua dentro do retrovisor, apagou mesmo. Não há solavanco que a desperte. Chupeta no canto da boca. Qualquer hora deixa.

Logo que chegamos a Santo Antonio da União, temos bela surpresa. Papai tomou a iniciativa de plantar duas palmeiras já bem crescidas na entrada da fazenda. Presente dele, de mamãe e de Tia Palma para Isabel.

— Por favor, para o carro, Antonio.

Isabel salta, põe o Nuno no chão, faz com que ele lhe dê a mão e a acompanhe. Rosário acorda, me pede colo, eu dou. Aproveito para lhe tirar a chupeta da boca, ela não reclama. Deita a cabecinha no meu ombro e fica assim aninhada. Vamos os quatro em direção às palmeiras.

— Isso é coisa do seu pai.

— Só pode ser.

Nuno aponta, dois bem-te-vis acabam de pousar, um em cada palmeira, justo na agulha do broto que olha para o céu. Como conseguem se equilibrar, não sei. Isabel põe o indicador na boca, pede silêncio que nem a enfermeira do cartaz lá na Casa de Saúde São José. Nuno lhe imita o gesto e olha para mim com autoridade. Eu obedeço, piso com mais cuidado. Chegamos bem pertinho, os dois visitantes a nos espreitar, cada um na sua agulha. Lembro-me das rolinhas lá na Casa de Saúde. Só que estes aqui, não tem erro, sei muito bem quem são. Isabel lê meus pensamentos. O recado está dado. Os dois bem-te-vis já podem voar. E voam. Um e logo outro. Nuno ralha comigo, diz que fui eu que os espantei.

— Nuno, olha o jeito de falar com seu pai. Vem aqui com a mamãe, anda.

Nuno vai, não perde tempo, riso escancarado e a mão pronta para dar. Os bem-te-vis e o jeito de falar comigo são coisas do passado. Rosário, já mais acordada, pede que eu a solte. Lá vai ela correndo atrás do irmão. Passa por ele, como se apostasse corrida, e joga-se na palmeira. Pique! Nuno, macaco de imitação, solta-se da mão de Isabel e faz o mesmo. Pique! E ficam os dois assim, cada um abraçado à sua palmeira. Ele com o avô, ela com a avó. Ou será o contrário?

— Agora, chega! Vamos que a Vó Maria Romana e a Vó Palma já devem estar nos esperando.

— Mãe, a gente tem muitas vós, né?

— É, Nuno, tem. Muitas.

Nuno vai pulando de volta para o carro, feliz da vida com sua coleção de avós. Uma delas já está no Céu, ele sabe. Rosário ainda fica tempo abraçada com a palmeira. Isabel tem que chamá-la de novo. Só então ela vem. Mas ainda olha para trás, uma ou duas vezes. O que terá visto?

Primeira porteira. Isabel salta, vai e abre, eu passo, paro, ela fecha e volta, seguimos em frente. Segunda porteira, o mesmo ritual. Nuno e Rosário querem saltar com a mãe. Não pode. Por quê? Porque não. Seguimos em frente. Daqui já dá para ver a sede. Nunca tão nítida, tão lavada. A natureza hoje acertou em cheio no foco. As cores quase machucam.

— Paramos na sede ou vamos primeiro lá embaixo ver o pessoal?

— Vamos primeiro lá embaixo.

Isabel responde de imediato. Não deixa a menor dúvida de que, antes de mais nada, quer rever papai, mamãe e Tia Palma. A estradinha que vai ter à nossa casa é íngreme e estreita. À medida que descemos, o passado vem feito cinema. Cenas desordenadas, inseridas ou cortadas sem critério algum, mas cinema. É edição arbitrária do coração, que se recusa a reconhecer a direção da mente e sempre faz o que quer com os negativos. Não importa. Reconheço-lhe o talento, a genialidade. Filmetes que nos desconcertam, ensinam, comovem, fazem rir.

— O que foi?

— Me lembrei de quando, sem querer, pegamos a sua irmã com o Sebastião ali no bambual. Coitados. Que constrangimento.

— Nunca vou me esquecer do Sebastião com as calças arriadas daquele jeito.

— E a bunda dele? Para cima e para baixo, para cima e para bai...

Isabel não consegue terminar a frase. Bom vê-la chorar de rir. Me dou conta de que, mesmo no banco de trás, Nuno está atento ao diálogo. Faço sinal para Isabel, desconverso, mudo o tom.

— Ele sempre foi trabalhador.

Isabel faz força para conter o riso.

— Estou falando sério. Uma mão na roda, pau pra toda obra.

A emenda sai muito pior que o soneto. Impossível segurar. Isabel e eu explodimos ao mesmo tempo. Nuno se delicia com o que vê. Rimos às gargalhadas. Rosário cai de paraquedas e também ri. O melhor é deixar para lá. São crianças, não entenderam nada. É, deixa para lá, esquece.

Nem preciso buzinar, mamãe e papai ouviram o barulho do carro e já estão à nossa espera. Tia Palma chega ao avarandado, pousa a costura na cadeira, tenta nos focar na claridade de fim de tarde, aperta os olhos com um sorriso, vê que chegamos bem e alegres. O filmete estrelado pela Leonor e o Sebastião foi mesmo um sucesso, serviu para desanuviar. Muitos abraços e beijos. Papai joga Rosário para o alto e upa!, joga Nuno para o alto e upa!

— Vô, vô!

— O que é? Diz para o vô, diz.

— A bunda do Tio Sebastião fica assim ó, para cima e para baixo, para cima e para baixo!

— Que história é essa?!

Nuno não poderia ter sido mais preciso. Até o gesto, que não fizemos, ele faz, e com perfeição. Quatro anos! Onde terá aprendido isso, o gesto, onde? Eu o repreendo. Me vejo obrigado a cometer essa injustiça.

— Nuno! Para com essa bobagem! Já chega!

Nuno não entende o pito. Afinal, fomos nós que começamos a brincadeira, estávamos rindo da bunda do tio Sebastião que fica assim para cima e para baixo! Ele olha para Isabel, tenta entender o que fez de errado. Nada. Absolutamente nada. Mas como explicar? Vou até ele, sento nas minhas próprias pernas, minto baixinho.

— Nuno, o Vô Custódio e a Vó Maria Romana não gostam dessas brincadeiras. Isso fica só entre a gente, tá bom?

Nuno continua sem entender, mas faz que tá bom. Assunto temporariamente encerrado. Coisas de menino. Importância nenhuma. Todos já entraram, emoções não faltam. Estamos só nós dois. Nuno faz cara de cãozinho sem dono. Me comove vê-lo assim, em pé diante de mim, cabeça baixa, mãozinhas para trás, tendo levado a sério minha explicação idiota. Não me contenho. Trago ele para mim e o encaixo num abraço gostoso. Nuno é receptivo. De amor ele entende.

Dentro de casa, a mesa é farta. As crianças caem nos doces. Vou no bolo e no café. O filme que está sendo rodado dentro de mim é outro. Não sei como o coração o editará no futuro. Isabel agradece as palmeiras, diz a papai que ele não calcula o bem que fez, que o gesto significou muito para ela, que sentiu a presença forte dos pais. Conta do casal de bem-te-vis que pousou bem na horinha. Coisas.

— Foram plantadas com profundo sentimento de gratidão, minha filha. Uma homenagem nossa aos teus pais que sempre nos trataram como família.

— Família somos todos, o Antonio costuma dizer.

— Ele está certo. Está certo.

— Ainda estou bastante confusa com tudo o que aconteceu. Mas quero que o senhor saiba que, pelo menos por enquanto, aqui em Santo Antonio da União, tudo segue igual.

Papai se comove com os cuidados, o carinho de Isabel. Um mundo de lembranças lhe vem à tona e a história da fazenda nos vai sendo recontada em detalhes. A sede foi construída em 1860, pelo pai do senhor Avelino, que comprou terra pura.

— Muita água, solo fértil. Precisava mais?

O investimento deu certo. O velho Alves Machado, fama de arrojado empreendedor, ganhou dinheiro com o café. Santo Antonio da União fazia parte da mancha verde de cafezais que dominava a paisagem fluminense. Mancha que penetrava pelo vale do rio Paraíba e chegava a São Paulo. Bons tempos. Dez anos antes da Lei Áurea o velho visionário já tinha alforriado todos os escravos, que continuaram trabalhando para ele na condição de empregados. A Abolição e a República não lhe causaram prejuízo algum, pelo contrário — papai se diverte.

— O velho era sabido. Muito sabido!

Só no início do século XX os ventos mudaram de direção. A cotação do café começou a cair lá fora. Os fazendeiros, perplexos, pareciam não acreditar. Era o fim da euforia com o ouro verde, o fim dos ganhos sem limites. Em 1906, no auge da crise, os preços não paravam de cair. O governo estabeleceu um preço mínimo para a saca do café e trouxe algum fôlego para os cafeicultores.

— Em 1910, vim com a cara e a coragem à procura de trabalho. Tinha 22 anos, muita saúde e disposição. Precisava mais?

Papai é o presente que chega. O senhor Avelino tem agora 33 anos e, com a morte do velho Alves Machado, já está à frente dos negócios da fazenda. A afinidade entre os dois é imediata. Bastam poucas horas de conversa e já leem pela mesma cartilha. Daí, são os olhos nos olhos e o aperto de mão que dura a vida inteira. Cheio de sonhos e entusiasmo, papai logo mostra a que vem. Dedicação total. Para ele, o chão lhe pertence. Não escolhe serviço. Quer é arregaçar as mangas, pegar no pesado e dar ideias. Por estas, principalmente, ganha a irrestrita confiança do patrão e em menos de cinco anos torna-se o administrador-geral de Santo Antonio da União. É por sugestão dele que as atividades da fazenda se diversificam.

— Depender só do café, senhor Avelino? Não é mais possível. Os novos tempos estão aí a pedir mudanças.

— Tens razão, Custódio. Tens toda razão. Mãos à obra!

Ampliam a área de pasto, aumentam o gado leiteiro e o de corte, plantam cana. Os bons resultados logo aparecem. Ficam por aí? Claro que não.

— Cabras podem dar lucro.

— Cabras?!

— Cabras, por que não? Sempre tive vontade de criá-las em Portugal. Aprendi a fazer o queijo. Não custa tentar.

Chegam as cabras. Alguns empregados são bem treinados e aprendem rapidamente a preparar o queijo. O produto, delicioso, fica conhecido na região. Mais um acerto.

— Eu não disse?

Papai consegue estimular a ambição saudável do patrão e o seu apego por aquela paisagem. Os planos de dona Maria Celeste de se mudar para a capital vão definitivamente por água abaixo em 1917, quando o senhor Avelino, entusiasmado com o que vê, oferece a papai uma participação nos lucros da fazenda. A amizade entre eles se vai fortalecendo a cada dia.

— Nossas vidas pessoais em tudo se pareciam, até na ausência de filhos.

Papai não exagera. Impressionam as coincidências no histórico familiar de um e de outro. Ambos perdem a mãe ainda meninos, ambos se casam cedo, ambos não conseguem que suas mulheres lhe deem filhos. Talvez por isso atiram-se de modo quase insano ao trabalho, aventuram-se em novos empreendimentos, correm tantos riscos por prazer. Talvez assim sintam-se potentes e férteis.

— Estávamos a tampar o sol com a peneira. O senhor Avelino e eu sabíamos muito bem que, mais dia menos dia, a crise iria se instalar em nossos lares.

Dito e feito. Dona Maria Celeste, cansada com o mau gênio e as cobranças do marido, faz as malas e vai para a casa dos pais, no interior de Minas. Diz que não volta. Papai, já é sabido, vive a dizer impropérios e chega a atirar uma cadeira pela janela e a destruí-la no jardim. Está a ponto de fazer sua trouxa e sair mundo afora. O resto que se dane! De que adianta toda a prosperidade de Santo Antonio da União se não há crianças?! De que adianta o solo fértil se os homens que cuidam dele são estéreis e suas mulheres estão secas?! Maldição?! Castigo por serem ambos honestos e trabalhadores?! Por serem maridos amantes e dedicados?! Papai não aceita um Deus que pune quem lhe é temente, quem ganha o pão de cada dia com o suor do rosto, quem junta, amealha e se priva de todo luxo para o futuro de uma família que não vem!

— Felizmente, os Céus não deram ouvidos às minhas imprecações e me foram generosos. O arroz de Palma me curou. O arroz que por tanto tempo eu amaldiçoei.

Nova coincidência na vida pessoal de papai e do senhor Avelino. Um ano depois de ter ido morar com os pais, sem saber ainda da notícia do meu nascimento, dona Maria Celeste chega de volta à fazenda com uma recém-nascida nos braços. Diz que, em visita aos Expostos, instituição que recebia crianças para serem adotadas, se encantou pela menina que acabara de ser entregue por alguém que pedia o anonimato. Ao pôr os olhos naquele ser indefeso, algo bom e luminoso que não sabe definir tomou conta do seu corpo. Vontade de beijar, de pegar, de cuidar, de proteger. Instinto de mãe, fantasia, sonho, tudo junto. Difícil dizer o que sentiu quando uma das freiras do orfanato lhe passou o bebê para o colo. O que disser será pouco para definir aquele que, para ela, foi o momento exato do parto. Lembra, sim, as lágrimas, o suor, o cansaço impossível de ser explicado. A menina também chorou! Mas era choro alto de vida, choro de ar que chega pela primeira vez aos pulmões, choro de nascimento! Era a sua filha! Certeza absoluta de amor desmedido.

Agora, está ali, diante do marido. Se ele estiver de acordo, Isabel — nome que lhe ocorreu assim que a viu — será adotada e receberá o sobrenome Alves Machado. Caso contrário, ela volta definitivamente para Minas Gerais com a criança. E lhe dará o seu sobrenome de solteira e a criará sozinha. O senhor Avelino não pensa duas vezes. Imagina! Admira a atitude e a firmeza da mulher. Acha que a chegada de Isabel, assim de surpresa, dias depois do meu nascimento, é sinal divino. Deus escreve certo em caderno sem pauta. É claro que irá adotá-la, é claro que lhe dará seu sobrenome, é claro que Isabel receberá todo o amor do mundo. Deus é sábio e pródigo em bênçãos. Um menino e uma menina acabam de chegar a Santo Antonio da União e isso merece uma festa!

— Teus pais eram bons, Isabel. Bons e generosos.

Papai se comove ao nos contar da festa. A maior e a mais bela que ele viu em toda a sua vida. Nesse dia, ao fim de muito cantar e dançar e comer e beber, o senhor Avelino chega para o seu administrador, e amigo e irmão, e lhe faz um pedido. A partir dali, ele e a mulher querem ser chamados apenas pelo nome: Avelino e Maria Celeste. Nada de senhor, nada de senhora. Isso é passado. Papai se comove mais ainda ao lembrar que este foi o único pedido que negou ao patrão em toda a sua vida. Não tem cabimento. O tratamento respeitoso de senhor não impede a amizade, o amor fraterno, o vínculo familiar. Não, de jeito nenhum. Absurdo. Não há meios de se convencer. Assim, para evitar sério desentendimento justo naquele dia memorável, o senhor Avelino diz que está bem, que não vai insistir, que ele mantenha o senhor e a senhora. Mas então, ele, Avelino, também se dá o direito de tratá-lo com o mesmo respeito e reverência.

Desde aí, é sério, em vez de José, papai passou a ser tratado em Santo Antonio da União como senhor José Custódio.

— É muita lembrança, minha filha. Muita. Tu nem calculas.

Papai chora sentido. Isabel vai até ele, lhe beija a testa, lhe acaricia os cabelos. Não consigo acabar de comer o bolo. Dou só mais um gole no café. Mamãe enxuga os olhos, inventa pretexto para se levantar e ir para a cozinha. Não vejo Tia Palma nem as crianças. Meu coração corta a cena aí. Deve saber o que faz. Não questiono.

Inesperado encontro

De repente, me vem a sensação de estar tentando alcançar a outra margem do precipício numa corda bamba. A imagem me fascina e aterroriza. Entre uma ponta e outra, a viagem obrigatória e o abismo. A vertigem, o medo, a queda livre: não me cabe saber se haverá. Tenho de avançar, ousar o próximo passo. Quem já não se sentiu assim ao menos uma vez na vida? Você não pede, você não quer. A situação simplesmente surge diante do seu nariz. Retroceder não pode. Que passo mal dado me fará despencar? Que decisão equivocada? Você só saberá na hora.

Até hoje me pergunto que forças terão promovido o inesperado encontro numa quarta-feira às três horas da tarde em plena rua Uruguaiana.

— Você está ótimo!

— Obrigado. Você também está muito bem.

— E Isabel?

— Ainda muito abalada com a perda dos pais. Ficou com as crianças mais uns dias na fazenda. Devo buscá-la na sexta-feira.

Pronto. É neste exato momento, ao dizer a pura verdade, que dou margem ao precipício. Amália muda a expressão do rosto de imediato. Também devo ter mudado a minha porque ela é certeira no que diz.

— Nós nunca deveríamos ter nos afastado desse jeito.

O duplo sentido terá sido de propósito? Não desfaço o jogo. Pago para ver.

— É, eu sei disso.

Ela avalia rapidamente se vale a pena continuar a insinuação, mas não tem coragem de elevar a aposta. Volta a ser a cunhada, a irmã entre aspas.

— Teu irmão Nicolau até hoje não se conforma.

— Fazer o quê? A vida cria essas situações. Não há culpas.

— Isabel foi injusta comigo. Me expulsar da sua casa daquele jeito.

— Não vamos voltar a isso, Amália. Para mim, esse episódio está definitivamente encerrado.

— Para mim, não.

Amália tempera a frase com duas pitadas de raiva e uma de mágoa. Deixa claro que, passados quatro anos, não esquece a humilhação. Foi lá em casa visitar o Nuno e a Rosário, recém-nascidos. Chegou sem avisar — até aí nada de mais. Cunhada, família, passou por perto, quis fazer a surpresa, entende-se. A hora é que não foi das melhores. Eu, no restaurante, discutindo com um fornecedor. Isabel, lá em cima, amamentando, despenteada, tresnoitada, um caco. Não quer ser vista assim, vaidade feminina, compreendo. Irrita-se com o especial carinho da concunhada àquelas horas da manhã. Fala comigo um pouco mais alto do que deve. Respondo no mesmo tom. Afinal, eu estou ali apenas para dar o recado, há um fornecedor impaciente me esperando. Nuno começa a chorar, tenho de elevar ainda mais a voz para pedir a ela que me diga logo o que deve ser transmitido à Amália — a coitada está sentada lá no restaurante aguardando. Isabel põe a Rosário no berço, pega o Nuno, dá o peito para que ele se cale, diz que a Amália que espere, que já está descendo para falar com ela e trazê-la para ver os dois, mesmo com a desordem do quarto, a cama por fazer, as minhas roupas espalhadas, diz que quer só um tempinho para sossegar o Nuno, ajeitar o cabelo. Dou-lhe um apressado beijo na boca, digo que está certo, darei o recado, mandarei servir um café, a Amália espera, não há problema algum. Não há? Quinze minutos depois, se tanto, Isabel desce

Ainda estou com o fornecedor na salinha da administração, ouço a discussão começar no restaurante. Conceição entra sem pedir licença.

— Desculpa, seu Antonio, mas dona Isabel tá chamando o senhor. É pra ir agora, ela tá muito nervosa.

Sem saber onde enfiar a cara, mais uma vez peço licença ao fornecedor. Não imagino o que possa estar acontecendo nem depois de ver a cena: Amália abraçada com a bolsa, querendo ir embora. Isabel impedindo que ela saia sem antes mostrar o que há dentro.

— Mas o que é isso?!

— Sua mulher está louca, Antonio, louca!

— Amália, você não sai daqui sem abrir essa bolsa!

— Não vou abrir bolsa coisíssima nenhuma! Está me chamando de ladra?!

— Olha lá, Antonio, a vitrine ainda está aberta. Quando eu entrei ela estava tampando o pote do arroz e se assustou quando foi flagrada.

— Eu estava admirando o cristal da peça, só isso!

— Então por que você fechou a bolsa depois que me viu? Por quê?!

— Eu não fechei bolsa nenhuma!

— Fechou, eu vi, não sou cega!

— Meu cunhado, eu quero ir embora daqui. Já fui humilhada demais.

— Isabel, meu amor, a Amália já disse que só estava admirando a peça. Não vejo razão para ela ter que abrir a bolsa.

— Algum arroz ela pegou, Antonio. Pode ter certeza disso.

— Pegar o arroz para quê? Me diz! O Nicolau até andou me contando parte dessa história absurda. Desculpa a franqueza, Antonio, mas o pouco que eu ouvi é de dar pena.

— Não estou minimamente interessado em saber o que você acha ou deixa de achar sobre a história. Vamos é acabar com isso.

— Está certo. Eu não quis ofender, me desculpe. E se ajuda a resolver esse impasse ridículo, posso até abrir a bolsa para você, meu cunhado. Mas só para você.

— Não é preciso, Amália. Esta situação já está constrangedora demais. Isabel, por favor, deixa ela passar.

— Está bem, eu deixo. Mas você, Amália, não pisa mais aqui. Não mesmo.

Isabel se afasta. Amália levanta a cabeça, sai ventando. Ficamos os dois. Silêncio. Desconforto. Até tristeza. Difícil deixar minha mulher ali sozinha, e infeliz por sentir parte de nossa felicidade roubada. Mas o fornecedor continuava lá na salinha da administração e eu já o fizera esperar demais.

Tudo isto me vem agora feito cinema. Amália percebe que sua resposta me incomodou. Mas não alivia. Pelo contrário, põe mais lenha.

— Você acha que para mim foi fácil ser tida por ladra?

— Amália, por favor, vamos esquecer isso.

— Só me arrependo é de não ter aberto a bolsa na hora. Queria ver a cara dela quando não encontrasse nada. Mas, por outro lado, era humilhação demais ser revistada. Demais!

— Bom, acho melhor nos despedirmos. Vejo que você parou no tempo e essa conversa está me fazendo muito mal.

— Não, espera. Não quero que você vá embora assim.

— Por favor, diga ao Nicolau que lhe envio um abraço e que agradeço mais uma vez a presença dele lá no enterro do senhor Avelino e de dona Maria Celeste.

Amália segura a minha mão. Ela tem o desejo e o pretexto.

— Antonio, me ouve. Não foi por acaso que nos encontramos aqui. Não quero pôr tudo a perder com esse meu ressentimento bobo. Não é justo que você e o Nicolau não se frequentem por causa de uma briga minha com a Isabel.

O que Amália me diz não combina com o que a mão dela me sinaliza. Meu corpo sabe disso e gosta e consente e espera por mais. A consciência reluta.

— Qualquer dia desses falo com Isabel. Tento convencê-la a pôr um fim nessa bobagem.

Amália continua a segurar minha mão e agora a cobre com a outra, maternal.

— Faça isso. Vai ser bom para todos nós. Seus pais e sua Tia Palma vão ficar felizes se souberem que voltamos a nos falar.

— Com certeza.

Quando faço menção de desprender a mão, ela a solta com um ligeiro afago.

— Foi muito bom rever você.

— Foi bom rever você também.

— Você está indo para onde?

— Estou voltando para casa. Já fiz o que tinha que fazer.

Na verdade, quando a Amália me viu e me chamou, eu estava indo ao Bazar Francês comprar um brinquedinho para o Nuno e outro para a Rosário. Mas agora não teria cabimento escolher presentes para as crianças com ela a tiracolo. Era o que faltava. E Isabel me mataria se soubesse.

— Vou até a avenida Passos pegar o bonde para Tijuca. Você se incomoda de me acompanhar até lá?

— De modo algum. É o meu caminho.

O meu caminho, o meu precipício, a minha corda bamba. Amália me leva até a margem e eu vou. Subimos a rua da Carioca até a praça Tiradentes, passamos pelo Teatro João Caetano e entramos na avenida Passos. Amália é outra. Eu sou outro. Nossa conversa flui com naturalidade que impressiona.

Os assuntos ficam na época em que ainda éramos colegas de trabalho na Colombo. Falamos das nossas amizades, dos nossos romances, do destino de cada um do grupo. No momento, Nicolau, Isabel, Maria da Glória, Nuno e Rosário não existem. Ao atravessarmos a rua da Alfândega, gesto espontâneo, nos damos os braços. Segundas intenções, alguma maldade. E daí? Nossos corpos, maiores e vacinados, estão agora no comando. Nenhum constrangimento, nenhuma culpa. Decidimos seguir adiante e tomar um café num lugarzinho ótimo lá na Marechal Floriano. Quando chegamos à esquina da avenida Presidente Vargas — inaugurada uns anos antes —, a visão impressiona. Amália não gosta.

— Que estrago!

— Estrago?! Progresso, isso sim! Olha que maravilha!

— Quase 600 prédios demolidos. Um absurdo.

— Prédios velhos, construções em péssimo estado, casas condenadas. O que se fez foi uma bela limpeza.

— Derrubaram igrejas, Antonio. Quatro!

— Não se preocupe, os padres já devem estar fazendo a coleta em outras paróquias.

Chegamos quase do outro lado da avenida. A igreja da Candelária ao fundo é a materialização grandiosa da presença de Deus. Prefiro recorrer mais tarde ao ato de contrição do que conter a irreverência.

— Olha, aquela conseguiu ficar de pé. E bem no meio!

Amália acha graça do comentário bobo, me belisca o braço, mas pega mais é o pano do paletó. Definitivamente, ela é outra e eu sou outro. Só quero ver como vai acabar tudo isto. O café da Marechal Floriano está como o diabo gosta. Praticamente vazio, o pessoal começa a chegar mesmo é um pouco antes das cinco. Amália olha ao redor, seu sorriso aprova. Mesa na janela ou aquela lá do canto? Aquela lá do canto, é óbvio. Café? Chá? Aqui tem uns croissants deliciosos.

— Um café e um croissant está perfeito.

— O mesmo para mim, por favor.

Tia Palma diz que o melhor da festa é esperar por ela. Tem toda razão. Amália e eu parecemos dois adolescentes sem compromisso algum, excitados com a possibilidade da festa. Quando deixo a gorjeta em cima da mesa e puxo a cadeira para que ela se levante, já somos dois adultos e sabemos exatamente o que estamos a ponto de fazer.

O hotel fica a dois quarteirões, na própria Marechal Floriano. Chegamos. Então, de repente, o relógio alucina e a vida são flashes. Tudo no estalar de dedos: recepção, chave, porta, quarto, beijos, roupas no chão, cama, lençóis, sexo, mergulho, gozo e voo! Desmedido, meu corpo fica por alguns segundos não sei onde. Depois, aos poucos, já desacompanhado, volta à terra. A respiração me devolve com calma a lucidez. O coração desacelera, acerta os ponteiros. Reconheço Amália ao meu lado. Passo a mão em seu rosto para ter certeza de que é mesmo ela. A sensação é a de que cheguei de viagem, despencado das alturas. A corda bamba estará lá em cima. Esta cama, o chão do precipício. O estar estatelado aqui me dá a segurança da estabilidade imóvel. Bem mais confortável que o equilíbrio precário, sempre a exigir movimentos. Me aconchego em Amália. A paz que sinto é a minha absolvição. Isabel, Nicolau, Nuno, Rosário e Maria da Glória vão ganhando alguma nitidez dentro de mim. Vejo que estão todos bem e felizes. Beijo Amália com muito amor. É possível?

— Este encontro ficará para sempre.

Amália põe o corpo todo sobre o meu. Fica assim colada em mim sem dizer nada, a cabeça recostada no meu peito. Depois, me olha nos olhos.

— A Isabel estava certa. Eu menti. Naquela manhã, eu apanhei mesmo um punhado do arroz e joguei dentro da bolsa.

— Eu sei.

— Sabe?

— Por isso, não permiti que você abrisse a bolsa para mim. Aí, sim. Teria sido humilhação demais.

Amália me passa a mão pelos cabelos e me beija o rosto. Beijo de irmã. É possível?

— Eu sempre quis você, Antonio. Sempre. Muito antes de conhecer o seu irmão. Até ele sabe disso. Nunca escondi.

— Por que você pegou o arroz?

— O Nicolau me contou a história. Achei linda, romântica. Parecia conto de fadas. Fiquei curiosa, quis saber detalhes. Mas ele se confundia todo, se irritava, contava de um jeito depois de outro. Dizia que era maluquice da sua Tia Palma e dos seus pais e que ele até sentia vergonha por esse presente de casamento que deram a você. Eu, não. Ao contrário. Senti foi ciúmes de Isabel. Inveja, raiva, tudo. E ainda por cima era obrigada a esconder o que sentia. Quando você fez a vitrine iluminada no restaurante só pra expor o arroz, passei a acreditar que seria possível ter ao menos um punhadinho daquela felicidade.

— Você ainda tem ele?

— Não.

— Não?!

— Fiz do meu jeito. Preparei ele na água e sal e comi. Antes, pedi a Deus que me desse um pouco de você também. Nem que fosse por um dia.

Amália torna a recostar a cabeça no meu peito. Nada mais é dito. Ou, se é dito, não deixa registro. Acho que cochilamos. Levantamo-nos da cama com o desprendimento de um encontro rotineiro. Fizemos pouco caso de nossa nudez e vestimos nossas roupas íntimas sem nenhum pudor. Saímos. Tranquei o quarto. Deixei as chaves na recepção. Caminhamos até a avenida Rio Branco. De lá, ela tomou o bonde para Tijuca. Segui a pé para casa. Quase chegando à rua do Ouvidor, parei para admirar o desenho de pedras portuguesas na calçada.

Extremos

Acreditamos que tudo o que excede o permitido é prejudicial à saúde. Não é. Por contraditório que pareça, excessos e abstinências são extremos que, bem dosados, compõem o equilíbrio do corpo e da mente. Oscilação é uma coisa, desequilíbrio é outra bem diferente. É bom não confundir. Se bebi todas numa noite, se entrei firme na feijoada e no torresmo, oscilo para o outro lado com uns dias de comidinha leve, saladinha curativa e sucos naturais. Assim, vou me equilibrando, pronto para o próximo saudável excesso.

— A vida ama os extremos, Tia. Sempre que pode, separa, leva embora. Amores e amizades lhe são completamente indiferentes. Quando quer, ela vem e pronto. Faz o que bem entende. Os colegas de colégio desaparecem, o vizinho de anos se muda, o filho viaja, os irmãos se casam e vão pra longe, os pais morrem...

Tia Palma não interrompe o crochê. Talvez tenha diminuído um pouco o ritmo, mas o retoma logo em seguida.

A vida às vezes é radical, concordo.

— Deus também é de extremos.

Tia Palma duvida.

— Deus?

— É. Ele mesmo. O Deus do azul ou qualquer outro.

Enquanto conversa, Tia Palma vai adiantando o paninho de mesa.

— Tens tanta certeza assim?

— Tenho. Hoje, por exemplo. Vi um nascer de sol deslumbrante. Van Gogh arrancaria a outra orelha se visse aquelas cores!

— Céus! Deve ter sido mesmo uma maravilha.

— Daí me dei conta de que Deus pôs a beleza do sol nos extremos. Nascendo ou morrendo. O sol do meio-termo, do meio-dia, não é para ser admirado. Nem sequer podemos olhar pra ele. O que a senhora me diz?

— Digo que o teu dia tem 12 horas e o de Deus tem 24.

— O quê?!

Só então Tia Palma pousa o crochê e olha para mim.

— Num dia de 24 horas, o sol dos extremos é o do meio-dia — que é auge —, e o da meia-noite — que é ausência. O sol que está a nascer ou a morrer é o sol das preces. O sol do meio-termo, como dizes.

A simplicidade e a sabedoria de Tia Palma sempre me desconcertam. E eu não tomo jeito, 32 anos e não aprendo nunca. Metido a sabichão, filosofias de bolso, ares de letrado. Pobre. Melhor enfiar a cara nos livros. Estudar mais e falar menos. Mas, pensando bem, não é nada disso. No fundo, no fundo, o que eu quero com esta conversa toda é conseguir me convencer de que o que aconteceu entre mim e a Amália me fez bem à saúde. E à dela, também, é óbvio. Um excessozinho bobo que, desde que cheguei aqui na fazenda, compenso com extrema e apaixonada dedicação à Isabel. E ao Nuno e à Rosário. E aos meus pais e à Tia Palma. Bom não revirar mais. Mudo de assunto.

— Tia, quer saber de uma coisa? Não entendo por que é que a senhora, o papai e a mamãe se recusam a ir morar lá em cima na sede.

— Ora! Porque não tem cabimento! Estamos tão bem aqui estes anos todos!

— Isabel fez o convite com tanto carinho.

— E nós já agradecemos com igual carinho e demos as nossas razões.

— Não falo só por mim e por ela. Para as crianças também seria bem melhor vocês subirem.

— Antonio, por favor, isto já foi conversado com tua mulher. Teu pai e tua mãe também preferem ficar aqui. Nosso lar é este. E é de bom tamanho. As casas estão próximas. Posso ir lá todos os dias, se vocês quiserem. É até bom para exercitar as pernas.

Mesmo com a morte do senhor Avelino e de dona Maria Celeste, não há grandes mudanças em Santo Antonio da União. Papai continua à frente de tudo com igual entusiasmo, apesar de os seus 64 anos já lhe pesarem um pouco. Mamãe e Tia Palma sabem se manter ocupadas e produtivas. Estão sempre a inventar trabalhos, dentro e fora de casa. Nuno e Rosário passam a maior parte do tempo lá embaixo com elas. Aqui em cima, só para uma refeição ou outra, tomar banho e dormir.

A rotina da fazenda nos apetece. A tendência é Isabel e eu virmos cada vez com mais frequência. As crianças amam. E poder ver os meus velhos tão amiúde é uma bênção. Só lastimo a falta dos meus irmãos. Depois de anos de silêncio, Nicolau esteve rapidamente comigo no enterro dos Alves Machado. Joaquim nos mandou um cartão de pêsames e pronto. Leonor, nem isso. O pior é que a culpa sempre me bate. É castigo, aposto. Acho que o afastamento deles é por minha causa. Bom, no caso do Nicolau, é mesmo. A carapuça me cabe com perfeição. Mandei fazê-la sob medida. Quando a Amália tomou aquele bonde de volta para Tijuca, nem olhou para trás. Deixou claro que novos encontros seriam muito pouco prováveis. Melhor assim. Nossos lares agradecem penhorados. Mas, por conta do que aconteceu, agora é que a reconciliação dela com Isabel terá que esperar sentada para não cansar. Não posso mexer uma palha. Com que cara? E ela? Tem como propor o reatar laços familiares, o visitar? Não tão cedo. Nem me passa pela cabeça a hipótese. Por minha culpa e dela também. Me arrependo? Nem um tiquinho de nada. Imagina! Dormi feito um anjo. Faria tudo de novo. Fui seduzido, seduzi também, foi bom para os dois. Então? É aí que eu e Moisés nos desentendemos. Se ele carrega aquelas pesadíssimas Tábuas da Lei, eu levo só uma, mínima, com o espaço suficiente para um único mandamento: "não faça mal a você nem a terceiros." Pronto, resolvido. Tudo resumido nesta linha. Daí me pergunto. Dois pontos: Ela fez mal a mim? Não, muito pelo contrário. Eu fiz mal a ela? Não. Alguém precisa ficar sabendo? Não. Ótimo. Mais uma experiência de vida bem-sucedida, mais uma lembrança boa para quando formos velhinhos. Mas a culpa — com aquela cara medonha, uma grande frustrada e recalcada, isso sim! — não é boba. A culpa chega e, com risinho odiento, cobra o preço de cara. É, o preço, meu amigo. Pergunta quanto vai custar a aventura, quantos anos mais sem que suas famílias possam se frequentar. Você — que nem conhece a sobrinha Maria da Glória, que só a viu de longe, rapidinho, naquele dia, faz tempo — terá de se contentar com isso. Daqui a pouco ela já vai estar uma mocinha, e você, o tio que ela nunca viu mais gordo. Logo você, o tio sensível, o tio aglutinador. Cópia malfeita de sua Tia Palma, pensa que é fácil? Isabel chega de repente.

— Está pensando em quê?

— Eu?! Nada.

— Se não quer contar, não conta.

— Estava pensando nos meus irmãos.

— Eu sabia. Quando você fica assim, triste e calado num canto, é por causa deles. Até sua fisionomia muda.

— Sinto falta deles, Isabel.

— Por que é que você não tira uma semana e vai visitá-los? Faça uma surpresa a eles. Chama pra virem passar uns dias aqui conosco na fazenda.

— O Joaquim e a Leonor, posso convidar sem problema. Mas, o Nicolau, acho difícil por causa da sua briga com a Amália.

— Se é pra fazer você feliz, eu falo com ela e termino logo com essa desavença. É só você preparar o terreno. Depois da morte de papai e mamãe, muita coisa perdeu a importância para mim.

— Está certo. Eu vou cuidar disso. Acho uma boa ideia tomar a iniciativa de ir visitá-los e convidá-los para virem aqui.

— Dê o primeiro passo e eles virão, tenho certeza.

Os anos vão passando. Quem diz que eu dou o primeiro passo? É a rotina que me absorve, são as responsabilidades, é a conversa mole para boi dormir, é a pitada de orgulho, o comodismo. Depois, não reclama. E os meus irmãos? Quem diz que eles vêm? Despeito ou o quê? Terão lá também sua desculpa esfarrapada? Não é nada disso? A vida acaba que perde a paciência e o fato extremo nos vai reunir. Às vezes, a dor é mais competente que o prazer.

Flores

Acordo estremunhado no meio da noite, o coração me esmurra por dentro, me sacode o peito — que é a porta por onde ele quer sair. Seguro firme do lado de fora, não deixo. Ele continua, ainda bate forte com as duas mãos, mas vai cansando, cansando, até que desiste e se aquieta lá mesmo onde vive. Eu aqui, no escuro, já vou me dando conta, já tenho alguma ideia de onde estou. Mas não tenho coragem de acender a luz. Foi sonho? Foi visão? Foi sinal? Meu Deus, será que aconteceu alguma coisa com Tia Palma? Me respondo na hora: deixa de besteira, Antonio. Não devia é ter comido e bebido tanto no jantar. Dormiu em seguida, deu nisso. Você está de barriga para cima. É errado. De bruços também não é bom. O saudável é deitar de lado, assim que nem a Isabel, olha só. Tenta criar o hábito. Está tudo bem, Antonio. Tira essa ideia boba da cabeça. Sossega, vai. Vira para o canto e dorme. Não consegue? Precisa falar? Então acorda ela. É o jeito. Bate de leve no braço dela, fala bem baixinho. Não se preocupe, ela não vai se assustar.

— Amor...

Chama de novo, Antonio. Pode chamar, não tem problema. Ela está dormindo pesado.

— Amor, acorda.

— Ahn?

— Desculpa eu te chamar...

— O que foi? Aconteceu alguma coisa?

— Um pressentimento ruim.

— Por que você não acende a luz?

Alcanço o fio do abajur, calco o botão do interruptor, a lâmpada acende e queima na hora. Um arrepio me corre pelo corpo como se fosse choque elétrico. Tia Palma morreu, eu sei. Só não consigo verbalizar. Isabel acende a luz do lado dela. Um novo arrepio me ouriça o corpo inteiro. A claridade me fere. Aperto os olhos, vou abrindo um e outro como posso. Sento na cama, me encosto à cabeceira. Isabel me conhece, vem e me abraça feito eu fosse criança.

— O que é que foi? Me diz.

— Um sonho. Não. Sonho, não. Foi mais. Eu ouvi, eu senti. Tudo muito nítido.

— O quê?

— Mamãe e Tia Palma. As duas, lá na fazenda, na cozinha da casa de baixo. A gente não devia ter vindo hoje para o Rio. Eu sabia. O Nuno queria ficar. Pediu tanto. Eu devia ter atendido.

— Calma, Antonio, calma.

— O Nuno é um alho, percebe tudo. Lembra como ele não queria sair do colo da Tia Palma? Abriu o maior berreiro. O Nuno não tem esse tipo de comportamento. Já era aviso.

— Você está molhado de suor. O que você teve foi um pesadelo, só isso. Por que você não levanta, toma um banho e troca essa roupa?

— Não foi pesadelo, meu amor. Pelo contrário. Foi um sonho lindíssimo. Tão nítido que assusta. É só eu fechar os olhos, volta tudo...

Mamãe lava o arroz. Todo ele. Água farta e corrente. Tia Palma entra com uma jarra de flores do campo. Está radiante.

— Gostas?

Mamãe se surpreende com as flores novas. As outras ainda estavam tão viçosas! Tia Palma apura o arranjo, puxa o lírio amarelo um pouquinho mais para frente, olha de novo com a cabeça meio afastada para o lado, aprova.

— Nasceram flores em volta do lago. Muitas flores. Fui vê-las de perto. Disseram-me coisas surpreendentes!

Mamãe para de lavar o arroz. Tem interesse em saber. Tia Palma vai passando adiante o que ouviu.

— Nós, mulheres, temos como atenuar as rugas e a velhice. Cabelos brancos deslumbram, é só cuidar do penteado. A roupa adequada, a delicadeza de um gesto, a postura, o sorriso franco, uma palavra boa: há infinitos detalhes que naturalmente nos suavizam e embelezam. Elas, não. As pobres só têm a oferecer a beleza do corpo, que está sempre à mostra. É um fardo pesado que carregam, sabias?

— Quem te disse isso, Palma?

— Uma dália espalhafatosa, imensa de gorda, simpaticíssima. Mas as margaridas que estavam do lado — bem desinibidas, aliás — concordaram na hora.

Mamãe não duvida, quer saber tudo. Quem estava? Quem não estava? Conta mais.

— Olha, havia um canteiro lindo de amores-perfeitos — todos muito jovens, suspiravam cheios de sonhos, uma graça! Encontrei também cravos brancos salpicados de vermelho, bastante sensuais. Estes falavam pouco. Me pareceram interessados nas tulipas que chegaram em grupo. Mais afastadas, uma rosa-chá, elegantíssima, e uma dama-da-noite, muito bem-posta, conversavam em voz baixa sobre discretos perfumes. Tinham classe. E estilo.

Mamãe ainda não sabe a que fardo pesado Tia Palma se refere. Afinal, não existem flores feias. Só quando estão murchas.

— Quando estão murchas? Não, Maria Romana. Quando começam a perder o viço, as flores já se sentem bastante envergonhadas diante de nós.

— Ora, essa! O que estás a dizer, Palma?

— A humilhação só se dá ao serem deixadas nas jarras. Nos campos e nos canteiros dos jardins — confidenciaram-me as hortências — a dor de enfear é mais suportável. Há sempre uma maneira de se esconderem entre flores que estão a brotar e as que se abrem.

— Então não podemos mais enfeitar a casa com flores?

— Claro que sim! Sentem-se ótimas ao perderem a vida em plena juventude com essa finalidade. Mas ficariam agradecidas se as deitássemos fora no auge de sua beleza. O monsenhor e o crisântemo me garantiram que este será sempre um gesto de coragem que agradará não só a elas, mas também ao Criador.

— Impossível! Quem é que terá coragem de pôr no lixo flores no máximo de sua beleza?

— Tens razão. Só mesmo com muita dose de amor.

— Palma, tu és única!

— Minha cunhada, de hoje em diante, as flores colhidas por mim sairão desta jarra justo no dia em que estiverem mais lindas e coloridas.

— Será que consegues?

— É promessa. As minhas queridas nunca mais terão do que se envergonhar. A lembrança que ficará é a da eterna beleza.

Não consigo continuar. Digo a Isabel que preciso pegar o carro e ir agora para fazenda. Ela acha loucura.

— Agora?! Espera ao menos clarear. Que horas são?

Olho o despertador. Duas e vinte da madrugada. O ponteiro dos segundos está parado. Novo arrepio pelo corpo.

— Eu sei que esqueci de dar corda, Isabel. Eu sei.

— Mesmo que tenha acontecido alguma coisa, adianta você sair assim esbaforido?

— Melhor pegar a estrada que ficar aqui nesta aflição.

Isabel vê as horas no relógio de pulso. Já são quatro e quinze. Insiste que o melhor é esperar dar sete horas, daí pedimos uma ligação para o vilarejo, tentamos falar com o seu Pedro. Ele manda alguém da venda lá na fazenda saber notícias. Enquanto ouço as sugestões, já vou tirando a roupa e indo para o chuveiro. Imagina, esperar quase três horas aqui, uma eternidade. Nem pensar. Isabel veste o roupão, diz que, se eu vou, ela vai junto. Melhor também levar o Nuno e a Rosário. Acho perfeito. Uma maldade acordá-los a esta hora. Eu sei, mas não tem jeito. No carro, eles dormem de novo. Enquanto tomo banho, ela vai descendo, prepara o café. Vai precisar é que eu a ajude com as crianças. Nenhum problema. Em menos de uma hora, estamos prontos para sair. O Roque e a Conceição já estão avisados que ficarão à frente do restaurante — o que, ultimamente, tem sido quase uma rotina. Então? Podemos ir? As crianças nem acordaram, estão apagadas no banco de trás. Um até logo, Conceição. Um cuide de tudo direitinho, Roque. Se Deus quiser, não vamos nos demorar. Não há de ser nada. Uma boa viagem, dona Isabel. Uma boa viagem, seu Antonio, dirija com cuidado. Acenos de lá e de cá. E lá vamos nós. Dobro a esquina. Pego a Primeiro de Março em direção à praça Mauá. Ainda é noite fechada, a cidade deserta. Como estará Tia Palma? Não consigo mais imaginá-la. Nem ainda na cama, nem se levantando para beber água, nem coando o café. Nenhuma situação de rotina que me dê sinal de vida. Só a visualizo no sonho, com o vestido azul-clarinho que ela nem tem. Raios! Este Cais do Porto é uma parede interminável. Em cima de cada armazém, imensos números brancos pintados dentro das telas pretas. Vou contando, entediado: um, dois, três, quatro, cinco... O 17 não chega nunca. Pior é a avenida Brasil depois. Infinita. E ainda ter de passar por aquele cheiro insuportável da fábrica de sabão. A viagem vai durar milênios, prevejo.

— Antonio, vai mais devagar, por favor.

Imprudente, eu. Diminuo, é lógico. Peço a Isabel que aproxime o rosto para que eu lhe dê um beijo. Ela gosta do pedido, me atende na hora. Um pingo de felicidade abre espaço, consegue entrar no carro. Aqui, comigo, as pessoas mais importantes da minha vida.

Maria Romana e Palma

Sempre atento na estrada, por causa das crianças e de Isabel, vim o mais rápido possível. Mas foi muito asfalto — Deus sabe. E ainda por cima esta chuva fina. Muita estrada de lama, muita porteira para abrir e fechar. Muito vaivém de limpador de para-brisas, muito acelerador, muito freio, muita embreagem, muita mudança. Desço com cuidado a estradinha íngreme e estreita que vai ter à casa de baixo, expectativa de ver alguém. Nem o barulho do motor nem a buzina do carro já bem perto, nada desperta a curiosidade dos moradores. É a chuva, só pode ser, Isabel garante apreensiva. Não respondo. Não acredito. A esperança é sempre maior que a dúvida, Tia Palma me ensinou. Mas não a vejo me dizendo isso, nem me lembro quando terá dito. Por mais que eu tente, não consigo estar com ela senão no sonho. E com aquele vestido clarinho que ela não tem nem usa. Tia Palma morreu, já é certeza fria dentro de mim. O Poeta, sem um latido sequer, surge abanando o rabo e se sacudindo na chuva. É ele que vem me dizer. De repente, some. Começo a chorar dentro do carro. Que vergonha, Antonio. Que vergonha. Um homem deste tamanho chorando assim na frente da mulher. Nem sabe de nada ainda. Espera ao menos parar o carro, saltar, ouvir alguma coisa que não seja essa sua imaginação. Isabel diz que não faz mal que eu chore, ela me conhece. A chuva aperta, o coração também, e começa a me bater de novo por dentro. Salto do carro, deixo a porta aberta. Não corro da chuva, corro é para a dor, isso sim. Passo pelo avarandado, os sapatos cheios de lama deixam marcas. Estas, depois se apagam. Entro em casa, dou com papai sozinho na sala, sentado na quarta cadeira. É a primeira e única vez que o vejo ali.

— Pai?!

Papai se levanta. Nos abraçamos tão entregues um ao outro, que tudo em nós se mistura: as lágrimas, os cheiros, os sons, as peles, os panos, as dores, tudo. Ficamos a eternidade assim, ele em mim e eu nele. Nenhum tempo, nenhum espaço. Perdemos noção. Quando acabar o abraço, teremos que voltar à realidade. Quem é que quer? Não, eu. A iniciativa de separar nossos corpos não será minha. Não mesmo. Ele é o pai, a instância superior. Ele decidirá o quando e eu me conformarei. Mas o abraço é mais forte que qualquer grau de parentesco, quer continuar para sempre. Isabel vem e se junta a nós, mas sabe até onde pode ir. Apenas nos toca de leve, solidária. Suas mãos em nossos ombros também é aviso de vida, sinal de que ali há outras pessoas que precisam de nós. Papai e eu entendemos aquele novo tato que chega. Nossos corpos se soltam naturalmente e, aos poucos, vão se reconhecendo e definindo os seus limites.

— Onde está a mamãe?

— No quarto com Palma. Não há meios de querer sair de lá.

Isabel fica com papai. Eu vou até elas. Que jeito? No caminho, vejo o jarro de flores no centro da mesa da sala de jantar. Flores-do-campo. O lírio amarelo, puxado um pouco para a frente, ficou perfeito. Sigo pelo corredor e, nestes segundos, o final do sonho me vem todo. Comandos da mente ou do coração, que diferença faz?

— Do que é que estás a rir, Palma?

— Já reparaste como são ridículos os comentários de pêsames? Coitada, descansou. Que Deus a tenha. Também, já era bem idosa, aproveitou a vida. O Lá de Cima só quer os bons. Gente ruim não morre. Morreu feito passarinho... Como será morrer feito passarinho? Nunca vi os últimos minutos de um passarinho.

Tia Palma acha graça das bobagens que diz. Mamãe dá a sua contribuição.

— Morreu dormindo, nem sentiu.

— Ah, isto não me agrada. Nem sentiu. Imagina! Quero sentir, quero saber!

— Mas só os grandes santos e os grandes pecadores...

— Que santos, que pecadores, que nada! O momento mais importante da tua vida e estás a dormir! Tem dó! Quero é estar acordada e com meu juizinho perfeito nesta hora. Pelo menos nesta.

Tia Palma vai para a sua cama. Deita-se confortável, respira fundo. Várias vezes.

— Como o ar é bom!

Mamãe, sempre perto, concorda e também saboreia cada inspiração.

— Tens razão, Palma. Como é que não nos damos conta desta bênção?

As duas ficam tempo assim. Só o essencial oxigênio. Dentro, nenhum pensamento, nenhum desejo. Fora, nenhum perfume, nenhum cheiro, nem de grama cortada, nem de terra molhada, nem de refogado, nenhum. Súbito, os ponteiros do relógio são chamados a se perfilar. Mamãe percebe que a hora de Tia Palma está por perto — é o olhar que se distancia, a transparência que aumenta gradativa, o desejo de entrega já visível. Ela aguarda. Afinal, são irmãs. Mais que irmãs, são par de toda uma vida. Ficará do lado para o que for preciso, fará companhia. Uma união dessas não desiste fácil. As amigas decidem: ficar juntas até o fim é o que querem. Raspar cada canto do céu e respirar todo o ar que ainda lhes for concedido.

Pronto. O instante chega definitivo. Olhos nos olhos, as duas se dão as mãos. Inspiram bem fundo e ao mesmo tempo. Prendem a respiração. Mamãe tenta segurar a amizade o máximo que pode, mas o fôlego lhe falta. Tia Palma sorri vitoriosa. Mantém a vida por alguns segundos. Depois, é hora. Lúcida e serena, fecha os olhos e solta o ar pela última vez.

Quando abro a porta do quarto, Tia Palma e mamãe ainda estão de mãos dadas. Impossível saber qual das duas vive. Natureza morta. Me aproximo, entro em quadro. Preciso ver para crer. Ver bem de perto, nítido, concreto. Adianta? Mais cético que Tomé, não acredito nem nos meus olhos. Toda visão é muito pouco. Peço auxílio a outros sentidos: tato, olfato e paladar. Minhas mãos em seus cabelos perfumados, meus lábios em sua testa fria. A morte já se manifesta com a perda definitiva da audição. Nunca mais a voz, as risadas, o canto, o assobio, a tosse, o pigarro. Nunca mais os sons de Tia Palma. Que diferença fará se a morte não tiver sido a do sonho? A perda é a mesma. A ausência, igual.

Em pensamento, corro para minha mãe aqui do lado, peço a ela um movimento, um sinal de vida. Ela levanta ligeiramente a cabeça e me atende com o olhar.

A dor. É útil o aprendizado da dor? Certa vez, Tia Palma se queixou que a coluna não a deixava dormir. A madrugada toda sem pregar o olho. Nem dez minutinhos. Nem. Sentada, vendo as horas passarem, concluiu que a dor que sentia — maior que ela — era bem menor que a dor do mundo. Comparada com todo sofrimento e aflição que haveria nos quatro cantos da Terra, sua dor se tornava insignificante e, portanto, suportável. Brincava.

— Que remédio nos trará a cura? Que farmacêutico virá para passar o algodãozinho com álcool, soprar a bunda da Terra e lhe aplicar a injeção que nos aplacará todas as dores?

Algo me diz que mamãe quer ficar a sós com Tia Palma. Um pouco mais. Preces não serão, por certo. A conversa é que não terá terminado. Saio do quarto sem que elas percebam.

O poder e as flores

Cedo descobri que o que eu mais queria na vida era o poder. O poder estar sempre com as pessoas que eu amo, o poder andar despreocupado pelas ruas, apreciar cenários, paisagens, bichos, gente que passa. O poder tomar outro caminho só porque naquela direção um verde me despertou a curiosidade. O poder trabalhar no que me alegra. O poder ser dono do meu tempo e fazer o que quiser sem precisar me aposentar. O poder estar sempre disponível para quem está perto e precisa. O poder ter certeza de que o abraço recebido é de afeto e não de interesse. O poder ser eu mesmo e envelhecer saudável. Céus, como ambiciono todo esse poder!

A morte de Tia Palma, assim da noite para o dia, me mostra o quanto tenho desperdiçado oxigênio com inutilidades. Confirma em mim o antigo sonho: reduzir a vida à expressão mais simples para aproveitá-la ao máximo.

Faz tempo que saí do quarto e voltei para me sentar aqui fora. Isabel vem ter comigo. Inventa pretexto, sabe que não é aconselhável me perder de vista. Diz que Nuno e Rosário acordaram e saíram do carro há horas. Já comeram, estão lá dentro com papai. Quer saber por que eu também não ponho algo no estômago. Prefiro ficar aqui a céu aberto. A falta me repleta, a ausência não me deixa espaço, a perda me preenche. Contradições e mais contradições que devem ser digeridas. Isabel entende, não insiste. Mal se afasta, já vou longe para a infância, para os meus dentes de leite.

— Tia Palma! Tia Palma, o dente mole caiu! Caiu! Tô banguela!

Tia Palma e eu vibramos com aquele dentão da frente na minha mão. Nenhum marfim arrancado de elefante africano terá o mesmo valor, nenhum. Troféu, amuleto! Tenho é de guardá-lo debaixo do travesseiro antes de dormir, fazer o pedido para ele e pronto. Em uma semana, talvez menos, serei atendido. Com fé, acontece.

— Já sei o que eu quero! Já sei!

Tia Palma diz que é para eu não contar. O pedido é segredo. Só o dente pode saber, mais ninguém. Mas eu quero contar, nela eu confio, que mal tem? Mas não pode. Por quê? Porque não. Vai estragar tudo, o dente vai ficar zangado, nem vai me dar ouvidos. Está bem, está bem. Mas depois eu posso contar? Depois, pode. Mas tem que ser paciente, esperar ser atendido. Por puro interesse, seguro minha ansiedade e não conto.

No terceiro dia, dá-se o milagre, o dente não falha. Vibro, pulo, mal acredito. Se aconteceu, já posso contar, não posso? Mas não conto. Contar para quê? Pedido atendido é brinquedo brincado, a gente esquece, põe de lado. A graça agora é outra, é deixar quem quer saber na curiosidade. Coisas de menino que não se emenda. Quer saber? Eu digo. Nem ligo mais para o desejo impossível que o dente realizou. Ando bastante ocupado querendo entender por que, com tanto céu na boca, a ponta da língua só quer ir para o buraco que ficou. Tia Palma me ajuda a resolver essa questão importantíssima.

— Ora, Antonio! A língua sente falta do dente. Sempre acostumada com ele e, de repente, a ausência. Mas, não te preocupes. Ainda és menino. Outro dente virá e tomará o lugar deste que se foi.

Agora, que Tia Palma morreu, entendo a língua. Com tanto céu na vida, só quero ir para o vazio que ficou. O pior é que já não sou menino nem me nascerá outra tia para ocupar o lugar dessa que se foi.

— Antonio.

Isabel, de novo. Senta-se do meu lado comovida.

— Você viu as flores na jarra em cima da mesa?

— Vi. Estão lindíssimas.

— Sua mãe disse que Tia Palma chegou com elas ontem de manhã.

— Igual ao sonho, então.

— É. Igual. Mas as flores não estão mais na jarra. Quando saiu agora do quarto, sua mãe foi até lá, pegou o arranjo, ficou bom tempo abraçada com ele. Depois, embalou as flores com todo o cuidado e, como se fosse presente, pôs o embrulho no lixo. Disse que foi pedido de Tia Palma.

Gravetos

27 de janeiro de 1957. Finalmente acontece. Nós, irmãos, reunidos aqui na fazenda com nossas famílias. Por que não antes? Quando, milagre, vinha Joaquim, não vinham Leonor nem Nicolau. As raras vezes que Leonor surpreendeu e nos visitou, Nicolau e Joaquim, longe. E assim sempre, numa dança de cadeiras às avessas, uns gatos pingados e lugares de sobra. Ainda por cima, nessas poucas ocasiões em que um ou outro passava por aqui, acontecia também de eu estar no Rio com Isabel e as crianças. Os desencontros pareciam combinados. Agora, graças à ausência da figura mais querida, o álbum de família está completo. A morte conseguiu o que a vida não ousou. A dor foi mais competente que o prazer, repito. Isabel concorda comigo.

— Nunca imaginei vê-los todos juntos. E assim, em menos de 24 horas. Confesso que, a mim, me surpreendeu.

— Se você quer saber, a mim também.

— Acho incrível o teu irmão Joaquim ter vindo com as duas mulheres, os filhos de uma e de outra! As duas não são inimigas mortais?

— São. Não se toleram. Hoje, pode apostar, o espírito de Tia Palma conseguiria que as famílias Capuletto e Montecchio se confraternizassem numa festa de aniversário para Caim e Abel!

É verdade. Até os sobrinhos, presentes. Não falta nenhum. Fico bobo com a simpatia e o desembaraço do Carlos e do João, filhos do Joaquim. E me encanta a Maria da Glória, filha do Nicolau. Tão linda, tão carinhosa. Nove anos já, a mesma idade da Rosário e do Nuno. Levo um susto quando vejo os filhos da Leonor. Estão imensos. Walter, com 10 anos,

Waldir, com 8, Waldemar, com 6, e Waldomiro, com 3. Isabel implica com os nomes.

— De onde será que tiraram essa ideia? Nunca sei quem é quem. Imagino como irá se chamar esse que ela está esperando.

— Se for menino, será Waldecir. Mas estão torcendo por uma menina, é claro. O nome está escolhido faz tempo: Walmira.

— Pobrezinha.

— Pobrezinha por quê? É um nome como outro qualquer. Eu, por exemplo, não gosto do nome que você escolheu para nossa filha: Rosário.

— Uma bela homenagem a Nossa Senhora.

— Fico exausto só em pensar que rosário são três terços! É muita penitência. Muita.

— Antonio!

Peço desculpas a Isabel. Sei que me excedi na maldade. Mas ela também não tem nada que ficar criticando o nome dos outros. Gosto não se discute, lamenta-se e pronto, é o que dizem. Enfim, um abraço, um beijo e a conclusão de que agora não é momento para isso. Tia Palma acaba de ser enterrada. A família toda reunida e nós dois aqui no quarto nesta discussão boba.

— Tem toda razão. Vá lá ficar com eles. Eu só vou mudar esse vestido e já desço.

A caminho da sala, sem querer, o diálogo que ouço me machuca. Mas vai ajudar a família a se pôr em pratos limpos.

— Você já reparou nas pratarias que eles têm?

— Muita prata. Acho bonito. Era tudo do velho, né?

— É, Sebastião. Mas os Alves Machado não ostentavam assim.

— Ostentavam?

— Ostentar é se mostrar, se exibir.

— Ah, mas eu não acho o Antonio exibido, não. Nem a Isabel.

— Você não tem onde cair morto, Sebastião. Não sabe nada.

— Sei que eles trabalham duro. O restaurante tá dando certo.

— Ora, você e eu também trabalhamos duro. E o que é que nós temos? Uma mão na frente e outra atrás.

— Bom, isso é verdade.

— O único de nós que está bem de vida é o Antonio.

— O Joaquim fez dinheiro em São Paulo.

— Fez nada! Naquele boteco, quem manda e desmanda é o sócio, o Santoro. O pouco que ele ganha gasta tudo com mulheres. E ainda tem que dar a pensão dessas duas e a mesada dos filhos.

— A culpa é dele, que deixa a cabeça de baixo mandar na de cima.

— O Nicolau é um marido excelente, que nem você, e também passa um aperto danado. A Amália me disse que os dois só se seguram por causa do trabalho dela. A Maria da Glória tem que ficar semi-interna, o dia inteiro no colégio. Aliás, uma maldade com a criança. Eu nunca faria isso com um filho meu. Nunca.

— Será que você num consegue nunca elogiar uma pessoa sem precisar falar mal de outra?

— Sebastião, deixa de ser burro e vê se me entende. O que eu quero dizer é que aqui todo mundo trabalha, pega no pesado, e só o Antonio tem dinheiro. Por quê?

— Ora, porque casou com mulher rica, teve sorte, ué!

— Nada disso. A razão é outra.

— Outra? Que outra?

— Ontem, antes do enterro, eu tive uma conversa com o Nicolau e o Joaquim.

— Leonor, pelo amor de Deus, num começa com falação.

— Eles concordaram comigo, concordaram, está me ouvindo?

— O que é que você foi dizer para eles, mulher?

— Que Tia Palma não devia ter dado o arroz para o Antonio. Foi uma injustiça! Nós também éramos sobrinhos dela. Tanto quanto ele!

— Você tá maluca?! Você sempre detestou esse arroz. Me lembro muito bem. Sentia vergonha da sua família, dizia que a história era tudo mentira, que o presente te dava até raiva, jogou o Nicolau e o Joaquim contra todo mundo!

— Mudei de opinião, não pode?!

— Poder, pode. Mas adianta alguma coisa, adianta?

— Eu era a única sobrinha mulher, Sebastião. O arroz tinha que ser meu!

— Faz 11 anos, mulher. Onze! E você fica remoendo essa raiva torta aí dentro?!

— Fico. Não dá para perdoar. Não dá.

— O que é que o arroz tem a ver com a nossa pobreza, mulher?

— Tudo, Sebastião, tudo! E vou dizer isso na cara do Antonio!

— Pode dizer agora, Leonor. Eu estou ouvindo.

— Antonio?!

— Eu estava passando, minha irmã. Você me desculpe, mas não pude deixar de escutar a conversa.

— Não faz mal. Bom mesmo você saber. Adiantou serviço. Eu já estava com essa coisa entalada na garganta faz muito tempo!

— Cunhado, por favor, eu lhe peço: esquece o que você ouviu.

— Não, Sebastião. Este assunto precisa ser resolvido e tem que ser agora. Não aguento mais viver com uma culpa que não me cabe. Raios!

— Também acho. Vou lá chamar o Joaquim e o Nicolau. Quero ver se na minha frente eles vão ter coragem de desmentir tudo o que falaram de você!

— Impressionante. Os anos passam e você não muda, Leonor. O veneno é o mesmo.

— Você vai ver só o veneno, vai ver só!

— Pelo amor de Deus, mulher! Olha o neném que você tem aí dentro!

— Ele me chamou de cobra, Sebastião! Você não ouviu?! Se não vai tomar atitude, pelo menos, vê se não se mete!

— O que é que está acontecendo?

Isabel mal consegue terminar a pergunta. Leonor passa por ela, uma fúria. Volta com Nicolau e Joaquim. Em questão de segundos, o caos está instalado. Todos gritam com todos. Ninguém ouve ninguém. Insultos, acusações descabidas, ressentimentos que, esgoelados, vêm à tona, cobranças tiradas do fundo do baú, rivalidades inimagináveis, toda nossa crueldade à mostra. Como é possível? Sei que havia lixo varrido para debaixo dos tapetes. Mas tanto?! Isabel e Amália, surpreendentemente unidas, tentam conter os ímpetos — esforço inútil, tudo foge ao controle. A cada ofensa vem maior revide. A razão desiste, vai embora. A emoção faz conosco o que bem entende. O sangue ferve, as veias saltam nas testas, nos pescoços, os olhos faíscam e as bocas vociferam exageros, absurdos, qualquer palavra que cause dor. Catarse, transbordamento, purgação coletiva. O que o corpo põe para fora é sinal de purificação. Melhor mesmo vomitar tudo. Depois, quando não há mais vômito fica só a ânsia de expelir os restos de amargura que ainda vêm na bílis e a exaustão. As gargantas secam, a saliva acaba. O ar me falta e a eles também. Eu sei, somos irmãos, estou dentro deles e eles dentro de mim. Todos misturados, não há saída. Ao agredi-los, agrido a mim mesmo. E eles sentem na alma cada maldição que me lançam. Batalha inútil, guerra sem vencedores. Vamos capitulando, um a um. Leonor joga-se numa cadeira, começa a chorar. Não tem mais acusações a fazer. Joaquim, cheio de revolta e silêncio, dá um murro na primeira parede que encontra. Depois, encosta a cabeça no ponto exato da injúria e fica com ela assim colada, como um menino posto de castigo. Quando todos começamos a nos aquietar — porque não há mais palavra que sirva — Nicolau, com a voz baixa de cansaço, dispara a frase certeira que me atinge.

— Você não merece o que tem.

Permaneço de pé, mas o tiro me parece fatal. Não consigo avaliar o tamanho do estrago. Leonor para de chorar, Joaquim volta-se novamente para a rinha. Seus rostos se iluminam como se dissessem ao mesmo tempo: "É isso!" Para eles, Nicolau chega à raiz de toda a desavença e encontra o mote que os une: "Antonio não merece o que tem. Nem o arroz, nem nada." Assim, fortalecidos, suas feridas se curam, as dores se aplacam. Besteira terem se xingado tanto e se engalfinhado por tão pouco, quando há um inimigo em comum. Afinal, eles são os irmãos sinônimos. Eu, o antônimo. Como é que foram se esquecer disso? Em questão de segundos, todo este filme me passa pela cabeça. Ficção? Documentário? Não faço ideia. Em questão de segundos, levanto a cadeira e, insano, parto justo para cima do irmão que me é o mais próximo e querido. O grito de mulher me detém.

— Antonio, não!!!

Amália se põe diante de mim, me impede o gesto. Congelo — os braços erguidos. Em questão de segundos, ficamos na sala apenas eu e ela. Em questão de segundos, o novo e inesperado encontro. Em questão de segundos, o olhar e as lágrimas de Amália me transmitem o pensamento: "Em nome de tudo o que aconteceu, por favor, Antonio, abaixe essa cadeira". E eu abaixo. O animal dentro de mim se espanta com a súplica e foge. Fica apenas o homem, vencido, envergonhado.

Aí, surpresa maior, diante de todos, e com amor que desconcerta, Amália me passa a mão pelos cabelos, me beija demorado a testa.

— Não dê ouvidos, Antonio. É tudo briga boba de irmão. Você merece a felicidade que tem. Eu sei que merece.

Agora, sim, a família é pega de surpresa — protagonistas e plateia. Na primeira fila, as mulheres do Joaquim, que desde o início pareciam se deliciar com o triste espetáculo familiar, mudam a fisionomia, tentam entender que doçura é essa que, com a palavra final, impõe respeito e silêncio. Amália volta em seguida para o lado do marido, ali é o seu lugar. Todos a acompanham com os olhos intrigados. Como explicar tanto afeto? Melhor calar. Bem melhor. É mais prudente, é mais sensato. Quem terá a petulância de insinuar algo? Quem ousará interpretar o afago ostensivo, o beijo em público? — beijo na testa, é verdade mas, ainda assim, beijo, e beijo demorado. O amor vence no final? Vence. Mesmo que seja amor escondido que ninguém sequer imagina, amor de traição.

Silêncio absoluto. Silêncio de paz, silêncio de morte, silêncio de fim, que importa? A briga acabou. Entre mortos e feridos, salvamo-nos todos. O grau das lesões, saberemos depois. Grávida de uns seis meses, Leonor se levanta com alguma dificuldade, está cansada, quer ir embora. Diz que vai chamar os meninos. Sebastião concorda, mas antes tem um pedido a fazer.

— Seu Zé Custódio e dona Maria Romana tão lá embaixo sossegados na casinha deles. Não precisam ficar sabendo de nada disso. Já chega a dor que eles tão sentindo de perder Tia Palma, num é verdade?

Isabel apoia de imediato.

— É claro, Sebastião. Você está certíssimo. Seria muita maldade alguém contar para eles.

Leonor entende o recado. Todos entendemos. Somos gravetos desatados que se quebram com facilidade. Ninguém melhor que ninguém. Um pingo de honestidade fará com que reconheçamos pelo menos isso. Amália fala alguma coisa com Nicolau. O que terá sido? Os dois se abraçam e se beijam com ternura. Ficam assim por um bom tempo. Me emociono. Me incluo de longe no abraço, culpa nenhuma. Joaquim, apressado pelas mulheres, diz que também já vai. Dá o show por findo. De vez em quando abre e fecha a mão. Parece que o murro na parede foi mesmo para valer.

Ainda bem que todas as crianças estão lá fora. Nenhuma presencia nosso vexame. Torço para que se mantenham assim lúcidas na infância e ainda demorem a fazer parte deste louco e patético universo dos adultos. Será que a vida consente?

Walter entra desembestado pela sala. Atrás, vêm o Waldir e o Nuno. Depois, a Rosário e a Maria da Glória. Finalmente, chegam o Waldemar, o Carlos e o João. Todos alvoroçados, correndo, desabotoados e molhados de suor. As caras vermelhas, a respiração ofegante. Riem e falam ao mesmo tempo. O ambiente passa de um extremo ao outro. Montanha-russa. Tento agora pôr um pouco de ordem na euforia.

— Calma! Um de cada vez! Deixem o Walter falar!

— Tio, o Vô Custódio e a Vó Maria Romana tão chamando todo mundo lá embaixo!

Os outros fazem coro.

— É, tem que ser todo mundo!

— É!

— Todo mundo, eles disseram!

— E é agora!

— Tem que ser agora!

Os meninos vão puxando o Sebastião.

— Anda, pai!

— Num pode demorar!

Vejo o dedo de Tia Palma nessa avalanche de alegria. Ah, se não vejo! É como se ela nos dissesse que nossos filhos serão melhores que nós. E nossos netos, melhores que eles. Obedientes, somos levados aos nossos pais pelas mãos das crianças. Pela cena de há pouco, deveríamos é estar sendo levados pelas orelhas.

A herança

A memória que vai para o diário fica toda arrumadinha, linear, dia, mês e ano. Às vezes, horas e até minutos constam do registro. Mas quando velho a gente vai e consulta o caderno se espanta com o montão de coisa que já nem faz sentido e estaria apagado não fosse a tinta. A memória puxada da cabeça, não. É esforço de selecionar só o que presta, o que nos é querido. Não é discurso ensaiado e lido. É fala de improviso, com todos os erros e tropeços que a ousadia pode causar. Uma e outra têm seus encantos, concordo. Mas o meu xodó, a queridinha, a que me desperta paixão é a que carrego comigo de cor e salteado e que ainda assim me arrisco a perdê-la — feito óculos ou guarda-chuva — em algum lugar dentro de mim.

Fim de tarde. Sigo com meus irmãos para a casa de meus pais sabendo que Tia Palma não vai estar. A lembrança não foi passada para o meu caderno de receitas, não precisava. Continua toda pintada de novo. Tinta fresca. Cuidado. Feito peregrinos em direção ao santuário, descemos com nossas famílias a pé pela estradinha íngreme. Vamos calados, cada um com seus botões. Até as crianças, distraídas sabe-se lá por que pensamentos, causam impressão pela espontânea seriedade. O que dirão tantos silêncios?

Quando chegamos, papai e mamãe já estão prontos. Se movimentam eficientes e sem pressa — como Tia Palma gostaria que fosse. Bolo quente e café fresco na mesa posta com capricho. Suco de frutas para as crianças. Flores novas na jarra. Detalhes e mimos que, como de costume, nos ensinam e aprimoram.

— Licença, pai. Licença, mãe.

Vamos entrando, a casa é nossa. Leonor, Nicolau, Joaquim e eu nos enternecemos com o apuro de papai e mamãe para nos receber: o perfume natural dos banhos tomados, os cabelos ainda úmidos e bem penteados, a melhor roupa do dia a dia. E mais: a simplicidade e o afeto que nos transmitem proteção, segurança, aconchego. Não há dúvidas, é aqui a sede da fazenda. Esta ordem caseira e esta paz, apesar da dor, nos dão a certeza de que o sol nascerá amanhã, todo trabalho será feito e a vida, maior que a morte, seguirá seu rumo. Papai e mamãe nos paparicam como se ainda fôssemos meninos. E somos.

— Bom que vocês vieram na horinha. Que alegria, meus filhos, vocês aqui conosco. Andem, vão se servindo. Sua mãe acabou de coar o café.

— José Custódio, pega a faca do bolo para mim lá no armário, por favor. Não sei onde estou com a cabeça. Trouxe os talheres, mas me esqueci da faca.

Nicolau, que está do lado, se prontifica.

— Deixa, pai. Eu pego.

Impressiona a mudança que se opera em todos nós. Parece que, se não purificou, o vômito raivoso de há pouco nos deu pelo menos alívio. Um passa a xícara, outro alcança o açúcar, aquele puxa a cadeira — até as pequenas delicadezas são sinceras e nos caem bem no estômago. Nenhum de nós quer ser o centro das atenções, nenhum. Toda preocupação é com papai e mamãe. Giramos em torno deles. Em outras órbitas, o genro e as noras, também. Só os netos sentem-se independentes para rodopiarem em torno de si mesmos com belos e alegres movimentos de rotação.

Terminado o lanche, Leonor, Nicolau, Joaquim e eu somos chamados ao quarto de Tia Palma. A herança deixada por ela comove. A quarta cadeira, onde costumava se sentar, fica para mim. A caixinha com as joias é entregue a Leonor. A imagem de São Joaquim, na família há algumas gerações, passa a pertencer ao Joaquim, é claro. Para o Nicolau, vão duas libras esterlinas de ouro, primeiro dinheiro que Tia Palma ganhou no Brasil, por ter lavado, passado e engomado as camisas dos oficiais de um navio britânico que, durante um mês, esteve ancorado no porto do Rio de Janeiro.

— Se ainda quiserem algumas outras recordações, podem levar. Todos os pertences de Palma estão cá neste quarto.

Leonor, visivelmente emocionada, pergunta se mamãe se importa de ela ficar com a mesinha que também é caixa de costura. O pequeno móvel e seus apetrechos sempre a encantaram, desde menina.

— Imagina, filha! Já disse, guarda da tua tia o que quiseres.

Faço também o meu pedido. Se os irmãos estiverem de acordo, gostaria de ainda levar como lembranças a caneta e o mata-borrão. Problema nenhum, todos acham justo. Eu sou o que gosta de escrever. Mamãe se alegra com a decisão rápida e unânime.

— Estarão em boas mãos.

Nicolau e Joaquim não fazem ideia do que ainda possam querer. Pensam um pouco, olham ao redor e dizem que o que receberam está de bom tamanho.

A partilha fácil e harmoniosa dos bens de Tia Palma me obriga a pensar. Por que com o arroz não aconteceu assim? Voltam as velhas dúvidas. Tia Palma deve ter cometido mesmo terrível engano, ela era humana e falível como todos nós. Ao convencer papai e mamãe de que o arroz deveria ser todo meu poderá ter sido injusta com os demais sobrinhos. Os argumentos terão sido realmente válidos? E o que dizer da participação de meus pais? Afinal, o arroz era deles. Eles tinham a última palavra sobre o destino do bendito cereal. E eu nisto tudo, com a parcela de culpa que me cabe. Terei de descontar alguma futura promissória? Preciso rever estas questões. Por que tanta cordialidade entre nós aqui, tanto desprendimento, e na casa lá de cima tamanha animosidade? A brigalhada medonha, horas depois do enterro de Tia Palma, é sinal de que alguma coisa está errada na família e é preciso consertá-la o quanto antes. Mas de que jeito?

De repente, me ocorrem as palavras de Tia Palma quando me foi visitar no Rio: "Não me agradou ver o arroz naquele pote de cristal exposto lá na montra do restaurante. Que está bonito, está. Mas o arroz, Antonio, é a tua felicidade e a de Isabel. Não deves fazer alarde dela. A felicidade desperta mais inveja que a riqueza."

Meus irmãos e eu saímos do quarto abraçados com mamãe. Estranho, mas o clima de amizade não nos surpreende nem constrange. Sentimo-nos naturalmente confortáveis. Família é mesmo prato delicadíssimo, difícil de preparar.

Os que reclamam e os que agradecem

Todos se foram faz tempo. E os que ficaram dormem. Papai e mamãe, lá embaixo no canto deles — primeira noite sem Tia Palma. Isabel e as crianças, aqui na sede, acomodadas em seus quartos. Não tenho um pingo de sono. Quase meia-noite e me sinto de rosto lavado, disposto como se meio-dia fosse. Depois de tudo? Como é possível o corpo não doer nem dar sinais de cansaço? Será a alma que o mantém assim de pé? Alma também cansa, eu sei. A cobrança virá mais tarde, com juros elevados, por certo. Que venha. Pagarei cada centavo, mas daqui não me arredo. Decido repassar mentalmente o filme do desentendimento. É, este mesmo, o da brigalhada, o da animosidade fraterna justo no dia do enterro de nossa figura maior, a que sempre foi doação e amor e alegria. Quero rever todas as cenas — o material bruto, com as feridas na íntegra e nenhum corte. Ouvirei de novo os diálogos, reviverei as dores. As minhas e as dos irmãos. Sou todo estômago. Cena alguma me escapará, determino.

Estou no ponto exato onde tudo começou: o ouvir a conversa atrás da porta, Leonor pondo Sebastião contra mim. E eu, prestes a surpreendê-los, esperando o momento ideal para o bote.

De repente, breu. O que houve? A projeção estava tão nítida, o som perfeito. Aguardo paciente em minha poltrona. O filme recomeça. Mas por que a descontinuidade? Por que não entro e os flagro como antes? Por que só fico atento à fala do Sebastião? Por que emudeci, Leonor? Alguém mexeu na edição, só pode ser! Espero para ver onde vai dar a minha mente. Já não sou todo estômago. Agora, é meu coração que digere o que aconteceu. Por isso, ao repassar a cena, meu foco é cordial e vai todo para o Sebastião. Simples, crédulo, bom, prestativo, generoso, pacífico, o Sebastião. Tora de homem, forte o suficiente para derrubar um boi e, ainda assim, capaz de desviar caminho para não assustar uma borboleta — eu vi, ninguém me contou. Ele, enxada no ombro, voltando da capina, olha para o tronco da árvore que se aproxima, percebe algo, para. Fica ali por alguns instantes, quieto, observando. Mais que observando, assistindo. Abre riso bobo. Depois, com extremo cuidado, volta alguns passos e contorna a árvore. Dá comigo, se surpreende.

— Oi, Tonho! Andando por aí?

— Estou indo encontrar com o pai no cafezal.

Sempre de bem com a vida, Sebastião ri satisfeito com a informação sem importância. Enxuga o suor do rosto, usa a mão como se fosse lenço.

— Calorzinho bom, fala a verdade!

— O que é que você viu ali na árvore que ficou olhando que nem criança?

Ele ri sem jeito.

— Eu?

— É, você. Agora, ali perto da árvore.

— Agorinha, agorinha?

— É, agorinha. Até desviou caminho. O que é que foi?

— Nada não, Tonho. Cena de mato, só isso.

— Cena de mato...

— É. Cena bonita. Borboleta difícil pousada fácil. Grandona, cheia de cor, asa aberta para se mostrar. Dá felicidade encontrar pertinho uma assim desse tamanho, fala a verdade! Dei volta maior de modo de num assustar a moça que tava ali sossegada.

— Você está certo, Sebastião. Fez muito bem.

Ele abre uma alegria agradecida. Pede licença, diz que vai tocando para não atrasar o serviço.

— Almoça primeiro, homem. Depois, acaba o que tem que fazer. Meu pai me ensinou que saco vazio não fica em pé.

— Pois o meu me ensinou que saco abarrotado não dobra. Deixa eu acabar a capina, Tonho. Depois, eu cuido de comer.

— Você está certo. Mais uma vez, você está certo.

Daí nos despedimos — cena de mato — e nos reencontramos agora, nesta memória que chega sem pedir licença. Vai entender. Com tanta briga para mostrar, minha mente busca logo este outro rolo de filme, tira-o não sei de onde. Quero ouvir história de delicadeza, não! Preciso é relembrar a desavença, estudar a rixa, saber direitinho onde cada um de nós errou. Mas Sebastião insiste em tomar conta de toda lembrança, não sobra espaço para mais nada. Deixo escapar o comentário irônico.

— Logo o Sebastião!

O pensamento volta a um tempo mais distante. Rapazote, aprendo que o Sebastião, como toda criatura simples, não entende a maldade de uma ironia. Irritadíssimo porque depois de lhe explicar mil vezes a mesma coisa não consigo me fazer entender, desabafo:

— Sebastião, você é o homem mais inteligente e brilhante que eu conheço!

A resposta vem sincera:

— Obrigado, Tonho. Você é que é rapaz bom. Agradeço sua delicadeza.

Me perco de tanto rir. Tia Palma, presente, me repreende com olhar que me fulmina e me silencia de imediato. Cabeça baixa, recolho-me à minha insignificância. Ela, respeitosa, vai até o Sebastião e lhe pede ajuda para serviço que — inventa — exige talento especial. Feliz com o elogio de há pouco e diante de nova e tão grande responsabilidade, ele diz que é para já! Agradece mais uma vez o carinho recebido e sai todo falante com Tia Palma a tiracolo. Ficamos apenas eu, minha inútil inteligência e minha cara de bobo.

Sebastião se orgulha de ter nome de santo mártir e de rei guerreiro que não voltou. Ele, o capineiro ingênuo que agora me monda as ervas daninhas — Aboporu que me vem devorar o mal da alma e me cura e me apaga os vestígios de qualquer desunião familiar.

Quando penso que acabou, Sebastião ainda me cutuca a lembrança e me confidencia que não acredita em nada disso de pobre, rico, feio, bonito, mau e bom... Para ele, só existem dois tipos de pessoas no mundo: as que reclamam e as que agradecem.

— É mesmo?

E ele, enfático: é. É mesmo. Muito rico infeliz e muito pobre de bem com a vida, muita mulher bonita que é azedume e muita mulher feiosa que desperta paixão, muita gente saudável que não faz bom uso do vigor e muita gente doente que cuida dos outros. E por aí vai ele numa lista interminável de trastes e contrastes. Discuto com esse Sebastião ausente.

— Tia Palma morreu, foi enterrada há pouco, a família desunida... Difícil agora não fazer parte da lista dos que reclamam. Agradecer o quê?!

Meus olhos começam a pesar e a resposta me é dada sem que eu perceba: o sono bate forte, mas o corpo não reclama, pelo contrário. Agradece a boa surra. E eu durmo.

A importância do hoje

É natural que eu esteja nervoso. O enterro de Tia Palma foi a última ocasião em que a família se viu inteira. Depois, nenhum aniversário ou falecimento, nem mesmo o de mamãe ou papai, conseguiu reunir todos os parentes. Sempre ausências percebidas e comentadas, onde quer que tenha sido o encontro. Por isso, a importância de hoje, 11 de julho de 2008: 100 anos do casamento de papai e mamãe lá em Viana do Castelo, 100 anos do arroz e de toda essa história. A ideia da comemoração surpreendeu a família, mas foi bem recebida por todos. Entusiasmou alguns, emocionou até. Tem dado assunto. Agora, fica essa vontade de saber quem vem, quem não vem, toda essa expectativa. Sou velho, mas sou de carne e osso. Por mais experiente que seja, ainda tenho sangue correndo nas veias, nervos, vísceras. Ontem mesmo me peguei roendo unha e dentando aquela pelinha no canto do polegar, hábito que deploro e que só tive na adolescência. Me atrevo com adjetivos: não será esta impaciente curiosidade saudável sinal de minha decrépita juventude? Sinal de que me virão espinhas no rosto, desafinarei a voz e estarei superlativo na hora de receber a parentalha. Já me vejo como aquele garoto, boné virado para trás, roupas folgadas, a calça me caindo pelas pernas e mostrando a cueca, o corpo de borracha dançando todo mole, sem osso, cabeça girando no chão, comandos imprevisíveis, braços e pernas harmonicamente desconjuntados — peripécias úteis que ajudam a mudar a visão de mundo. Sou radical. Sou oito e sou 80. 88: dois infinitos verticais, boa idade. Vai ser bela, a comemoração. Enquanto mexo a panela, me martelo a cabeça, imagino que imprevisto impedirá o comparecimento deste ou daquele, que coitado cairá de cama e perderá a festa, se haverá a falta plenamente justificável, se haverá o descaso que, esfarrapado, se desculpará tempos depois com o surrado e batido "motivo de força maior". É muita gente, Antonio, muita! Filhos, genros, netos, irmãos, sobrinhos, sobrinhos-netos e até sobrinhos-bisnetos! Milagre se vierem todos. Principalmente, os mais novos. Se no teu tempo de rapaz já era difícil obrigar presença, imagina agora com a meninada independente do jeito que é. Nenhum moleque vai deixar de sair com os amigos ou com a namorada para vir a este fim de mundo celebrar uma data que não lhe diz nada numa festa organizada por um gagá que nunca viu mais gordo. Te aquieta, homem! Os convites extensivos às famílias foram feitos e enviados com antecedência, foram confirmados por telefone um a um. Vê se sossega. Faz a tua parte e pronto. O resto, entrega. Se vai chover, se vai fazer sol, não adianta a preocupação, nem um tico. Cuida do que está em tuas mãos. E mesmo assim, relaxa. Não vai esquentar se o arroz pegar no fundo da panela, vai?

— Não, é claro que não. Sei que é o normal, o que mais acontece. Mas, como cozinheiro, me sentiria realizado ao ver, pelo menos uma vez, a família toda grudada na fazenda e o arroz todo soltinho na travessa.

De novo, a voz de Isabel me chama lá da sala e me interrompe, ainda bem, esta discussão comigo mesmo.

— Antonio, por favor! Estou precisando de você aqui!

Paro o que estou fazendo, vou ver o que é. Isabel exibe sobre a mesa da sala de jantar uma pilha de alvíssimos guardanapos de linho engomado, abre um deles. Pelo tamanho, mais parece toalha de mesa. Tem o monograma MC bordado.

— Lembra quando mamãe usava estes guardanapos?

— Nos almoços do Dia de Reis, com certeza.

Isabel abraça o guardanapo, fica feliz por eu ter acertado a resposta assim de imediato. Começamos os dois a desfiar tudo o que aqui acontecia a cada 6 de janeiro, data que, para dona Maria Celeste, era mais importante que o Natal. Os fazendeiros vizinhos, o povo do vilarejo, os empregados, todo mundo era convidado para a grande festa. A atração maior era o presépio vivo, com os pastores, os reis magos, Nossa Senhora, São José e Menino Jesus. Tinha os carneirinhos, o boi, o burrico, tudo. Só não tinha camelo. A criançada acreditava que os três bichões estavam pastando em algum lugar fora da fazenda. Os reis chegavam a pé por uma questão de respeito ao Rei Maior que acabara de nascer. A encenação comovia pela simplicidade. A Estrela Guia era sempre uma menina escolhida no vilarejo. Mas Isabel foi Estrela Guia. Leonor também foi. O Menino Jesus tinha de ser o bebê mais novinho que houvesse. Eu, Nicolau e Joaquim tivemos nossa oportunidade de deitar na manjedoura, é claro. Depois de grande, fui pastor várias vezes. Fui também Gaspar, fui Baltasar. Fui São José justo quando Isabel foi Nossa Senhora. Armações do destino? Não faço ideia. Sei é que, durante a encenação, o meu São José, apaixonadíssimo, não tirava os olhos de Nossa Senhora e, por pensamentos, pecou várias vezes contra a castidade. Todos notaram, é óbvio — o que me valeu um carão de mamãe assim que os reis magos se foram e eu voltei a ser Antonio. Isabel acha graça, diz que é isso mesmo, suspira, sente uma saudade boa. Tanto ela quanto eu nos surpreendemos com o fato de nossas versões coincidirem. Desta vez, coisa rara, todos os itens batem! Normalmente, meu passado volta com cores fortes, bem vivas. Um colorido meio Almodóvar, meio Frida Kahlo, ela exemplifica. O dela, mais comedido, vem sempre num sépia bem suave. Mas neste instante, para nossa alegria, voltamos nos mesmos tons a um mundo que já não existe, mas que está bem arquivado e podemos acessá-lo fácil, num piscar de mente.

— Como é que simples guardanapos são capazes de trazer tanta recordação?

Porque fizeram história, são a prova real e dos nove que um grupo de pessoas se reunia regularmente para celebrar — não importa o quê. Festejavam a vida e pronto. A data, religiosa ou pagã, era pretexto. Podia ser Páscoa ou Carnaval. Esses guardanapos têm alma. Aliás, todo ser inanimado passa a ter alma no momento em que se lhe imprime afeto. As coisas também aspiram a uma existência sensível.

— Vou usá-los hoje com as toalhas redondas, está decidido.

Isabel fala firme, com uma voz ancestral, quase comando, que vem de antepassados esquecidos. Os 96 guardanapos para 12 mesas de oito serão suficientes, garante — este é o número aproximado de pessoas que esperamos, se todos vierem e contarmos eventuais agregados. A iniciativa me comove. Será a primeira vez que esses panos serão postos em uso depois da morte de dona Maria Celeste e numa ocasião diferente da Festa de Reis.

— Obrigado, querida.

— É uma homenagem minha a seus pais e à Tia Palma. Este 11 de julho será especial, você vai ver.

— Bom, vamos cuidar da vida, que daqui a pouco a turma está chegando!

Volto para cozinha com ânimo redobrado e a certeza de poder abraçar o mundo sem nenhum esforço. Mente quem diz que velho vive de memórias e jovem vive de esperanças. Eu vivo das duas. Memórias e esperanças temperam os meus atos, dão gosto ao meu presente. Agora, por exemplo, como qualquer rapazote ambicioso, sonho com um futuro brilhante à minha frente. Não perco tempo conjecturando se futuro distante, se futuro imediato. Futuro, ponto. Com todas as delícias e aflições do não saber. Com toda expectativa, com toda ansiedade daquele que, apesar de medos e dúvidas, espera o melhor. É isto mesmo. Confio, acredito, levo fé. Insisto em que a vida ainda me reserva belas surpresas. Só não cruzo dinheiro, porque cedo aprendi que a gente teima mas não aposta. Hoje, o álbum de família há de se completar. Meus irmãos, todos octogenários como eu, virão e trarão suas tribos. Rosário e Nuno, meus filhos pródigos, estarão comigo e, com certeza, trarão seus pares. Meus netos também vêm, é claro. Bernardo, bandido, me telefona, está de amor novo. Diz que eu vou cair para trás quando souber quem é. Diz também que, desta vez, é para valer.

— Mas Bê, ainda outro dia você me apresentou... como é mesmo o nome dela?

— Ah, Vô? Outro dia é outro dia. Pode ser ontem, pode ser amanhã. O importante é hoje!

— Tem razão, Bê. Tem toda razão.

Lugar aprazível

Em 1958, quando estavam para completar 50 anos de casados, morreram papai e mamãe. Ele, em maio. Ela, em junho. Meses antes, me chegaram com uma história que me deixou curioso. Haviam decidido festejar as bodas de ouro "em lugar aprazível".

— É mesmo? Onde? Posso saber?

Os dois se olham com riso maroto. Dizem que nem eles sabem ao certo. Tudo haverá de ser uma grande surpresa.

— Já sei: Viana do Castelo! Vocês vão festejar as bodas em Viana do Castelo!

Qual nada. Dizem que, sem Tia Palma, não tem cabimento voltarem a Portugal. Estou longe de adivinhar. Por mais que eu tente, um e outro brinca: está frio, esfriou mais ainda, ih, gelado, não vais conseguir.

— Está bem, desisto. Já disse tudo que é lugar. Meus conhecimentos de geografia não chegam aonde vocês pretendem ir.

— Agora, esquentou.

Mamãe acha graça, também admite que esquentou, mas não me anima a prosseguir. Diz que é bobagem minha querer saber, perda de tempo. Seja onde for, querem é estar bem e que as bodas sejam comemoradas em lugar aprazível.

Lugar aprazível. Passo semanas pelejando com isso, e quando encasqueto uma ideia, difícil me livrar dela: e se os dois pegam as malas e viajam assim de repente sem nos dizer para onde vão? São saudáveis, lúcidos, eu sei. Mas não são crianças. Não podem mais se meter em determinadas aventuras. Os dois estão sob minha responsabilidade. O que dirão meus irmãos se lhes acontece algo? Converso com Isabel, pergunto o que ela acha, estou realmente preocupado.

— Coisa de velho, Antonio. Falam por falar, vão a lugar nenhum, você vai ver. Esse lugar aprazível deve ser a varanda lá da casinha deles. Não é ali que eles ficam a maior parte do tempo?

— Semana que vem já é março. As bodas de ouro serão agora em julho. Vou ter que falar com a Leonor, o Nicolau e o Joaquim. Precisamos combinar alguma coisa. Faz pouco tempo que Tia Palma não está mais entre nós, eu sei, mas a data não pode passar em branco.

Aflição inútil a minha. 11 de julho de 1958 é um dia como outro qualquer, com cada um cuidando de sua rotina. Conforme haviam combinado, papai e mamãe foram festejar seus 50 anos de casados no tal lugar aprazível que minha geografia desconhece. Só faço é mandar celebrar uma missa aqui na capela da fazenda. Comparecemos Isabel, eu, as crianças, os empregados e alguns amigos da vizinhança.

Durante a celebração, meus irmãos me entram pela cabeça sem avisar. Compensam as ausências me ocupando a mente desse jeito. Estiveram comigo, um mês antes, para darmos destino às poucas coisas que nos cabiam como herança. Chegaram sem as famílias.

A visita foi rápida e a "partilha" foi tranquila — acredito que já estávamos purificados pelo vômito coletivo no dia do enterro de Tia Palma. Para meu alívio, Leonor levou praticamente tudo. Joaquim e Nicolau ficaram com uma coisa ou outra. Pedi para mim o oratório. Todos concordaram de imediato. Havia longos silêncios enquanto íamos separando isso e aquilo. Jogamos muita coisa fora. Foi Leonor quem sem pestanejar enfrentou os armários com as roupas e os guardados. Rasgamos papéis, determinamos o que poderia ser doado, conservamos o que para nós fazia sentido. A divisão foi se acertando com inacreditável facilidade. Lá pelas tantas, não sei de quem terá sido a iniciativa, improvisamos uma refeição ligeira e nos sentamos pela última vez à mesa da infância. Rimos, lembramos casos engraçados de Tia Palma, súbitos destemperos de papai e pequenas manias de mamãe. Senti saudade no singular. Estávamos bastante emocionados quando nos despedimos, talvez porque já intuíssemos o afastamento gradativo. Joaquim chorou muito. Leonor estava nervosa. Seus óculos lhe caíram quando me beijou. Felizmente não quebraram. Nicolau foi o que me deu o abraço mais forte e demorado. Nossos corpos se colaram sem deixar fresta. A ele me entreguei inteiro e ele deve ter sentido.

Tudo isto vai me passando pela cabeça enquanto automaticamente me ajoelho, levanto ou sento de acordo com os comandos do padre e o barulho do movimento dos que estão em volta. Para uso externo, sintonizado. No íntimo, completo desencontro — só baixo à terra na hora da elevação. Quando o sacristão soa a campainha para a consagração do pão e do vinho é que participo da missa e peço contrito pela alma de meus pais. Mas também dura pouco. Logo me ponho a imaginar como será o lugar aprazível para onde foram.

Ite missa est. Deo Gratias. À porta da capela, recebo os afetuosos cumprimentos dos presentes, todos com alguma palavra boa sobre papai e mamãe. Vou folheando os rostos, apertando as mãos. Sorrisos tristes. Vez ou outra, desvio o olhar para longe sobre o ombro de alguém que vem e me abraça. Reparo que, aos poucos, as pessoas se dispersam, tomam rumo. Isabel volta para casa com as crianças, os empregados retornam à lida, alguém oferece condução para o padre. O sacristão fica, trabalha na fazenda. Seu Gregório, vizinho de longuíssima data e último a se despedir, faz questão de elogiar minha iniciativa. Me dá um tapinha trêmulo no rosto, põe o chapéu e segue seu caminho. Também ele vai diminuindo de tamanho até ficar bem miudinho e ser engolido pela paisagem. Fim de ato.

Vai entender: agora que estou sozinho e posso voar à vontade, não voo. Fico aqui pousado em frente à capela, todo terra, pinicando gravetinhos no chão. O friozinho de julho me estimula, me refrigera os pulmões. Passo o azul em revista, não há nuvem no céu, sequer para remédio. Pássaro avoado, viro a cabeça para um lado e para o outro, mais duas pinicadas no gravetinho e questiono. Voar agora? Para quê? Me vem a certeza de que não preciso ir longe. Tão bom aqui. O lugar aprazível é exatamente onde estou. Minha curiosidade se alegra em querer desvendar este chão ao redor.

O possível

Jovens, queremos o impossível, e isso é bom, porque o desatino nos dá preparo físico e fôlego para a realização de nossos sonhos. Adultos, aprendemos aos poucos a nos contentar com o possível — o sucesso possível, a saúde possível, a beleza possível, a ousadia possível — e isso é bom, porque a moderação nos vai ensinando o desapego necessário para, chegada a hora, podermos deixar a vida que é vigorosa e linda demais.

Só depois da morte de mamãe, papai e Tia Palma conheço essa medida do possível, ligada, evidentemente, à noção da minha finitude. Assim, aos 38 anos, passo a ser minha última instância. Na família, ninguém acima de mim para me dizer o que é certo ou errado. É que, com a ausência dos três, reconhecidos por mim como autoridades máximas, fico sem ter a quem apresentar serviço. Ninguém mais para avaliar os meus feitos, os meus progressos. Para apontar os meus erros, para louvar ou censurar as minhas loucuras, as minhas ambições quixotescas. Ninguém com mais experiência e estrada para ponderar comigo. Também fico sem ter a quem pedir a bênção e, portanto, sem poder ouvir o "Deus te abençoe" — garantia absoluta de que nenhuma força seria capaz de me fazer mal. Hierarquicamente — não por mérito, mas por antiguidade — sou investido de um poder que não pedi, obrigado a assumir o papel de última instância na família. O mais duro é ter que concordar com a visão mais realista do meu irmão Joaquim: eu agora sou a bola da vez!

A verdade é que, desaparecidas essas três grandes figuras que, por meio de ensinamentos e exemplos, me deram ânimo e coragem para perseverar nos meus sonhos, me dou conta de que, na impossibilidade de dar sentido à morte, todos, sem exceção, somos obrigados a ir tocando a vida dentro do possível. Nos consolamos com a religião possível ou nos explicamos com a ciência possível, sem saber muito bem de coisa alguma.

Isabel percebe este meu estado de ânimo, tanto que, quando semanas depois do enterro de mamãe ela me pega chorando sozinho no quarto, vem, me levanta a cabeça, me enxuga as lágrimas com os dedos e me dá a senha que preenche plenamente o vazio deixado pelo antigo "Deus te abençoe":

— Eu estou do seu lado e preciso que você esteja do meu.

A nova bênção não evoca nenhuma força além das nossas e não nos garante nada além de troca. Mas nos fortalece ao nos tornar responsáveis um pelo outro. A partir de então, nos momentos mais importantes de minha vida, passo a repetir: Isabel está do meu lado e precisa que eu esteja do lado dela.

Não que antes já não estivéssemos lado a lado. Faz anos que nos tornamos responsáveis um pelo outro, é claro. Mas era diferente. A ausência dos mais velhos muda tudo. Agora, o senhor Avelino, dona Maria Celeste, papai, mamãe e Tia Palma são lembranças, são preces, são retratos em cima da cômoda. Talvez o futuro reencontro seja possível. Talvez, não.

Susto

Alguns filhos, convencemos. Outros, vencemos. Ditado antiquíssimo. Bobagem? Não sei. Presto atenção em Nuno e Rosário. Seres completamente diferentes. Petulante, Rosário se impõe. Desarmado, Nuno se expõe. Diante de um não, Nuno pergunta o porquê. Ouve atento as explicações, contesta ou não, e pronto, página virada. Rosário lá quer saber? Sem dar ouvidos, birra, desatende, faz pirraça. Até que ganha o merecido castigo e emburra, rumina, se ressente.

Estão impossíveis, os dois. Cão e gato. Mas prefiro o estado de beligerância entre eles. Quando amigos, aprontam horrores e o desastre é completo, porque ao atrevimento de Rosário, soma-se a criatividade de Nuno. Com as desavenças, já tenho prática. A causa é quase sempre a mesma: ela quer mandar e desmandar no irmão. Ele não aceita, mas está sempre aberto ao entendimento.

Tento ler meu jornal sossegado. Inútil. Nuno vem se queixar porque, ao brincarem de escola, ele tem de ser o aluno e a Rosário só quer ser a professora. Faço ver a ela que é justo que os papéis sejam trocados de vez em quando. Será até mais divertido. Ela, nada. Uso todos os argumentos possíveis, gasto português e saliva. À toa. Rosário se recusa terminantemente a ser aluna. Já cheio, determino com outro tom de voz que ou ela deixa Nuno ser professor ou não haverá mais brincadeira. E mais: levarei o irmão para passear e ela ficará de castigo em casa. Rosário para, pensa. Mesmo contrariada, cede. Não é boba. A ficar de castigo em casa e sem brincar, prefere ver o irmão professor. E lá vão os dois para o quarto com o precário acordo de paz. Volto ao jornal saboreando minha vitória. Afinal, incapaz de ser convencida, Rosário foi vencida.

A alegria dura pouco. Sinto nova e súbita tempestade vir do corredor em minha direção. Já ouço de longe a trovoada. Nuno entra ventando. Rosário, atrás, venta ao mesmo tempo. Minha paciência, no limite.

— Fala um de cada vez! O que foi agora?!

— Pai, o Nuno é que estragou a brincadeira! Eu deixei ele ser o professor!

— Estraguei nada! Assim eu não quero! Não quero, pronto!

— Não quer por que, Nuno? Você já não é o professor?

— Sou, pai.

— Então? Qual o problema?!

— Eu sou o professor. Mas agora as bonecas é que são as alunas e ela é a diretora do colégio!

Insuportável a Rosário com essa mania de querer estar sempre em posições de comando. Nuno, como já disse, defende o seu território, acho ótimo. Mas é uma chatice, porque são batalhas diárias: o dividir o refrigerante ou a sobremesa, o entrar primeiro no banho, o sentar no banco da frente do carro. Tudo motivo de disputa. Só quando estão de férias e vamos para a fazenda, Isabel e eu ganhamos algum descanso. Os dois ficam soltos, têm amizades por lá e cada um vai para o seu lado. Mas aqui no Rio de Janeiro, mesmo em quartos separados, um vive a atazanar o outro. Ainda assim, confirmo, nesta "Nada Divina Comédia", prefiro o Inferno ao Paraíso, os chifres às auréolas. Quando estão amigos, aí sim, é o terror. Posso esperar que vem coisa.

Não me esqueço. O maior susto da minha vida: 20 de dezembro de 1959. Os dois agora, já com 11 anos. Amicíssimos há dias. Eu, como sempre, na cozinha. Oriento a Conceição, dou instruções aos outros empregados, Roque chega com a lista para o armazém. Dez e meia da manhã, se tanto. Muito por fazer. Ainda por cima, sexta-feira, dia de movimento no restaurante. Isabel, na rua. Compras natalinas de última hora. De repente, estrondo de pancada violenta e vidraça se partindo. Meu Deus! O que foi isso?! Todos corremos para acudir. Ao entrar no salão do restaurante, me deparo com a cena. Rosário e Nuno caídos dentro da vitrine espatifada, ambos cobertos de sangue e aterrorizados, a escada de abrir e fechar por cima deles, cacos de vidro e de espelho por toda parte, o pote de cristal em mil pedaços, o arroz derramado pelo chão, o caos. Tento acalmar meus filhos, peço que não se mexam. Antes de tirá-los de onde estão é preciso remover um imenso pedaço de vidro ainda preso na moldura da vitrine. Finalmente, com o maior cuidado, Roque e eu conseguimos trazer as crianças para fora e avaliar a gravidade do acidente. Rosário por certo quebrou o braço, grita ao menor movimento. Deve também ter batido com o queixo numa das prateleiras de vidro, porque o machucado é feio. Nuno tem um corte profundo na coxa direita e outro na altura do ombro. Temos que ir já para o pronto-socorro. As pernas bambas, o raciocínio confuso, procuro me controlar, que jeito? Digo a Conceição que deixe tudo exatamente como está, que tranque o salão e não permita ninguém entrar. Que um dos rapazes fique à porta e avise aos clientes que hoje o restaurante está fechado. Roque vai pegar o carro, Isabel chega neste exato momento. Respiro aliviado ao vê-la entrar para dividir o peso comigo. Sinto-me mais seguro. Mais forte até. As crianças percebem no ato os benefícios da presença materna. Em horas como esta, reconheço, o racional põe ordem na casa, comanda e serve melhor que o emotivo. Seguimos direto para o hospital, mas sem atropelos. Isabel transmite confiança. Com ela, a respiração de todos é outra e o ritmo cardíaco é outro.

No início da noite, já estamos de volta com nossos dois arteiros. Rosário com o braço esquerdo engessado e nove pontos debaixo do queixo. Nuno com o ombro e a coxa devidamente costurados. É hora de conversarmos e saber o que aconteceu. Vou com calma. Primeiro, porque o drama envolve o arroz de Tia Palma e entre o Céu e a Terra há muito mais que aviões de carreira. Segundo, porque, pela extensão do estrago lá no salão, o acidente poderia ter tido consequências muito mais graves. Meus filhos saíram praticamente ilesos dessa aventura. Milagre.

Rosário, ao lado da mãe, pouco fala. Ainda está bastante impressionada com os pontos e a dificuldade para mover o maxilar. Nuno, sentado mais perto de mim, toma coragem, confessa que queriam mesmo era pegar um pouco do arroz para fazer uma experiência. Diz que está lendo um livro que fala da comunicação com os mortos e que ensina uma porção de coisas. Isabel treme nas bases, quer distância desse tipo de conversa.

— Onde é que você conseguiu esse livro?

— Um colega meu lá do colégio me emprestou, o Fernando. A senhora sabe quem é, já fui estudar uma vez na casa dele.

Isabel não diz nada, mas a mão na testa e a maneira como levanta as sobrancelhas é gesto característico de reprovação. No fundo, acho graça. Procuro não demonstrar, mas gosto do que acabo de ouvir, gosto principalmente da franqueza de Nuno ao se dirigir à mãe em assunto tão polêmico. Minha curiosidade aumenta. Estou agora interessado em saber o que a leitura tem a ver com o arroz e o sinistro lá no salão. Com a honestidade que o caracteriza, Nuno responde sem rodeios. Faz uma semana que está com o livro. Começou a leitura sozinho, mas parou logo nas primeiras páginas. Teve medo. Por isso, chamou a irmã e propôs que o lessem juntos. Com a articulação ainda comprometida, Rosário confirma o fato apenas para se eximir de culpa. Nuno não se importa. Foi isso mesmo, e daí? Que a responsabilidade recaia toda sobre ele. Indiferente, segue adiante com a história. Parece até que sente prazer em poder nos contar tudo tintim por tintim sem as interrupções costumeiras da irmã. Admite que se entusiasmou quando leu que um espírito pode se manifestar e mover objetos. Rosário deixa escapar um riso nervoso, mas se contém. Isabel se persigna. Nuno vai por aí afora. Fico surpreso com os detalhes que dá. Sem querer assustá-lo, digo que já li algo a respeito e que só médiuns qualificados têm condições de se envolver com esse tipo de experimento que, em hipótese alguma, deve ser transformado em simples brincadeira. Nuno se aborrece. Para ele, o aprendizado é como aula de Ciências, é estudo sério. Isabel não quer saber. Acha que a conversa já foi longe demais. Respeita o espiritismo, mas experiências e leituras do tipo ficam terminantemente proibidas aqui dentro de casa. Que o livro seja devolvido o quanto antes e assunto encerrado.

Nuno é avesso a finais infelizes. Ainda mais finais assim, nada convincentes, decididos *manu militari*. Seus olhos denunciam — conheço meu filho. Olhos secos e coração cheio d'água. Um choro sentido, guardado dentro.

— Não fica assim, Nuno. Estamos só conversando. É que sua mãe não quer que nada de mal aconteça com vocês. Essas experiências podem até ser científicas, mas mexem com forças que não conhecemos. Você ainda é muito menino, é perigoso, entende? No futuro, quem sabe, você já mais adulto, possa se dedicar de verdade a isso. Hein? O que você me diz?

Nuno me abraça com força. Teatro? Isabel acha que sim — Nuno tem a quem puxar. Contrariada, me censura discretamente com a cabeça. Devolvo a mímica. Com o franzir quase imperceptível do cenho, discordo. Faço sinal para que nos deixem a sós. Isabel respeita. Cumpre nosso acordo, bastante prático e sempre bem-vindo, de nunca discutirmos na frente dos filhos. Sou gentilmente atendido.

— Pronto, filho. Você pode continuar se quiser.

Dou a ele o tempo que precisa. Entendo que é difícil falar sobre o que transcende à nossa compreensão.

— Eu sonhei com o arroz lá da vitrine caindo todinho na minha cabeça, assim que nem um chuveiro. Aí eu acordei com a Vó Palma do meu lado. Eu vi ela, pai. Juro que vi.

Nuno cruza duas vezes os dedos indicadores e beija.

— Não precisa jurar. Eu acredito.

— Ela sorriu para mim, disse que aquele banho de arroz era bom, que ia lavar uma porção de coisa ruim, mas que eu tinha que juntar ele todo do chão e guardar.

Nuno esfrega os braços, respira fundo. Mais interjeição que suspiro, solta forte o ar pela boca, olha para mim.

— Quando ela saiu, eu tive medo e acendi a luz do quarto.

— Isso foi ontem?

— Foi.

— E a ideia de pegar o arroz da vitrine, de quem foi?

— Foi minha. A Rosário não acreditou em mim, disse que eu não vi a Vó Palma coisíssima nenhuma. Que era tudo invenção por causa do livro. Daí eu falei que era verdade, sim, e que se ela pegasse um pouco do arroz, eu ia fazer ele se mexer e ela ia ter que acreditar.

— Nuno, Nuno. Que ideia mais boba, meu filho. Você achou mesmo que ia fazer o arroz se mexer?

Nuno faz que não com a cabeça. Depois, se justifica.

— Eu pensei que a Rosário não ia ter coragem de abrir a vitrine pra pegar o arroz.

— Pensou errado. Você conhece a sua irmã.

— Como eu vi a Vó Palma mesmo, pensei que ela ia me ajudar na experiência pra mostrar que eu disse a verdade. Mas ela não me ajudou nada.

— Pois eu acho que sua avó Palma ajudou você, sim. E de várias maneiras.

— Como?!

— Primeiro, impediu que você passasse vergonha na frente da sua irmã: você ia ficar que nem um bobo olhando para um punhado de arroz e não ia acontecer absolutamente nada. Segundo, você poderá atender ao pedido da sua avó Palma: vai juntar o arroz que está todo derramado lá no salão. Será um trabalho difícil porque tem muito vidro misturado. Mas isso lhe servirá de lição. Vai aprender a não pôr a mão no que não é seu. Então? O que me diz? Estou sendo injusto?

— Não, senhor.

— Quero saber só mais uma coisa: você acha que a Rosário deve ser punida?

— Não. Porque fui eu que falei para ela pegar o arroz. E disse que duvidava que ela ia ter coragem.

— Me orgulho muito de você, meu filho. Chegue aqui, me dê um abraço.

Nuno e eu nos tornamos uma só pessoa. Por algum tempo, ficamos somados nessa estranha matemática, em que 1 + 1 = 1.

Bênção ou maldição?

O restaurante, fechado. Prejuízo? Nenhum. Se meus filhos estão bem, tudo é lucro. Fica decidido: porta trancada, ninguém no salão sem consentimento. Ordens da alma. Cumpro. Às cegas, não. Pelo contrário, decisão nítida. Os cacos todos lá: dos pedaços de ameaçadoras dimensões aos fragmentos expostos de modo menos ofensivo. Das lascas de espelho, que se escondem atrás dos móveis, às camadas de pó de cristal que cobrem o chão. A escada virada, o arroz espalhado por todo lado, as manchas de sangue no assoalho: tudo exatamente como estava na hora do acidente. Exijo a contradição: o cenário esfacelado permanecerá intacto.

Antes, quero Nuno e Rosário restabelecidos. Cuido, paparico, sim. Preciso da aproximação com os dois. Se o indesejado criou a oportunidade, aproveito. Isabel acha exagero meu. Discutimos. Exagero?! Estão de férias, ora! Tento compensá-los de alguma maneira. Rosário, coitada, é a que mais sente. O gesso a incomoda pelo peso, pelo desconforto na hora do banho, pela coceira onde só a agulha de tricô e o talco alcançam. Menos mal que é o braço esquerdo.

Nestes dois dias, sem as obrigações com o restaurante, me ocupo quase que em tempo integral dos meus miúdos. Mais companheirismo que enfermagem. Muito mais. Jogos, histórias contadas e passeios de automóvel — um Hudson ano 56, azul-claro, conversível, 8 cilindros, hidramático. E a sensação maior: capota que abre automaticamente! Nuno e Rosário amam a novidade. Os dois agora sempre no banco de trás, sem choros nem discussões. Corto privilégios e eles acatam a nova ordem. O carro aberto lhes dá o que mais querem. Nuno, a sensação de liberdade. Rosário, o exibicionismo. Ao observá-la vez ou outra pelo retrovisor, a imagino de pé acenando para o público. Creio que, no íntimo, é o que ela gostaria de fazer se tivesse a certeza dos aplausos. Acho graça nisso tudo. E lá vamos nós a descoberto pela orla. Flamengo, Botafogo, Copacabana, Ipanema, Leblon, avenida Niemeyer, São Conrado, o clube de golfe. Floresta da Tijuca ou Recreio dos Bandeirantes? Floresta da Tijuca, a melhor opção. Mais aventura, mistério, romantismo. Cascata Taunay, capela do Mayrink, açude da Solidão. Os restaurantes Floresta e Os Esquilos. Neste, o pequeno teatro no jardim é joia antiga e rara, diversão garantida a céu aberto. Rosário, a diva. Nuno e eu, a plateia, óbvio. A danadinha se sai bem. Aplausos, assobios sinceros.

— Nuno, agora é sua vez. Rosário, senta aqui do lado do pai. Desce devagar, cuidado com o braço.

Os dois se cruzam no caminho. Caretas medonhas um para o outro — cumprimento típico de quando estão amigos. Nuno vai sem alarde. Rosário vem para tomar posse de mim. Empoleira-se no meu colo. Nenhum problema, desde que faça bem o papel de plateia. Nuno, já em cena, alheio. Típico, conheço a figura. Ele olha para o alto, em várias direções, acha graça. Nada de começar. Caminha pelo gramado do palco, sempre com a atenção para cima. Rosário se impacienta com a demora. Para ela, só pode ser gozação.

— Anda, Nuno! Deixa de palhaçada! Começa! Anda!

Nuno, riso impagável.

— Vocês não sabem o que eu acabo de descobrir.

Não. Rosário e eu não sabemos. Não fazemos a mínima ideia.

— Cada árvore tem seu penteado.

— O quê?! De onde você tirou isso?

Não preciso da resposta. É só reparar nas várias copas ao redor para lhe dar razão. Visualizo logo as diferentes cabeleiras verdes. Nuno se diverte com a descoberta. A palmeira usa o cabelo bem curtinho com franja, repara. Rosário participa da brincadeira. O coqueiro gosta do mesmo corte picado. Tem árvore de cabelo longo, todo solto. Aponto para aquela ali, meio eriçada. Que árvore será? Volumosos, crespos ou em cachos, Nuno está certíssimo: cada árvore tem seu penteado. Vamos agora os três caminhando pela mata. Natureza, salão de beleza. Vaidade espalhada nos detalhes, por todo lado. Deus: o Grande Cabeleireiro? Nos divertimos com nossas criancices.

Seis em ponto. Hora de levantar acampamento. A volta conversível para casa é quieta. Velocidade-passeio na vinda também pela Niemeyer. Rádio AM. Giro o seletor de canais. Chuviscos, chiados, ruídos incompreensíveis. Depois, alegre surpresa, a sintonia perfeita e minha música preferida ao mesmo tempo. Canto junto, afinadinho e baixo, felicidade discreta. No asfalto, curvas gostosas se repetem sem mesmice. Esta bem fechada me traz para o verde. A próxima dará para o mar aberto — eu gosto. Admiro as súbitas paisagens. No banco de trás, Nuno e Rosário lutam contra o sono. Cochilam no vaivém, batem com a cabeça no ar. Pensamentos me acompanham na direção. Me dou conta de que sou feliz quando, por instinto, me desvio de deveres e obrigações.

Em casa, volto à realidade. Isabel me buzina no ouvido, quer o restaurante reaberto. Diz que os clientes merecem consideração, não têm nada a ver com o que aconteceu.

— Está bem, está bem. Talvez você esteja certa. Amanhã, resolveremos isso. Satisfeita?

Ainda não. Isabel acha temeridade eu pôr o Nuno, um menino de 11 anos!, para juntar o arroz.

— Temeridade? Mesmo com minha ajuda e supervisão?!

— Punição boba, essa! Não tem cabimento, Antonio!

— Isabel, nosso filho tem 11 anos, mas não é nenhum bocó. Pelo contrário, é amadurecido demais pra idade que tem. Chamarei o Roque para retirar os pedaços de vidro que ainda estão presos na vitrine e representam maior perigo. Mas a limpeza e o reunir de novo todo o arroz, caberá ao Nuno e a mim.

— Outra coisa: a Rosário está se sentindo preterida.

— O quê?!

— Ela veio me dizer que também tem o direito de ajudar. Acho tudo isso uma maluquice, mas, raciocinando em cima da insensatez, por que só o Nuno? Afinal, foi a Rosário quem quebrou o pote do arroz. Ela também tem direito.

— Direito?! Primeiro, não estou dando ao Nuno um direito, mas uma obrigação. Uma punição, que pode ser boba como você diz, mas é exemplar. Segundo, já te disse mil vezes e vou repetir: Nuno e eu nos entendemos perfeitamente bem naquela nossa conversa. Ele demonstrou coragem, assumiu a responsabilidade pelo acidente, eximiu a irmã de culpa, achou justo o castigo que recebeu. Ponto final. A Rosário quer é folia.

— Você não percebe, mas sua predileção pelo Nuno às vezes se torna escancarada.

— Não é verdade! Trato os dois exatamente da mesma maneira!

— Sempre arruma um jeito de favorecê-lo, sempre. Esse episódio agora, Antonio, é ilustrativo. Será que você não vê o mal que isso pode fazer à Rosário e ao Nuno também?

— Procuro ser justo. Não sou Salomão. Posso errar vez ou outra.

— Ponha a Rosário para juntar o arroz com o Nuno. Ou faça o trabalho você sozinho, com a ajuda do Roque, da Conceição, de quem lá for.

— Não! Absolutamente, não! A Rosário nunca se interessou pela história do arroz ou por qualquer outro caso da família! Sempre que discutimos algum problema, ela simplesmente se levanta, vai para o quarto e fecha a porta. Prefere ficar ausente.

— Que mal há nisso?

— O Nuno, ao contrário, vive a fazer perguntas sobre os avós, quer saber detalhes. Se diverte e até se emociona com os enredos familiares. Está sempre participando dos nossos assuntos.

— Cada um é cada um. Ninguém é obrigado a ser o que não é.

— Concordo plenamente. Só que eu danço conforme a música. Se ela nunca dá a mínima para o que eu falo sobre o arroz, não tem agora que se sentir preterida.

— Está certo, Antonio. Faça lá como bem entender... Sua Tia Palma que me perdoe, mas às vezes me pergunto se esse arroz é bênção ou maldição.

Não bastassem minhas dúvidas a respeito estes anos todos. Mais essa agora. Dizer o quê? Fico calado — por incapacidade mesmo de dar resposta à altura. Assimilo com algum esforço o desabafo de Isabel. Boca fechada, mastigo bem, engulo a seco e pronto. As palavras duras vão goela abaixo, mas o gostinho amargo fica. Isabel sai. Fica a decepção: o "Eu estou do seu lado e preciso que você esteja do meu" não é a senha que deveria preencher o vazio deixado pelo antigo "Deus te abençoe"? Não é o lema que deveria nos tornar responsáveis um pelo outro? Por que ela não vem e me diz isso? Por que me deixa assim entregue aos velhos pontos de interrogação?

Bendito, o arroz? Maldito, o arroz? Sei lá, eu! Cabe a mim, discernir? Pois bem, cereal de luz ou de trevas, meu filho e eu estaremos no salão do restaurante amanhã bem cedo para colhê-lo. Vassoura, pá, mangas arregaçadas, nós dois. Seja o que Deus ou o diabo quiser.

Um caminho diferente

A vida surpreende. E como! Depois da discussão boba sobre o bendito, ou maldito, arroz, apaguei. Dormi o sono dos justos. Sinto-me ótimo, refeito, bem-disposto. Duvido que Isabel, mesmo com a marca de oito horas seguidas, tenha conseguido melhor noite que eu. Já de pé, riso vencedor, um olho meio aberto, o outro, apertado que não abre, gemido longo e feliz de quem se espreguiça, me estalo e me estico todo para chegar ao máximo de mim mesmo. Hoje é o dia. Nuno e eu daremos conta do recado. O salão reaberto. Colheremos novamente do chão o arroz de Tia Palma. Bem mais difícil, agora. Ter de separá-lo do vidro moído exigirá paciência, eu sei. Novinho em folha e assim exclamativo — já purificado pela ida ao banheiro, é claro — chego à copa para o café da manhã.

— Bom dia, Conceição! Bom dia, Roque!

Os dois me respondem em duo. Estamos todos muitíssimo bem ou sou eu que nos vejo assim? Manhã de brisas frescas, nem parece dezembro! Cheiro de café sendo passado no coador, mesa posta, pão francês quentinho! De repente, flagro.

— Que olhares são esses?!

— Nada, nao, seu Antonio.

Roque não sabe mentir. Conceição não sabe disfarçar. Desde que, casalzinho novo, vieram da fazenda para trabalhar conosco são assim: honestidade estampada no rosto. Portanto, aí tem coisa. Coisa boa, imagino, porque as expressões são de travessura ingênua. Não dou importância. Peço à Conceição que, depois de me servir, vá acordar o Nuno. Ele hoje tem trabalho duro pela frente.

— Já chamei, seu Antonio. Ele tá no banho.

Conceição e Roque se riem. Percebo nova troca de olhares, mas continuo fazendo que não vejo. Neste exato momento, meu universo se resume a este pãozinho com manteiga e a esta xícara de café com leite. Depois de pôr o açúcar, pego a colherinha e mexo. Quem é Roque? Quem é Conceição? Dei sobrenome? Disse idade? Descrevi as feições? Alguma informação sobre as famílias de um e de outro? Que grau de parentesco comigo? Como vieram parar na minha vida e eu na deles? Quantos Roques e Conceições existem e nem falamos muito sobre eles? Seres iluminados, parentes de uma vida inteira ou de boa parte dela, que ajudam, prestativos, generosos. Parentes essenciais. Sem os Roques e as Conceições, a vida não gira nas xícaras, o planeta freia, o universo para. Nada roda, não. Mas o Criador pode ficar sossegado porque eles existem e estão sempre por perto. O café é a prova. Eu provo. Este pouco de Deus está bom de doce.

Nuno entra de banho tomado. Impecável. A combinação da roupa, o penteado, tudo — talvez tenha exagerado um tico na altura do topete e na quantidade de Gumex. Conceição se diverte.

— Eu não disse, seu Antonio? Olha ele aí!

Nuno sabe que aprecio rituais. Talvez por isso a postura, o apuro nos modos. Fico surpreso e orgulhoso ao mesmo tempo.

— Você está muito bem, meu filho. Mas acho que vamos ter que vestir algo mais confortável. Isso não é roupa de trabalho.

— O trabalho está pronto, papai.

— Pronto?! Como, pronto?!

Nuno estufa o peito. Conceição e Roque arregalam os olhos. Me dou conta.

— Eu bem que adivinhei pelo jeito de vocês que aí tinha coisa. Cúmplices do Nuno! Só me faltava essa!

Levanto-me feito mola que se solta da cadeira, quero só ver o que me aprontaram. Aposto que tem dedo da Isabel nisso. Os três, feito rabo atrás de mim, juram que não. Conceição bem que tenta se explicar.

— Achei bonita a ideia do Nuno chamar o Roque pra ajudar ele a fazer o serviço para o senhor. E acabou que eu ajudei também.

Discussão inútil, aflições descabidas. O que está feito está feito, mas, teatral como de costume, não me conformo.

— Proibi terminantemente que entrassem aqui! Todos! Sem exceção! É muito atrevimento, muito!

— Não veja assim, seu Antonio. Pelo amor de Deus. O Nuno só quis agradar. Saiu tudo direitinho, o senhor vai ver.

Eu sei que terá saído tudo direitinho. É claro que eu sei. Nem precisa a Conceição vir me dizer. Mas as coisas não são tão simples assim na minha cabeça. Como explicar a eles? Adianta? Não, não adianta. Guardo para mim a frustração. Tanto ensaio mental para quê? Não vai haver peça! Sem a mágica do espetáculo, qual a graça? Me diz, Tia Palma! Tudo perdido: o ritual programado, o maravilhoso número do "Abre-te Sésamo!" para meu filho, o fazer ver a ele a responsabilidade que teria diante de si, a solenidade de dar início ao trabalho de colher o arroz... O que tanto mais eu seria capaz de produzir para transformar a simples tarefa em evento? Bolas! Destranco a porta, o mais mortal dos mortais, o mais comum dos comuns, ator sem papel. Eu que me julgava o único capaz de permitir ali o acesso, de decidir o nome dos iniciados que seriam chamados a entrar no salão e a subir no palco, de lhes revelar a senha. Entro — revoltado espectador. E a vida mais uma vez surpreende. E como! Fico boquiaberto com o que vejo.

— O que é que vocês fizeram aqui?!

Sinto a respiração dos três atrás de mim. Ouço os corações baterem acelerados, descompassados com o meu.

— Como foi possível tudo isso?! E eu não percebi nada! Como é que deu tempo?!

— A gente trabalhou de madrugada. Deu tempo de sobra.

— Meu maior desapontamento é com você, Roque. Que o Nuno tenha imaginado essa façanha, eu até entendo. Mas você não podia ter estimulado a desobediência, o passar por cima de uma determinação minha.

— Não estraga a nossa alegria, seu Antonio. A gente fez tudo com tanto carinho, com tanto entusiasmo. Com o maior cuidado para não acordar ninguém na casa. O Nuno trabalhou duro, patrão. Fez questão de cumprir tudo certinho conforme dona Palma orientou ele no sonho. Ele mesmo me fez ver. É motivo de parabéns, não é motivo de zanga. Olha ali pra cima da mesa, seu Antonio. Vai lá e olha bem e diz se não é coisa de sentimento bom...

Pelo nervosismo, o discurso é sem fim e a cada frase do marido, Conceição balança a cabeça em sinal de aprovação. Nuno, abraçado na cintura dela, não tira os olhos de mim, tenta me ler pensamentos. Terminada a fala de seu defensor, aguarda ansioso um chamado meu, um comando, um simples sinal que lhe permita algum tipo de ação. Mas também sei surpreender e não é a ele a quem me dirijo. Peço, sim, ao Roque e à Conceição que saiam e fechem a porta. Quero ficar a sós com meu filho.

Vou em direção à mesa. O arroz ensacado numa fronha de linho branco. Me aproximo, olho bem de perto. Que fronha será essa? Avulsa? Terá desfalcado algum jogo? Nuno não ousaria tanto. A inicial "P" bordada determina a origem, mas não me aviva a memória. De onde terá saído? Passada e engomada, alvíssima, exalando perfume fresco. Nenhum sinal de pano guardado. A curiosidade me obriga a fala.

— Onde é que você arrumou essa fronha?

— Era da Conceição. Ela me deu.

— Da Conceição? E esse "P" aqui bordado? Não será de "Palma"?

— Não, senhor.

— Não?

— A fronha era da mãe da Conceição, que se chamava Pilar.

Nuno não vai adiante. Conheço-o melhor que ninguém. Intui que se movimentou bem e preciso. Quer me obrigar a novas perguntas, como o estrategista que, no jogo de xadrez, obriga o adversário a determinado movimento. Mas ele também me conhece, sabe que sou capaz de saídas de emergência. Em vez de outra pergunta, que seria passo previsível, ou do calar, que poderia ser interpretado como ponto para ele, recorro à memória que só eu alcanço. Preciso desconcertá-lo, mas com sinceridade e verdade.

— A Pilar era uma mulher extraordinária, de fibra. Trabalhou conosco na fazenda no tempo do seu Avelino. Quando ela morreu, você ainda não era nascido.

Nuno abre um riso travesso diante do xeque que lhe aplico e, sem a menor intenção, me revida com xeque-mate.

— O senhor conhece a história de quando ela pegou os dois filhos mais novos revirando a bolsa dela?

Não, eu não conheço a história. Encerro o jogo aqui mesmo, deito meu rei no tabuleiro. De coração aberto e atento, me interesso por um tempo que é meu, mas a memória é do Nuno e ele me faz o caso voltar fresquinho ao presente: ela pegou os dois pelas orelhas, perguntou, brava, o que é que eles estavam fazendo ali. Os meninos confessaram que queriam umas moedas. Diz que a mãe, entre emocionada e severa, deu castigo duro.

— Oceis podi num sê frô qui si chere, mas memu assim saum frô. E eu tenhu mais é qui cuidá dessi canteru.

Nuno — terá puxado o talento de Tia Palma? — remeda voz de mulher negra da roça. É a Pilar sem tirar nem pôr. Não a conheceu em vida, mas foi apresentado a ela pela Conceição. E, agora, por intermédio de um passado que vivencia, me desarma e ensina. Canastrão e pretensioso, eu. Olhando para o próprio umbigo, me esqueci de que, não só esse número, mas todo o espetáculo aqui do salão, era mesmo do Nuno. Ele tinha o direito de fazer do jeito dele e de chamar quem quisesse para contracenar. Chamou o Roque e a Conceição. Perfeito. Saiu-se muitíssimo bem. Motivo de parabéns e não de zanga. A partir deste reconhecimento, mudo minha postura diante dele. E chego a me perguntar aqui com meus botões se o livro que lhe foi parar nas mãos, a visão de Tia Palma, o grave acidente e agora este episódio não são indícios de que, em futuro próximo, o arroz será dele. Paro por aqui — Isabel diria que minha predileção por ele é escancarada e eu discordaria com veemência: o amor que tenho pelos dois é igual. Ainda temos muito chão pela frente, o mundo dá voltas e é bem provável que Rosário se case antes dele. Mas que eu gostaria que Nuno ficasse com o arroz, ah, isso eu gostaria! — vontade que não tem nada a ver com amor. É xodó, pronto. Xodó não se explica. Culpa? Nenhuma.

— Mas me explica uma coisa, meu filho: a ideia de pôr o arroz dentro dessa fronha foi sua ou da Conceição?

Nuno percebe o tom mais carinhoso da minha voz. A mudança lhe dá asas.

— Foi minha, ué! Eu disse que seria legal pôr o arroz dentro de uma fronha. Daí, a Conceição se lembrou que tinha essa da mãe dela guardada, só como recordação. Quando ela trouxe e mostrou o "P", a gente viu que era um sinal da Vó Palma dizendo que estava tudo certo.

Nuno abre a fronha, pega um punhado do arroz e o deixa cair de volta. Os olhos brilham, diz que está todo ali, não falta um só grão. Posso olhar o salão todo, fresta por fresta, nenhunzinho para amostra. Todo limpo dentro da fronha. Sangue, nenhum. Vidro, nenhum. Só não sabe é o que fazer com a fronha e o arroz. Isso a Vó Palma não disse.

— Vamos esperar. Quem sabe um dia desses ela não nos inspira, a mim ou a você, a encontrar um lugar para ele, não é verdade?

Nuno faz que sim com a cabeça. Sente-se realizado, eu vejo. Trilhou um caminho diferente do que o que eu havia planejado para ele. Foi vitorioso sem a minha ajuda. Terminamos nossa conversa. A porta do salão fechada. Dou a meu filho o direito de abri-la. Saímos os dois abraçados. Eu, mais menino. Ele, mais homem.

Poucos dias depois, Tia Palma e Pilar me vieram em sonho. As duas tinham recado para mim.

— Antonio, a vaidade exigiu seu preço. Foi tudo pago. Que o arroz, assim como está, volte ao oratório e lá permaneça até a hora que for. As bênçãos de sua Tia Palma.

— Ocê, Totonhu, podi num sê frô qui si chere, mas memu assim é frô. E eu tenhu mais é qui cuidá dessi canteru.

Nuno 1968

Nuno deixou o cabelo e a barba crescerem. Acaba de chegar de Paris. Parece foi ontem o vi entrar por essa mesma porta, anunciado pela Conceição, o topete alto, engomadíssimo de tanto Gumex. Como poderá mudar assim de chofre e eu nem perceber? A voz que desafina e depois engrossa, o corpo que se modifica enquanto dorme, enquanto durmo. Da pele brotaram pelos, do coração, revoltas. De repente, homem. Homem futuro, presente e passado: três pessoas distintas reunidas numa só — conheço este mistério da terreníssima trindade. Arrastados por nossos próprios atos, somos sempre a ação brevíssima entre projetos e recordações. Por segundos, me vejo na fazenda, na varandinha lá de casa, comunicando a meus pais minha vinda para o Rio de Janeiro. Diante de mim, Nuno agora são os gestos largos e as novidades que me conta com entusiasmo. O mundo de lembranças da viagem longa — lembranças das quais não faço parte — e o sonho de terminar os estudos no exterior — sonho que também não me inclui. Revide da vida? Drama barato, eu sei. Mas se me ocorre o teatro, que posso fazer?

— Sempre sonhei em lhe mostrar a Europa, andarmos juntos em Lisboa, Madri, Roma, Paris, Londres... Quis o destino um caminho diferente.

— Pai, pelo amor de Deus! Foi você que me proporcionou tudo isso! Poder viajar sozinho pela Europa durante um ano todo, estar em Paris justo em maio, ver tudo aquilo acontecer diante dos meus olhos! Você estava comigo, acredite!

— Não, não estava, meu filho. Minha Paris não é a Paris das barricadas. Não. Minha Paris é a Paris dos cafés, de Piaf,

Chevalier e Montand, dos passeios de braços dados. *Chacun avec sa chacune...*

— Minha Paris são essas aí e também a de *Danny le rouge*, das batalhas do Quartier Latin, e outras tantas, incontáveis. *Chacun avec sa chacune, chacune avec sa chacune, chacun avec son chacun! Voilà!*

— Não entendi a graça nem o que você quer dizer com isso.

Nuno muda a fisionomia. Me surpreende com o tom firme.

— Você pode até não achar graça, mas entendeu perfeitamente o que eu quis dizer. Em todo caso, vou repetir: "Cada um com sua cada uma, cada uma com sua cada uma, cada um com seu cada um! É isso!

— Não, eu ainda não entendi. Gostaria que você fosse mais claro.

Desarmado, Nuno se expõe. Desde menino. É assim e pronto. Sua adaptação da expressão francesa — que para mim sempre serviu para designar os variados tipos de casais que andam pelas ruas de uma cidade — sai sem querer e acaba abrindo nosso difícil diálogo ou, para ser mais preciso, nossos difíceis monólogos. Primeiro, o dele. Admito que tudo o que ouço é de uma coerência, de um amadurecimento e de uma honestidade que me impressionam. Contraditoriamente, mesmo desarmado, Nuno me golpeia firme com sua narrativa. Parece boxeador tarimbado que sabe perfeitamente os pontos fracos do adversário e vai batendo aqui e ali, devagar e sem trégua. Sem demonstrar um pingo de fragilidade, olhando em meus olhos o tempo todo, Nuno me explica como começou a se envolver com as manifestações estudantis, as ideias políticas, o contato com as drogas, o clima de liberdade sexual entre os jovens e, por fim, para me deixar completamente zonzo e nocautear, a sua amizade e o seu relacionamento com Augusto, um rapaz de 20 anos como ele.

— É isso, meu pai.

— É isso, meu pai?!

Estou nocauteado, sim, estirado na lona, o corpo moído. Enquanto eu mesmo conto até dez, o que me ocorre é ficar repetindo numa interrogação grogue o fecho do monólogo.

— É isso, meu pai?! Como é isso, meu pai?! Você acha que é assim tão simples?! Porque confia, chega e vomita tudo isso em cima de mim?!

— Vômito não é sinal de purificação? Você mesmo me ensinou.

Chega! Agora é a minha vez de falar. Aparentemente refeito, parto para o ataque. Ataque destemperado, nervoso, primitivo, triste de se ver e ouvir. Será por vergonha? Na realidade, não sinto vergonha do meu filho. Sinto vergonha é de mim. Da minha incapacidade de entender quem eu mais amo. Por isso, o ofendo. Insegurança minha. Canhestramente macho, continuo a recorrer à agressão verbal. A fúria dos insultos culmina com minhas mãos a lhe puxar pelo colarinho, nossos rostos tão próximos que poderíamos estar prestes ao beijo. Neste espaço — em que talvez não passe uma folha de papel — a distância que nos separa é desmedida. A dor da constatação me faz soltá-lo com relutância amorosa, mas com determinação suficiente para ainda conseguir me afastar e lhe dar as costas.

Terminados os monólogos, o do contar e o do agredir, mergulhamos os dois no mais absoluto silêncio. Nuno não revida. E ficará calado assim para sempre, tenho certeza. Silêncio de ponto final. Existe maior? Nuno é avesso a finais infelizes. Ainda mais finais assim, nada convincentes, decididos *manu militari*. Seus olhos denunciam — conheço meu filho. Olhos secos e coração cheio d'água. Um choro sentido, guardado dentro. O dentro que nem ele alcança.

— Me perdoa, filho. Eu não deveria ter dito o que disse.

Descrente, Nuno acha graça do meu pedido. Mais silêncio. Sou obrigado a continuar.

— Agora não tem volta. Está dito. Se eu pudesse apagar o que está gravado aí na sua mente. Mas, não. A vida não me dá esta opção. Tudo o que eu disser se somará ao que foi dito. Peso inútil. Mais perigo. Mais risco de desentendimento. Posso afirmar o contrário, posso negar, posso ponderar que não era a minha intenção. Não adianta. O que foi verbalizado não voltará em silêncio para dentro de mim.

Calado, Nuno me diz tudo o que lhe vem à cabeça e de forma contundente. Concordo com ele. Palavra mete medo, assusta. Toda palavra. A mais inofensiva, súbito, causa estrago. Uma combinação equivocada, um tom infeliz, uma vírgula precipitada ou omissa podem significar o desastre. Palavra machuca, deixa marca. Palavra mata. Palavra deveria ficar guardada bem no fundo, no alto dos armários. Longe do alcance das crianças. E dos adultos. Palavra é arma. É preciso ter porte para usá-la. Nuno tem. Porte e postura de quem sabe o que quer. Por isso, seu calar não dura para sempre. Nuno arrisca novamente comigo. É generoso.

— E se um dia eu esquecer o que você me disse? Esquecer mesmo. Apagar da memória naturalmente. Tanta coisa a gente esquece: datas, nomes, lugares... Pessoas que nos parecem tão importantes desaparecem para sempre. Não é o que você diz?

— Ofensas. Você não mencionou ofensas no seu rol de esquecimentos.

— Ofensas, também. Algumas.

— Algumas. Está vendo só? Não, você não vai esquecer.

— Por mim, ninguém fica sabendo do que houve aqui. Estamos entre quatro paredes, não há mais ninguém em casa, você já está falando baixo, conversando civilizadamente. Repito: por mim, ninguém fica sabendo de nada.

— Melhor assim. A conversa fica entre nós. Morre aqui, está bem?

— Eu não me refiro à conversa, pai. Me refiro à sua reação, a todos os insultos que, por consideração a você, me obriguei a ouvir. A conversa não morre aqui. Claro que não. Pelo contrário, a conversa acaba de nascer aqui.

— Você pretende contar à sua mãe, à Rosário, a todos...?

— A quem eu achar por bem contar. Por que não?

— Você conhece sua mãe, sua irmã...

— Conheço?

— Você não existe, meu filho.

— É interesse meu. Existir dá muito trabalho.

Seu tom novamente afetuoso, quase de piada, me deixa mais confortável. Já não me envergonho tanto de mim. Meio caminho andado para que, mais adiante, quem sabe, eu aceite o que hoje me causa decepção e constrangimento.

— Então está bem. Faça como você quiser. Mesmo não concordando...

— Chega, pai. Não diz mais nada, por favor.

Nuno tem razão, não é prudente, pelo menos por hoje, insistir em combinar palavras. Procuro, com honestidade, o antigo pai que haverá dentro de mim — aquele que assobiava despreocupado, aquele dos brinquedos de papel feitos à mão: barquinho, gaivota, espada, chapéu de duas pontas, que mais? Aquele que cantava irreverente: "Marcha soldado/ cabeça de papel/ se não marchar direito/ *tá livre do* quartel." E lá íamos os três, Rosário, Nuno e eu, desertores destrambelhados a desbravar a Floresta da Tijuca. As boas lembranças me rejuvenescem, me fazem espontâneo.

— Me dá um abraço, meu filho. Eu preciso.

Nuno respeita quem é honesto, quem não marcha direito e se livra do quartel. Abre o conhecido sorriso de entrega. Vem e se aconchega. Depois, sentindo o que me vai na alma, transforma naturalmente o gesto de afeto. Homem feito, caráter formado, passa a me cobrir com seus longos braços, protetores. Agradecido, eu confio. E pouso a cabeça em seu ombro esquerdo. O do lado do coração.

Rosário rima com Mário?

— Água que flui, água que cai. O que deve ficar fica. O que deve seguir vai.

O pensamento me vem em voz alta. Tia Palma volta e meia recorria a ele. Serve para consolar aquele que sofre porque é obrigado a abrir mão de algo ou de alguém muito querido. A louça de estimação que se espatifa, o casamento que se acaba, a amizade de anos que se perde... Tantas as situações a que o ditado serve como alento.

Quando, meses depois de nossa conversa, Nuno vai morar no exterior, passo dias e dias repetindo o "água que flui, água que cai" sem que me faça um pingo de efeito. Por um lado, o orgulho de ver meu filho estudando em Paris. Mas por outro, desproporcionalmente maior, a saudade do convívio diário. Por que tem que ser assim? Aprendizado besta este das ausências. E não me venham esfregar no rosto que meus pais largaram tudo em Portugal e vieram para o Brasil e que eu mesmo os deixei falando sozinhos aqui na fazenda quando fui para o Rio de Janeiro. Nem busquem o argumento bobo de que, ah, está longe, mas está feliz e realizado. Por que não poderia estar feliz e realizado aqui na casa ao lado ou até em algum bairro vizinho? Tantas as opções! Enfim, está certo, compreendo... Quem somos nós para decidir destinos? O melhor é ir recitando baixinho "água que flui, água que cai...". Mas daí a aceitar com alegria essas separações é outra história bem diferente. Quem encara naturalmente a despedida de um filho que vai morar no exterior? Detesto aeroportos. Sempre detestei. Mesmo quando eram menos desumanos e a comitiva familiar ainda podia ir para a varanda acompanhar o embarque do viajante querido. O ritual de partida parecia combinado: o passageiro dava um primeiro adeus entusiasmado logo que se fazia visível na pista a caminho do avião. Depois, subia solene a escada sabendo que continuava a ser observado por parentes e amigos. O passageiro parava rapidamente na pequena soleira lá do alto e, antes de embarcar, dava um último e largo adeus. Fim do espetáculo, com direito às lágrimas dos que ficavam. Foi assim com o Nuno. Exatamente assim.

— O que estará se passando agora pela cabeça de nosso filho? Estará pensando em nós?

Isabel que, apoiada em meu braço, também deu lá seus longos acenos e engoliu choro, é prática.

— Ora, Antonio, que pergunta! Está lá dentro amontoado com os outros passageiros procurando o número do assento, tentando acomodar a bagagem de mão, sei lá!

Tem toda razão, a minha mulher. Intuição feminina somada a instinto materno. Dá para competir? Nem sonhando ouso. E ela ainda discorre sobre a justíssima indignação do Nuno com o pouco espaço entre as poltronas. O pobre sofre por causa das pernas compridas.

— Ele bem que se insinuou para ver se eu lhe pagava bilhete de primeira. Pois sim! Nos abandona desse jeito e ainda quer conforto!

Mesmo eu tendo falado em tom de brincadeira, Isabel não gosta do comentário. Diz que nosso filho bem que merecia ir de primeira classe. Um excelente filho que só nos dá alegrias. Ué? Como é que pode? Não é ele o meu xodó? Pois é. Isabel não perde essa incrível capacidade de me surpreender. No bom e no mau sentido. Acho que é por isso que nosso casamento se revitaliza constantemente. Fiquei pasmo quando o Nuno foi ter a tal conversa com ela, a mesma que teve comigo e que eu quase enfartei. Pensei na ocasião: agora, sim, ele vai saber o que é o mundo vir abaixo. Veio? Veio nada. O cataclismo que eu esperava não chegou a um tremorzinho bobo de menos de zero vírgula um na Escala Richter. Ao Nuno, disse apenas que ele já era maior de idade e inteligente o suficiente para saber o que lhe era nocivo ou benéfico para a saúde — isso com relação a ele ter experimentado drogas. Depois, com aquele seu jeito fleumático e objetivo, enalteceu a educação que ela e eu lhe havíamos dado. Missão cumprida e, a seu ver, muito bem cumprida. Se, com o caráter já formado, ele, Nuno, achou por bem ter um rapaz como companheiro, que seguisse adiante e fosse feliz. Mas que arcasse de cabeça erguida com as consequências da opção e que depois não lhe viesse com lamúrias de que a sociedade lhe estava discriminando e outras choramingas mais. Impressionante. Não sei quem ficou mais surpreso com a reação de Isabel, se eu ou o Nuno. A maior preocupação dela? Se o tal Augusto era rapaz de boa família, se tinha princípios, ambições na vida. Enfim, se seria influência positiva para nosso filho. É claro que, mais tarde, sozinha comigo no quarto, ela pôs a fleuma britânica de lado e as raízes lusas prevaleceram. Chorou e muito. Não era bem isso que ela havia sonhado para o nosso filho. Mas insistiu que o mais importante era que o Nuno se sentisse feliz e apoiado em sua escolha. Essa é a minha querida Isabel. Sempre a me surpreender, sempre a me ensinar.

Quem casa quer casa bem longe da casa onde casa. Rosário levou o ditado realmente a sério. No mesmo ano de 1969, quando Nuno sai por uma porta, ela sai por outra e vai viver em São Paulo. Caiu-se de amores por um major do Exército.

— 46 anos! Mais que o dobro da idade dela e cinco anos mais novo que eu!

— A idade dele não me incomoda nem um pouco, Antonio. Me incomoda, sim, ele ser o casca-grossa que é. E ainda por cima trabalha no Dops!

— Há de haver pessoas corretas por lá.

— Não será ele, com certeza. Trabalha com censura, delação, tudo que é trabalho sujo, Antonio! E Rosário se casa com um traste desses!

— Agora, não tem jeito. Estão casados no civil e no religioso e o traste é nosso genro. O melhor que você tem a fazer é tirar essa maquiagem, esse vestido e eu me livrar destes malditos sapatos que estão me massacrando os pés.

— Não me conformo. O que é aquela família dele?! Me diz. Que gente pretensiosa, meu Deus do Céu!

— Meu amor, vá se trocar, já é tarde. Você está emocionada e exausta. E eu também.

— Nós devíamos ter feito mais oposição, não ter consentido nisso. Me arrependo de ter feito esse casamento, Antonio. Me arrependo tanto!

— Não diz bobagem, mulher. Você conhece muito bem o temperamento da Rosário. Se casaria com ele com ou sem a nossa permissão. É nossa única filha, está feliz com o homem que escolheu. Fizemos a nossa parte, pronto. Deixa lá eles seguirem a vida deles. Engraçado, que com o Nuno você foi muito mais generosa e compreensiva.

— As duas situações são completamente diferentes, não há termos de comparação. Não faço nenhuma restrição ao Augusto. Nunca fiz. Pelo contrário, nos meses em que nos visitava aqui em casa, só nos deu prazer. Agradável, espirituoso, culto e com uma bela família. Gente boa, simples como nós. Você mesmo diz isso.

— Eu sei. Só não quero é te ver assim arrasada por algo que já está decidido e não tem volta. Rosário rima com Mário. O casamento tem tudo pra dar certo. Tia Palma costumava dizer que um gambá cheira o outro.

— Vai brincando, vai.

O tom de Isabel é mais para ameaçar que para prevenir. Depois de breve suspense, ela revida.

— Posso te fazer uma pergunta?

— Faça.

— Você acha que o arroz de sua Tia Palma tem alguma coisa a ver com as opções do Nuno e da Rosário?

— Por que a pergunta?

— Estou curiosa com o destino que você pretende dar a ele.

— A última orientação de Tia Palma foi quando os meninos fizeram aquela travessura e o Nuno acabou ensacando o arroz na fronha da Pilar. O arroz deveria voltar à fazenda para ser guardado novamente no oratório. E é lá que ele está.

— Você não respondeu a minha pergunta. Que destino você pretende dar a ele?

O telefone toca e, sorte minha, aborta o que prometia ser uma daquelas discussões sem fim. Telefonista. Chamada de Paris. É o Nuno. Um momento, por gentileza. A ligação, péssima. Está me ouvindo? Está. Mal, mas está. Lá já são quatro horas da manhã, imaginava que ainda estivéssemos acordados, quer saber como foi o casamento, apesar de ele e a irmã não se falarem faz algum tempo. Já começaram a se estranhar quando ela soube das experiências dele lá em Paris e o alfinetava sempre que podia. Nuno não fazia por menos e aporrinhava a irmã por causa do "milico casca-grossa". O caldo finalmente entornou por causa de uma discussão à toa. Rosário falava mal de uma amiga em comum que, tinha certeza, andava traindo o marido. Nuno ficou possesso. Tentei acalmá-lo. Adiantou? Coisa nenhuma. Exaltadíssimo, veias saltando das têmporas, acertou na mosca.

— Pai, a Rosário é doente! Ela vê maldade até em dois recém-nascidos embrulhados em manta e dormindo em camas separadas!

Não pude me conter, imaginei a cena e tive um acesso de riso. A briga morreu ali. Rosário saiu batendo porta e eu e o Nuno às gargalhadas. Fazer o quê? O pior é que o majorzinho do Dops pôs lenha na fogueira e os dois deixaram de se falar. Por isso, essa generosa chamada internacional do Nuno não tem nada de gesto fraterno. Ao ligar às quatro da manhã de lá para saber se correu tudo bem durante o casamento da irmã, na realidade está querendo é se divertir à nossa custa, porque tem perfeita noção do que eu e Isabel tivemos que suportar durante a cerimônia religiosa e a recepção. Mas compreendo essas pequenas crueldades familiares. São inofensivas, repito sempre. E até certo ponto saudáveis, porque servem como cano de escape para desabafos que nos aliviam a alma e desopilam o fígado. Depois de rápidos comentários sobre a festa e sobre quem compareceu ou não, começamos a falar mal da família do noivo. Nuno de lá, eu e Isabel de cá. Quando estou na linha com ele, ela, grudada em mim, quase se enfia pelo aparelho adentro para poder ouvir o que ele diz. Na vez de ela falar, não faço o mesmo, é claro, mas, confesso, me roo de curiosidade a cada risada que ela dá. E fico em pé feito um bocó querendo saber inutilmente o outro lado da conversa. A verdade é que, ao desligar o telefone, Isabel já é outra pessoa. Fico feliz por ela e por mim. As tantas maldades de nosso filho, somadas às nossas, nos fizeram imenso bem. Isabel desabotoa o vestido como se tivesse 20 anos menos. Diverte-se ao lembrar o Nuno, com seu jeito palhaço, imitando o cunhado brucutu. Eu, colarinho aberto e já sem sapatos, sinto-me homem livre e com família abençoada. Nossos defeitos e picuinhas nos tornam humanos e iguais a todos os demais deste planeta. Aposto que os pais do "milico" estão também a nos desancar. Que o façam sem piedade, desde que com isso consigam, como nós, uma bela noite de sono. Rosário rima com Mário, o casamento desses dois mandões tem tudo para dar certo, torço de verdade. Só que — pelo sim, pelo não — o arroz de Tia Palma vai continuar bem guardadinho lá no oratório.

Desquites, divórcios e separações

Quer saber mais? Fins de 1977, se não me engano. A Lei do Divórcio é aprovada aqui no Brasil, muitos casais fazem a festa, comemoram com justiça a independência. Se o regime militar começa a dar os primeiros sinais de cansaço, o casamento de Rosário, a essa altura, já põe os bofes pela boca. Ela e o marido acabam partindo feio para a separação litigiosa. Felizmente, não tiveram filhos para presenciar tamanha baixaria. Imagino Tia Palma diante disso tudo. E concluo que fiz muitíssimo bem em não lhes ter dado de presente um só grão do arroz. Teria adiantado diante da aridez dos dois?

Nossa filha volta a morar conosco no Rio de Janeiro. O litígio dura dois anos com interurbanos desaforados e rotineiros e, evidente, um desgaste monumental para as duas partes. Mário, favorecido com rápidas promoções na carreira e tendo conseguido galgar bons cargos no Governo, torna-se ainda mais arrogante e truculento — a ponto de agredir fisicamente a mulher. Agride uma primeira e última vez. A agressão desperta em Rosário o melhor e o pior de sua personalidade. Resultado: como péssima cristã, em vez de dar a outra face, revida de modo desproporcional a bofetada recebida. Mário vai parar inconsciente no pronto-socorro com a traulitada que levou na cabeça. Eu, pessoalmente, acho que o vaso chinês da dinastia Ming, e que havia sido da coleção do senhor Avelino, não merecia esse triste destino. Seja como for, no final das contas — a do hospital e a da brigalhada — o casal entra em acordo. O brucutu assina o divórcio e deixa o caminho livre para Rosário que, ao brindar conosco a liberdade, não se conforma com os anos perdidos ao lado "daquele armário".

Depois, já de pilequinho, pensando melhor, acha que em alguns momentos chegou a ser feliz e que, mesmo minúscula, alguma rima entre eles foi possível. Lá pelas tantas, Isabel — estimulada também pelas generosas taças de champanhe e, diga-se de passagem, feliz da vida por ver nossa filha respirar de novo — conta que de manhã teve uma discussão acalorada na igreja com as beatas amigas dela.

— Caíram em cima de mim feito umas harpias só porque eu disse que ia celebrar a assinatura do divórcio da Rosário. Mas como?! Você não é católica?! Não pode! O que Deus uniu o homem não pode separar nunca! Já se confessou com o padre Nogueira?! Ele é bem capaz de proibir você de comungar!

— E você?

— Ah, Antonio, nem dei importância. Eu apenas argumentei que era católica, mas muita gente não era e por isso não tinha obrigação nenhuma de seguir uma orientação que não é a sua. Disse com todas as letras que, eu mesma, sou contra o divórcio. O que não significa que todo mundo tenha que seguir o que eu penso.

Rosário se interessa, quer entrar na roda.

— Elas não falaram de mim?

— Perguntaram se você se considerava católica. Eu disse a verdade, que você tinha sido criada na religião, foi batizada, fez primeira comunhão e tudo. E que, apesar das flores de laranjeiras, se você havia casado virgem, nem eu sabia.

— Mãe! Você disse isso?!

— Disse também que fazia tempo que você tinha se afastado da Igreja e que, portanto, não se sentia nem um pouco culpada com a decisão. Pelo contrário. Fiz mal?

— Claro que não! Imagino a reação delas.

— O pior foi quando eu disse que nem podia achar ruim com você porque, quando me casei com seu pai, também já não era virgem e isso em 1946!

A cena de nós dois no lago menor me vem de imediato. O punhado de arroz derramado no colo de Isabel, nossa paixão, nossa cumplicidade, o mato, o cheiro da terra, o sexo proibido, tudo nítido. De onde estou, observo minha mulher com admiração ainda maior do que a de quando nos casamos. Seu modo lúcido de ver o mundo me enche de orgulho e, por que não dizer, me deixa com um dedo de inveja. Tão bom se eu fosse assim, que não deixasse meu lado teatral e apaixonado me embaralhar os pensamentos. Quanto equívoco bobo e injustiças cometi por causa do meu temperamento? Com meus próprios filhos. Fazer o quê? Como dizia Tia Palma, cada um é cada um.

No final de nossa pequena celebração familiar, Rosário vira o restinho de champanhe que ainda há na taça e destila uma bem-humorada dose de veneno. Me lembra, e muito, a Leonor.

— Como é que meu casamento podia dar certo? Meu nome é uma catequese diária contra a luxúria!

Sempre achei que Isabel mereceria ouvir isso um dia. Mas não hoje, não agora. Por isso, guardo meu riso bem disfarçado dentro de mim. De bate-pronto, Isabel não perde a oportunidade.

— Você não vai ter que ir ao Felix Pacheco entrar com o pedido para tirar o sobrenome de casada? Por que não aproveita e muda o nome de batismo também?

Penso que o caldo vai entornar, mas desta vez quem me surpreende é Rosário. Numa cena inédita para mim, ela pede desculpas à mãe — pedido sincero. Isabel está alegre o suficiente para relevar essas bobagens. Fica o dito por não dito. Conceição chega e anuncia que o almoço está indo para a mesa. Graças a Deus! Meu estômago já está roncando. Puxo Rosário do sofá.

— Vamos?

E vamos todos, levados pelo cheiro gostoso da comidinha caseira. Ao nos sentarmos à mesa, impossível não reparar no costumeiro apuro. O caimento da toalha. Os pratos, os copos, os talheres afastados na medida certa. Os guardanapos bem dobrados à esquerda. A cesta de pães posta com arte. Não é almoço para visitas. É almoço de família, cotidiano — esmero da Conceição, que ama tudo o que faz. Lá vem ela de novo da cozinha, pousa do meu lado a terrina do feijão fumegando, me dá aquele sorriso de missão bem cumprida.

— Botei bastante paio! Ontem, o senhor ficou revirando com a concha, dizendo que dava prêmio para quem encontrasse um!

E toca de se rir. E vai logo para os afazeres porque, tivesse mais 24 horas, ainda assim o dia lhe seria curto, tanto o que ela inventa de dar conta. De longe, ainda me provoca.

— Se quiser mais, é só pedir que ainda tem na panela!

Não temos aqui em casa o hábito de preces antes das refeições. Mas hoje, apesar do apetite, espero um pouco mais para me servir. Agradeço ao Deus do azul esses momentos de beleza e alegria em minha vida. Será que mereço? Minha "oração" é interrompida pelo que me é soprado por mim mesmo aos ouvidos. A revelação — venha ela de onde vier — me garante que não se trata de merecer ou não. No universo, o belo e o feio, o alegre e o triste, o limpo e o sujo, o saudável e o doente e toda a lista de adjetivos que completam os times do Bem e do Mal, tudo faz parte de um grande espetáculo e das infinitas cenas que o compõem. As pessoas todas formando um só elenco desde que o mundo é mundo. Tem que ter mocinho, tem que ter vilão. Se não, qual a graça? Elenco somos todos. Por isso, este tamanho entra e sai, esta gente toda no palco, esta constante troca de atores, de figurinos, de cenários, séculos a fio. Ao fim de tantos quiproquós, famosos protagonistas ou simples figurantes, não importa a parte que nos cabe, todos morremos em cena, puft! — solução inteligente e justa de quem dirige este frenético *vaudeville*. Isabel me diz algo que não ouço. Rosário, ao lado, concorda com a frase que não sei. As duas dão falta de mim. Estes voos de pensamentos me fazem perder muita coisa, admito. Isabel já nem se importa com minhas ausências, me dá um leve toque no braço.

— Antonio, você não vai se servir?

— Claro. Só estava aqui pensando umas coisas...

— Está bem, mas come primeiro. Depois, você pensa.

Nessas horas meninas, Isabel sabe que tenho que ser tratado feito criança, fala com autoridade materna. Não me importo, confesso que até gosto. Ainda não pousei de todo. É que quando as ideias vão assim longe, eu vou todo com elas. Fica difícil voltar. Minha mulher é paciente, entende como funciono. Ela pega meu prato e vai me servindo: um pouco disto, um pouco daquilo mas, antes de tudo, o arroz — indispensável — e o feijão por cima. Eu sei que não é o certo. Mas é assim que eu gosto, o feijão por cima, nunca do lado. Se puser o feijão primeiro e depois o montinho do arroz, também implico. O arroz tem que vir sempre na frente, depois o feijão molhando; aí sim é perfeito. Sempre ensinei bons modos aos meus filhos, mas nunca os proibi de misturar a comida toda no prato de uma vez. Se eu misturo, como proibir? Ai se fizéssemos isso na frente de Isabel. Bom nem pensar. Em dias de ensopadinho de vagem com carninha moída, ou de chuchu com camarão, era verdadeiro suplício. Nuno e eu sofríamos horrores. Queríamos porque queríamos misturar tudo de uma vez com o arroz. Não podíamos. Era proibido por lei. Isabel não transigia. Tínhamos que ir misturando aos pouquinhos, puxando com o garfo, e aí levar à boca. Depois, voltar, misturar mais um pouquinho, puxando com o garfo, e tornar a levar à boca. Um sacrifício! Depois de nossos filhos adultos, a lei do proibido misturar foi abolida. E cada um liberado para comer do seu jeitinho informal.

Já servido, espeto o paio, delícia!, e retomo a conversa. Pego o bonde andando. O assunto: a fase delicada nas vidas de Nuno e Rosário. Boto o pé no estribo e vou falando o que me vem à cabeça. Os dois não chegaram de cambulhada a este planeta? Não vieram misturados no ventre da mãe? Então? Talvez por isso, sempre que algo marcante acontece com um, algo do mesmo quilate acontece com o outro. Para Isabel e Rosário, simples coincidência. Coincidência? Coincidência coisa nenhuma. Exemplo recente: se em 1969 os dois saíram porta afora para cumprir destino e vontade com seus pares, neste 1979, quando Rosário e Mário se divorciam, Nuno e Augusto terminam a relação. É claro que os processos de ruptura foram distintos. Embora não tenhamos estado ao lado de nosso filho durante a separação, acompanhávamos tudo por cartas e sabíamos há tempos que a relação já não ia bem e, pelo que o Nuno nos ia contando, o final era praticamente certo. Havia amizade, diálogo, respeito entre eles, mas já não havia amor apaixonado — ingrediente essencial para Nuno. A vida nos desconcerta, repito sempre. A separação de Rosário nos traz alívio. A de Nuno, nos causa imensa tristeza. A mim e à Isabel. Vá explicar, vá entender.

Chega envelope gordo. Em volta, as corezinhas da bandeira francesa. Dois belos selos, o carimbo "*par avion*". Vem com letra firme e em nome de Isabel. Ela usa a faquinha de sobremesa que está à mão, puxa as folhas transparentes, pergunta se queremos que leia em voz alta e então começa. Nuno acredita que sua experiência em Paris está esgotada, tanto no lado pessoal como no profissional. Formado e pós-graduado em artes dramáticas, quer mais é mudar de cenário.

Escolhe Nova York. Esteve lá há pouco tempo, gostou do que viu, acha que a cidade combina com ele. Não é bonita como Paris, mas é mais divertida, mais aberta a forasteiros. Leva apenas algumas economias, poucas roupas e livros. Deixa o apartamentinho da rue Marsollier todo montado e em nome do Augusto. Generoso da parte dele, penso. Isabel acha que é o justo e o correto. Insisto que é generoso e pronto.

— *Saudades. Dê um beijo no pai. Lembranças ao Roque e à Conceição. Receba todo o amor, do filho, sempre perto, Nuno.*

Isabel faz uma pequena pausa, olha para Rosário e recomeça.

— *P.S.: Quando falar com Rosário, diga-lhe que tenho tido vontade de revê-la. É sincero. Acho que, agora que está divorciada do brucutu, aquele motivo bobo de nossa briga deixou de existir. Assim que estiver instalado em Nova York, poderei hospedá-la com o maior carinho. Quem sabe ela não se anima a ir me visitar? Acho que nos faria bem falarmos sobre nossas experiências.*

Não sei o que estará acontecendo com Rosário. Pede desculpas à mãe pelo comentário indelicado, mostra-se carinhosa comigo, chora copiosamente ao ouvir o recado do irmão. Em vez de se amargurar, estará se humanizando na adversidade? Isso é bom. A vida bate e ensina? Bate e ensina. E muito. Em todos sem exceção. Mente quem diz que não apanha. Com as boas bordoadas disciplinadoras, aprende quem quer. Eu aprendi muita coisa e continuo aprendendo. Pelo visto, Rosário começa a se mostrar aluna aplicada. Certamente passará de ano.

Cartas e canetas

Isabel e eu vivemos o tempo das cartas escritas à mão e com caneta-tinteiro. Tempo em que, destinatárias, as virgens solteiras eram senhoritas! É, Antonio. É para rir mesmo. E isto foi ontem! Ontem já sem h! Comprávamos blocos de papel aéreo, íamos aos Correios, lambíamos os selos e as bordas dos envelopes. Ansiávamos pela resposta que, se viesse a jato, levaria pelo menos duas semanas. Todo mês de dezembro, por causa dos cartões de Natal, éramos obrigados a enfrentar filas quilométricas para enviar os votos de Boas Festas. A chegada das canetas esferográficas causou furor. "De jeito nenhum eu uso!", "Você é atrasado!", "A letra sai péssima!", "Sai nada! E não borram!", "Borram, sim. Não prestam, nunca terão a categoria de uma tinteiro!", "É questão de tempo, vão ganhar o mercado!", "Pode tirar o cavalinho da chuva. Envelope sobrescrito com esferográfica, imagina!".

As cartas que Nuno me enviava da Europa em 1968 já eram escritas com esferográfica. Eu resisti o quanto pude, e fui me mantendo fiel à minha Parker 51, mas Isabel logo aderiu à nova moda — muito mais prática, sem aquela aporrinhação de ter de encher a caneta a toda hora e, melhor de tudo, o fim do mata-borrão! Nestes pontos eu concordava com ela. Sem dúvida alguma, a carga de uma esferográfica durava. Mas que a letra saía feia pra burro, isso saía. Hoje, Bernardo rola de rir com a polêmica boba. Diz que equivaleria, talvez, a se discutir o tipo de fonte a ser usado nos e-mails! Só que com ele levo a discussão para outro lado. Digo que não faz ideia do que era a vida antes da internet, da emoção ao abrirmos um envelope com notícias vindas de longe. Hoje, nem existe longe! Tudo é ali na esquina! Ele se ri, diz que, teatral, eu exagero. E me abraça e me beija, mas é abraço e beijo de gozação, conheço bem. Sai para lá que você está fazendo pouco do que eu digo. E ele sai? Sai nada. Fica colado em mim feito carrapato. E eu adoro. Porque digo sai para lá da boca para fora. E ele sabe, por isso não desgruda. Mas, cá entre nós — e não vou falar isso para o Bernardo, que é até maldade —, é triste ser de uma época em que a única correspondência que nos chega ao escaninho são extratos bancários, contas, avisos de débitos automáticos e propagandas inúteis.

Guardo todas as cartas e os cartões que Nuno me escreveu. Faz alguns anos, ele passou a me enviar e-mails. No início eu ainda imprimia um ou outro. Mas agora, não. São assuntos rapidinhos, quase bilhetes. É um "oi" e pronto. Não têm o conteúdo nem a surpresa nem a graça nem o capricho nem o encanto de suas antigas cartas. É verdade que também nos falamos com frequência por telefone, as ligações de lá dos Estados Unidos para cá são muito mais baratas, estou sempre atualizado sobre ele. Atualizado, estou. Mas, por satélite, a poesia do registro escrito se perdeu. Registro que vinha com o nome da cidade e a data no alto à direita e que, por amor e respeito, sempre começava com um "Querido Pai", assim, comovente e maiúsculo. Alguns trechos de cartas me marcaram.

A de quando saiu de Paris, já trintão, para ir morar em Nova York:

"Foi difícil deixar o apartamentinho da rue Marsollier. Principalmente pela atitude compreensiva e digna do Augusto. O único pedido que me fez foi que ele se despedisse de mim e não eu dele. Achei que era detalhe. E assim aconteceu, com abraço de fôlego curto. Vê-lo ir embora e fechar a porta, isso sim, me machucou. E muito. Só então entendi que o que ele me havia pedido não era apenas um detalhe. Era

a oportunidade de, vivendo o simbólico, eu me pôr no lugar dele. Agora, teria de esperar apenas os 'cinco minutinhos' que havíamos combinado para, então, partir. Quem disse que consegui? Esperei bem mais. Dez, 20 minutos. Quem sabe ele voltaria? Uma hora, esperei. Só então respirei fundo, tomei coragem e peguei as malas. Dei mais uma olhada ao redor do que já era passado e saí. Quase perco o voo."

A da fase das noitadas na Big Apple:

"E lhe digo, meu pai: só o orgasmo — nem um átimo de segundo antes ou depois — me dá a saudável desnoção do propósito do universo. Portanto, como me é impossível reter a iluminação que me vem no brevíssimo instante do gozo, decido que nesta minha passagem terrena, meu propósito será amar e amar e amar. Com todas as maldições e bênçãos que esta opção me trouxer."

"Não estou ligado a ninguém em particular. Quero a liberdade. Mais vale um pássaro voando, que dois na mão — Nova York me fez entender o avesso do ditado. Você costuma dizer que família somos todos. Não quero deturpá-lo, mas vou concebendo a família do meu jeito. Quem me abraça de verdade de corpo inteiro e me beija na boca se torna parente. Quem me ferve o sangue de verdade estará com certeza em alguma página do meu álbum de família. Os do passado, os de agora e os que ainda virão. Os nomes conhecerei com o tempo."

A de quando recebeu o tal do *green card*:

"Não tenho planos de voltar a morar aí no Brasil. Não quero magoá-lo, pai, mas me sinto confortável aqui. E quando falo aqui, falo de Nova York especificamente, que é um país completamente diferente de todo o resto dos Estados Unidos. Lembra que você costumava me dizer que países são pessoas e pessoas são países? Acontece que pessoas podem se deslocar de um lugar para outro; países, não. Então cabe

a nós, enquanto pessoas, nos movimentarmos para a troca de experiências e isso inclui outros idiomas, outras culturas. Como pessoas, somos mais divertidos que como países. Como países, comemoramos os aniversários com paradas militares que exibem arsenais ameaçadores e soldados de cara amarrada. Homenageamos a morte. Como pessoas, comemoramos com refrigerantes, doces e salgados. Celebramos a vida! Gostaria de viver para ver um 7 de setembro com desfile de Carnaval e um 4 de julho num imenso e descampado Studio 54. Festa com direito a bolo e velas sopradas. Em vez de hinos e marchas militares, um simples e animado parabéns para você. Estou feliz aqui e, com meu trabalho no teatro, quero contribuir um pouquinho que seja para apagar nossas fronteiras. Haja borracha!"

Esse, o Nuno das cartas. Cartas cheias de humor, histórias e confidências, e que sempre me faziam boa companhia. Vou ver se separo algumas para mostrar a ele depois. Agora, já com 60 no lombo, na certa vai achar graça em muita coisa que escreveu. Este almoço, com os tios que não vê há milênios e a parentela que nem conhece, é o motivo da vinda dele ao Brasil. Mas, desta vez, como estará com o Andrew, diz que ficará um pouco mais de tempo. Prometeu passarem pelo menos uma semana aqui conosco na fazenda. Depois pretendem viajar pelo Nordeste. Estou curioso para rever Susan. Está uma moça!

Um outro arroz

3 de outubro de 1987. Isabel e eu tomamos coragem e embarcamos para Nova York — conjugando assim, parece passado, mas é presente e sempre será presente.

Rosário, depois do divórcio, cria hábito e já está em Manhattan passando as férias com o irmão. Nos telefona de lá, dá força para nos juntarmos a eles.

— Vem, pai! O outono está lindo! Tem tanta coisa nova pra se ver: cafés, livrarias, galerias de arte! Eu sei que você ama esse tipo de programação. Vê se anima e traz a mamãe! Nuno está animadíssimo, diz que vocês ficam aqui com a gente, que nem acampamento. Vocês dormem no quarto e eu e ele, na sala. Portas fechadas, tudo são quartos, não era a Vó Maria Romana que dizia?

O entusiasmo de Rosário contagia. Lembro-me da alegria que papai, mamãe e Tia Palma me deram quando foram me visitar no Rio. E talvez seja este o maior estímulo para eu arrumar as malas e enfrentar dez horas de voo trancafiado num avião. Será que vale a pena ficar esse tempo todo lá em cima morrendo de medo? Vale o sacrifício de deixar o conforto gostoso da casa, arrastar malas por aeroportos, entrar em filas de imigração e de alfândega? Puxa, se vale! Viagem abençoada! Para mim, reciclagem, aprendizado essencial.

Logo que chegamos, Nuno nos leva a um dos restaurantes que costuma frequentar, ótimo por sinal. Ficamos numa varandinha aconchegante que nos permite ver o movimento da rua. Examinamos a carta de vinhos, folheamos o cardápio, fazemos nossos pedidos. Desembaraçado que sou, tropeço várias vezes no inglês e todos se divertem um bocado com os meus furos. Eu me intimido? Nem um tico. Engato uma segunda e vou em frente. Como estou sedento, peço ao garçom que nos traga logo os copos d'água e que o gelo venha separado. Arremato enfático: *"A lot of ice, if you please. A lot of ice!"* Os copos d'água chegam sem demora. Mas o gelo, nada. Vêm o vinho, o couvert, a entrada. E nada do gelo. Quando chegam os pratos principais, intimamente constrangido, já dou meu pedido por esquecido. Estamos todos tão animados pelo reencontro, a comida tão cheirosa e fumegante, que deixo passar o deslize sem importância. E aí é que vem a grande surpresa: logo em seguida, o garçom faz espaço no centro da mesa para uma descomunal travessa de arroz. Levo um susto com o gesto inusitado, todos levamos.

— Arroz?! Meu Deus, para quê tanto arroz?!

Nuno é cruel.

— Pai, não é por nada não, mas estou desconfiado de que esse *rice* é o *ice* que você pediu que ele trouxesse à parte!

Gargalhada geral. Não podemos mandar a travessa de volta e não há outra saída senão nos empanzinarmos com o arroz — delicioso, aliás. Sobremesa, café, a conta. Vamos nos levantar quando percebo que Isabel tem os olhos fixos em algum ponto lá fora.

— O que foi, Amor? Alguma coisa?

Olhamos todos na mesma direção. Um casal de velhos, acompanhado de uma mulher também idosa, nos admira à distância. Os três sorriem e se vão em seguida. Ficamos pasmos. Temos a impressão nítida de que eram Tia Palma, papai e mamãe. Logo compreendemos que não terá sido apenas por um erro de pronúncia que nos fartamos de arroz.

Dia seguinte, a sós comigo, Nuno aproveita para tocar no assunto. Quer saber do arroz de Tia Palma. Ainda no oratório? Tantos anos se passaram. Que sentido há em mantê-lo assim?

Terão ele e Rosário me desapontado tanto? Por que deverá o arroz estar sempre vinculado a casamentos? Não haverá o Deus do azul nos dado outras formas de amar e sermos férteis? Entende que sua opção sexual me terá desapontado, que sua "amizade" com o Augusto me terá incomodado bastante na época. Sabe que sua vida pessoal, livre de compromissos duradouros, para dizer o mínimo, não lhe permite reivindicações sobre o arroz.

— Mas por que nenhuma xícara para Rosário? Ao menos um punhado não lhe era devido? Estou tentando argumentar dentro da sua lógica, pai.

— Dentro da minha lógica?!

— Ué?! Ela não se casou de véu e grinalda, cortejo, igreja acesa, música, fila de cumprimentos? Com o brucutu, é verdade. Mas hétero, viril e financeiramente independente. Do Dops, é verdade. Mas, bolas!, opção que ela fez para ser feliz! E olha que, nessa época, eu e Rosário estávamos rompidos. Não sou absolutamente suspeito para falar.

— A opção dela não me agradou.

— Não agradou, mas contou com sua aprovação. Ou você e mamãe não estavam compenetradíssimos lá no altar?

— Parece que voltamos à lengalenga do tempo dos seus tios ainda solteiros! Essa questão do arroz é muito mais complexa. Você sabe.

— Não, não sei.

— Ah, meu filho, por favor! Não vamos estragar logo de início esta minha visita a você. Faz tanto tempo que a gente não se vê! Por que esse assunto agora? Há tantas outras coisas para conversar! Seu trabalho, suas peças, sua vida pessoal mesmo! Deixa o arroz de Tia Palma em paz!

Nuno é inteligente e sensível a ponto de perceber que, mais que nunca, preciso que a conversa prossiga. O lugar é este. A hora é esta. Por isso, insiste. Sabe que pode esticar o elástico. Pergunta se não me sinto frustrado por ser incapaz de dar continuidade à tradição que me foi confiada, tradição que tanto valorizo.

— O arroz plantado na terra, caído do céu como o maná do deserto, colhido da pedra pelas mãos verdes e pródigas da Vó Palma. E, depois, separado daquela montanha de vidros e junto no assoalho, por atrevimento meu. Arroz que é símbolo de fertilidade e eterno amor. A última coisa que você fez com ele, por iniciativa própria, foi exibi-lo num pote de cristal!

— Não quis errar com vocês. Mas pelo visto errei. E feio.

— Errou por quê?! Porque Rosário se divorciou e não tem filhos? Porque minha vida afetiva é isso que você mais ou menos conhece? Não existe erro nenhum, pai. Cada um é responsável pelas suas opções na vida, repito isso mil vezes. Mas todos sonhamos com um punhadinho de arroz que nos dê fertilidade, seja ela qual for, e eterno amor, onde quer que ele esteja. Que mal há nisso? Precisamos ser perfeitos para fazer jus à realização do sonho?

— Não, é claro que não.

— O buquê de laranjeiras da Vó Romana foi parar nas mãos de uma cega que não fez o menor esforço para alcançá-lo. Na história do casamento dela com o Vô Custódio, não foi esta uma das passagens mais marcantes pra você?

— Você se lembra até desses detalhes...

— Lembro, sim. Lembro porque amo todo o enredo doido desse seu arroz.

Não tenho o que dizer. Nuno tem. E não me poupa.

— Pergunte se Rosário não teve momentos de amor sincero com aquele escroto do Mário. Não deu certo, e daí? Descontaram suas promissórias. Os dois, bonitinho. Estão prontos para outra. Pergunte se eu e o Augusto não sofremos o diabo com a separação! Você acha que, por isso, algum de nós deixa de sonhar com o arroz possível? Não o arroz da Vó Palma! Qualquer arroz!

— Vocês merecem o melhor.

— Não se trata de merecimento, pai. Como você acabou de dizer, a questão é muito mais complexa. Por acaso aquele arroz que nos chegou ontem à mesa, abundante e por erro — erro seu, diga-se —, não nos abençoou e fertilizou a todos ali? Arroz de restaurante, preparado por alguém que nem imaginamos quem! O arroz que nos chegou sem que fizéssemos nenhum esforço para obtê-lo. Que nos foi dado por generosidade do "desconhecido" e não por merecimento nosso.

As comportas estão abertas. Nuno, inspirado, deságua o que estava represado há tempos.

— Que ideia você faz de fertilidade? O senhor Avelino e dona Maria Celeste não terão sido férteis adotando mamãe? Eu, por exemplo, sinto-me fértil no palco. Certa vez, comentei com o Augusto que era meu lado feminino que me permitia ser criativo. Sabe o que ele me respondeu? Que eu estava redondamente enganado. Que eu era um dos homens mais homens que ele conhecia. Não por ser truculento ou brutamontes. Mas por dar sentido nobre à atribuição que só nós, os homens, possuímos: o fertilizar. Fiquei sem graça. E ele continuou dizendo que eu não duvidasse, que era isso mesmo. Que eu vivia fertilizando tudo à minha volta: os ambientes, as conversas, as pessoas, as coisas... Exatamente por isso ele se apegou a mim...

Nuno prefere não ir adiante. Ficamos os dois em silêncio. Olho para meu filho. O Augusto tem razão, reconheço. Quem diria que já peguei esse barbado no colo? Depois, foi crescendo.

Ficou pesado, pus no chão para que aprendesse a andar. E olha só! Homem, ficou mais educado e muito mais instruído que eu. Seus sentimentos também são bem mais apurados. Meu filho sou eu, para melhor. Bom que seja assim. Bom quando é assim...

Bom também começar a rever minha ideia de fertilidade.

O pudim virou perfeito

Pronto, Antonio, você se perdeu de novo! Basta diminuir um fogo, abrir uma torneira, bater uma porta de geladeira e o rumo se vai. Como é que você veio parar aqui? Para que revirar essa conversa com o Nuno lá em Nova York? O importante é que você saiu dela bem melhor como ser humano. Diria o Bernardo, o papo te deu um *upgrade*. A família toda chegará a qualquer momento. Vai receber o povo assim de avental? Tudo bem, concordo, você fica bem melhor na informalidade. Vai chorar agora, velho besta? Anda, aperta o passo. Teus irmãos estão vindo aí com a tropa. Nuno, teu filho, vai chegar fazendo estardalhaço, virá buzinando da porteira, pode apostar. Ele e o Andrew dizem que Susan está excitadíssima com a vinda ao Brasil! Sua neta, cara! Aquela com quem, no começo e mesmo à distância, você implicava, porque nunca iriam trazê-la ao Brasil para visitá-lo, porque afinal nem era filha do Nuno, porque nunca iria aprender o português direito, por isto e por aquilo. Tanto preconceito sem sentido! Tanta besteira! Depois, caiu de amores, não foi? Babava com tudo o que ela fazia e dizia, os modos, a inteligência, o jeitinho de moça mesmo criança. Perguntou se podia chamar de neta e, quando ela disse que sim, na nossa língua e com uma pitada de sotaque ainda por cima!, ficou mais babão ainda. Inventou até que ela tinha alguns traços que lembravam Isabel quando menina! Delírio dos bons! E tome de netinha para cá e de netinha para lá. E a choradeira na hora de ela voltar para os Estados Unidos, lembra? É claro que lembra. Velho besta! Quanto tempo vocês não se veem?

Quase dez anos! Pela câmera do msn não conta. Digo ver ao vivo, pegando, abraçando, cheirando, sentindo. Uma coisa eu admiro em você, Antonio: sua capacidade de consertar as burradas que faz, de reconhecer seus erros, de voltar atrás. Seu apego à Susan é exemplo disso. Ah, não! Pelo amor de Deus! Preocupado com a Rosário? Por quê? A Expo-Brasil Design? Sossega, velho! O Bernardo já não ligou dizendo que ela vem com ele?! Que compromisso profissional, que nada! Virá e chegará na hora. Teu núcleo vai estar completo. Diz se a Isabel se desgasta com esse tipo de bobagem, quem vem, quem não vem, quem vai se atrasar. Só se preocupa com o que depende dela e pronto. Preocupação de bom tamanho, chega. Lá fora, no jardim, já está tudo pronto. Ela, Conceição e Roque no comando — velhos durões, material antigo, de boa qualidade. A turma mais nova corta um dobrado para lhes acompanhar o ritmo. Os três não brincam em serviço. Noventa e seis lugares em 12 mesas de oito, conforme você queria. A mesa do buffet, com aquela toalha quilométrica que foi de dona Maria Celeste, caimento perfeito. Dá um pulo lá e confere. O tempo está firme, a temperatura amena. Quer mais o quê?! Velho sortudo, cagão! Nasceu mesmo com o cu para lua! E a data: 11 de julho de 2008! Cem anos do casamento de teus pais José Custódio e Maria Romana, 100 anos do arroz de Tia Palma! É data forte. Por isso, Isabel — com a idade que tem, cabeça toda branquinha! — cuida, para cima e para baixo, dos últimos detalhes. Lépida, vaidosa, vestido novo e as pérolas que você sugeriu...

Pensar que Nuno chegará a qualquer momento com Susan — a neta sempre longe. E que Rosário virá com Bernardo — o neto sempre perto. Que Leonor, Nicolau e Joaquim estarão lúcidos e com saúde, que conseguirão forças para vir e trarão todos os seus. Tia Palma, onde estiver, há de reconhecer o quanto temos nos esforçado estes últimos anos para nos falar e nos manter em contato... A família estará completa. Porque, com todas as suas mazelas, o mundo melhora a cada dia. Porque a felicidade está no ponto. Porque o pudim acaba de sair da forma e virou perfeito!

Tu e você

Tu e você embolados é mistura que muito me agrada. No passado, me incomodava, admito. Mesmo falando sozinho, estranhava a combinação informal. Puro preconceito, reconheço. Fazer o quê? Sou do tempo em que teu era teu e seu era seu, tu era tu e você era você. Os dois juntos, nem pensar. Na gramática e na sociedade valia a mesma lei: pessoas diferentes não se misturavam. Era erro de tratamento que dava reprovação, o lápis vermelho não perdoava. Hoje, felizmente, acabou isso, acredito. O tu e o você, pessoas singulares e tão distintas, estão mais ligados do que nunca, com todo o direito de viverem felizes para sempre.

Ah, já sei onde eu estava: Nova York, 1987! Pensando bem, é nessa bendita viagem que chego à conclusão de que não há nada de mal em o tu e o você andarem juntos e de que o certo é eu cuidar da minha própria vida, em vez de ficar me metendo na intimidade de segundas e terceiras pessoas.

Apesar da insistência do Nuno em nos hospedar, Isabel e eu decidimos não desacomodá-lo e preferimos ir para um hotel. Melhor assim, mais confortável. Se fôssemos ficar um dia ou dois, uma semana até, compreendia-se. Mas um mês e tanto! E a Rosário já lá plantada. Enfim, demos sorte e arrumamos quarto em um bem pertinho ali do Two Lincoln Square — endereço dele. Podemos ir a pé à Metropolitan Opera House, temos condução fácil para tudo que é lugar. Estamos também a dois passos do Central Park.

Agora me vem nítido o que eu quero realmente rever! Semana seguinte à da minha conversa com o Nuno. Isso mesmo! Isabel e eu, refestelados no Sheep Meadow, no nosso ponto de costume: a parte mais altinha e recolhida do gramado, protegida por frondosas árvores. Ela, folheando uma revista; eu, admirando a paisagem de outono, o movimento de fim de expediente — pessoas que ao saírem do trabalho trançam pelo parque ou cortam caminho e tocam direto para casa. Cantarolo feliz o refrão que me ficou da música que gostei e ouvi faz tempo não sei onde.

— Laralalalá... *Take the long way home, take the long way home...*

Longe, bem lá no meio do imenso descampado, dois adolescentes jogam frisbee, dão piruetas e saltos incríveis para alcançar o disco — saúde boa de se ver, brincadeira que faz belo fundo de cena e não incomoda. O quadro móvel me distrai. De repente, surgido assim do nada, um negro alto, envergando impecável paletó de antílope, passa pelos jovens e continua devagar em nossa direção. Traz com ele dois ou três livros. Professor, talvez. Agora, de onde está, noto que tem carisma, presença e feições de guerreiro bíblico. Professor, e dos bons, com certeza. Ele nos percebe. Com naturalidade, mantém o olhar — olhar franco, direto, que inspira confiança. Isabel vira a página da revista, muda espontaneamente a atenção para o que está em volta. Dá com ele já bem próximo. Gesto gratuito, de lá e de cá, não sei por que cargas d'água, nos cumprimentamos com amáveis sorrisos. Não sorrisos rotineiros, como se nos conhecêssemos, não. Sorrisos surpresos, sim, dos que, de algum modo, se reconhecem. Afinidade de almas. Sinto vontade de convidá-lo a se sentar conosco. Por pudores antigos, não ouso. Se fôssemos crianças...

Ele segue adiante, sabe-se lá com que conjecturas. Isabel e eu ficamos a nos perguntar o porquê da misteriosa sensação de familiaridade que o estranho nos causou. Vidas passadas? — recorremos ao lugar-comum de sempre.

Há encontros fortuitos que impressionam, mas se perdem. Nunca descobriremos o motivo da impressão. Nada mais acontece e esses encontros caem no esquecimento. Ou ficam apenas emoldurados naquele momento como lembrança que instiga e pronto. Outros encontros, entretanto, viram história em capítulos e, por isso, o mistério torna-se ainda maior: certa noite, Nuno e Rosário nos convidam para jantar. Querem nos apresentar suas novas "amizades". Nuno me fala de Andrew com admiração. Arquiteto nova-iorquino, belo escritório na Madison Avenue. Profissional sério, respeitado. Discreto, avesso a noitadas, de pouco falar, e generoso — o que é pouco comum por aqui. Vou gostar dele, tem certeza. Conheceram-se ano passado em momento particularmente difícil. Andrew tinha acabado de perder a irmã e o cunhado num desastre de automóvel. Lembro-me de dona Maria Celeste e do senhor Avelino. Faz milênios e parece que foi ontem! A diferença é que Andrew teve de adotar Susan, sua sobrinha, um bezinho de seis meses e que, por milagre, escapou ilesa do acidente. Nuno fala de Susan e os olhos incandescem. Tem se apegado à menina, que está prestes a completar 2 anos, uma graça. Rosário já esteve com eles. Deram-se bem, jura com humor por tudo o que há de mais sagrado. Diz ainda que as constantes vindas da irmã a Nova York têm feito bem aos dois. Estão cada vez mais amigos e, desta vez, surpresa!, Rosário está apaixonadíssima. O quê?! Rosário apaixonadíssima?! Custo a crer.

— Sério! Um brasileiro, dez anos mais novo que ela. Muito legal, ele. Mas não diz que eu te contei. Ela vai ficar uma arara se souber que eu estraguei a novidade.

— Alguma semelhança com o brucutu?

— Não!!! Pelo amor de Deus! Nada a ver! O Damião é um *gentleman*...

— Damião? Belo nome.

— É, Damião. Está fazendo pós-graduação em Administração de Empresas. Em Yale, tá bom?

— Minha filha, 39 anos, apaixonada... E por um homem bem mais jovem... Damião... Ora veja só!

— Confesso que também me espantei. Mas fico feliz por ela, sabe? Rosário estava precisando de um novo amor. E lhe digo, meu pai, esse veio para valer.

Não me esqueço do arremate nem da entonação do Nuno. Bruxo. Quando mexe o caldeirão desata a ver coisas do arco da velha. "E lhe digo, meu pai, esse veio para valer." E veio. Como veio! Agora, aqui nesta cozinha, tantos anos depois, ainda sinto na pele o susto que Isabel e eu levamos quando Rosário nos apresentou o falado Damião. Não sei se susto. Talvez, mais emoção que susto. Uma emoção boa, um não entender admirado e confortável, um sentimento de gratidão à vida, tudo perfeitamente misturado pelo Deus do azul ou seja lá por Quem, assim maiúsculo. Antes do aperto de mão, o aperto no coração pelo encontro, ou melhor, pelo reencontro. Pelo mistério que, ali, naquele instante se tornava maior.

— Pai, mãe, esse é o Damião.

— Nós já nos conhecemos, minha filha.

— Como assim?!

— É verdade, Rosário. Seus pais e eu já nos conhecemos.

Um nó na garganta me vem. Teatral, exagero.

— Estivemos juntos há alguns dias. No Central Park!

Isabel, cuidadosa, riso materno, é mais precisa.

— Juntos, não digo. Mas bem próximos, pelo menos. Nos cumprimentamos até.

Isabel toma a iniciativa de lhe beijar o rosto, feito fosse filho. Eu, totalmente envolvido pelo mistério, aperto-lhe a mão com a força de um engate de vagões de trem. Ele corresponde.

O encaixe convicto das mãos nos mata saudades ancestrais e desconhecidas. Com risos de nervosismo sincero e infantil, ficamos os dois a balançar demoradamente os braços, mãos perfeitamente conectadas, amigas de longa data. Será?

— Impressionante! Uma cidade deste tamanho e nos cruzamos no Central Park! Diz se não tem dedo do destino aí!

— Também acho! Aquele nosso cumprimento não foi por acaso. Dona Isabel e o senhor são parentes meus muito queridos, que estou reencontrando, tenho certeza!

— É exatamente isso! Sensação de parentesco e de reencontro!

Nossas mãos se soltam, ainda lhe dou uma batida paterna no ombro. Respiramos os dois, fundo e ao mesmo tempo. Tomamos fôlego, cansados da alegre peça que a vida acaba de nos pregar. Rosário, feito menina, se engancha no braço de seu homem, esfrega o rosto na manga do paletó, dá beijinho no pano, olha para mim, orgulhosa e feliz, como quem fala: viu? Fui eu que encontrei! E eu lhe puxo de leve a bochecha, como quem responde: você merece, filhona!

Lembro-me agora também da cara de espanto do Andrew, que já estava conosco no bar do restaurante aguardando mesa. O coitado fica sem entender absolutamente nada! Coisas incompreensíveis desses brasileiros doidos, deve ter pensado. Nuno, pego de surpresa como nós, vai tentando traduzir para ele o que consegue pescar aqui e ali. Finalmente, somos chamados a nos sentar. O clima é de descontração e informalidade. Durante o jantar, nosso encontro antecipado com o Damião rende, puxa histórias cheias de entre o Céu e a Terra, de não acredito em coincidências e, é claro, de *"yo no creo en brujas, pero que las hay... las hay"*. Andrew me surpreende. Ao contrário do que eu imaginava, sente-se bastante à vontade com esse tipo de assunto. Conta casos que emocionam.

Nos confidencia, inclusive, que ele e o Nuno só se conheceram por causa do acidente com a irmã. Felizmente, o trágico fez-se romance — romance literalmente água com açúcar, Susan como principal protagonista. Foi ela que o aproximou de Nuno — segundo ele, um excelente *baby-sitter*!

A conversa vai transcorrendo assim, ingênua, divertida, familiar. O vinho desce bem. Mais um brinde e depois outro, tudo é pretexto para levantarmos os copos. Ao "reencontro" com Damião! E à felicidade dele e de Rosário! Acabaram de se conhecer, eu sei, mas e daí? Mais uma razão para brindar! E ao Andrew e ao Nuno e à Susan — preciso conhecer logo essa menina! E à Big Apple e ao Rio de Janeiro! Começam as sugestões para a fruta que melhor representa nossa cidade. Bom parar por aqui. Risos generosos por qualquer bobagem e, súbito, rápido silêncio acompanhado de um brinde emocionado.

— A vocês, meus pais, por tudo o que representam na minha vida e na de Rosário!

O sangue português bate forte, a água chega farta aos olhos e transborda. Complemento de imediato com um "A nós todos! Saúde, saúde, saúde! Obrigado, meus queridos! Que presente! Tão bom estar aqui com vocês!" Beijo Isabel, agradecido pelo amor que dura. O gesto choroso e largo derruba o vinho em cima da mesa. Aplausos, algazarra que já é notada nas mesas vizinhas. É bom, é sinal de sorte! Deixa! É para o santo! Cuidado, vai derramar de novo! Todos passamos as pontas dos dedos no vinho entornado e levamos à testa. Andrew nos imita. Digo ao garçom que não, que não é preciso mudar a toalha. É boa sorte.

— *And it's for the saint too!*

O garçom dá aquele sorriso do tipo "está bem, seja lá o que você esteja dizendo" e sai. Mais risos e alegres falas. Presto atenção em Isabel, em nossos filhos. Que bênção! Andrew e Damião, entrosadíssimos, especiarias de qualidade, vêm para nos temperar a família com o que há de melhor, alguém duvida?

Família é prato difícil de preparar. Destrambelhada Família, Sagrada Família. Bebo mais, que afinal é festa, e penso com orgulho que se o Deus do azul escreve certo por linhas tortas, nós — com a péssima caligrafia humana e os erros crassos de sempre — escrevemos com desmedido amor em papel sem pauta. Tem mais valor, eu acho. Reflexo condicionado, passo o guardanapo na boca como se quisesse apagar alguma coisa que não deveria ter sido dita. Não se trata de ter mais valor, Antonio! Olha você de novo com suas escalas e comparações! Beba o seu vinho, rabisque o que quiser, como todos os outros, no papel sem pauta, mas não saia por aí distribuindo notas! Deixe esse trabalho para o Deus do azul ou do vermelho! Considero o que me acabam de soprar no ouvido, passo outra vez o guardanapo na boca, não para apagar coisa alguma, mas para esfregar meus lábios no linho branco sem pauta, feito carícia de agradecimento a Quem, anônimo, me ensina coisas. Tem razão, tem toda razão, ô "Você Aí de Cima". Afinal, Nuno e Rosário estão felizes com seus novos pares. Novamente, o que acontece com um, acontece com outro — ovo de duas gemas são e sempre serão, bela sina esta vista assim às claras! Tenho mais é que agradecer tanta fartura. Preciso agora é que Rosário e Damião tratem de me providenciar um neto homem, porque, pelo que vejo, Andrew e Nuno já me deram uma menina!

Passarinhos

Não existe nada mais aborrecido no mundo do que a ida ao oftalmologista para que ele nos avalie o grau dos óculos e escolha as novas lentes. Vejo-me como um burro velho e analfabeto que, diante de letras desconhecidas, é obrigado a reaprender a ler — exceção feita ao imenso "E" que sempre aparece no topo da cartilha e à linha logo abaixo com as letras mais fáceis de serem ditas. A partir daí, tudo passa a ser esforçada adivinhação. O médico, com aquele jaleco branco de professor primário, apontando com o bastão as ridículas letrinhas e eu, aluno relapso que repetiu o ano, sendo submetido ao humilhante processo de salteada realfabetização: bê... tê... cê..? Não, cê, não... Espera aí, eu digo... quê!... dê, talvez?... Ah, desisto, não sei! Depois desta primeira e lotérica avaliação, passo à fase dos testes com as lentes, muito pior e mais cruel, porque minha responsabilidade torna-se ainda maior diante da voz grave do homem de branco: assim ou assim? Esta ou esta? E agora? Assim ou assim? As opções parecem ser enfadonhamente as mesmas sempre, e todas péssimas! Não adianta ficar perguntando se melhorou ou piorou. As letras não mudam, doutor, os borrados é que diferem! Por favor, me dê a nitidez possível e sairei daqui feliz.

Chego a esta conclusão quando decido parar de avaliar as pessoas e a mim mesmo com graus comparativos. Tudo canseira inútil. Assim ou assim? Melhorou ou piorou? A receita é não nos darmos a esse tipo de trabalho e nos conformarmos com a nitidez possível. Nós humanos não mudamos, seremos sempre humanos. Os graus de nossa humanidade é que variam. Uns até melhoram com o tempo. Acho que Rosário, talvez pela boa influência do Damião, é uma destas pessoas cujo grau de humanidade vai melhorando com a idade. O temperamento é o mesmo: autoritária, mandona, profissional exigentíssima com os subordinados e com ela mesma. Gaba-se de ser mulher independente, realizada com o que faz. Aquela antiga mania de ver maldade em tudo, felizmente, desapareceu. Foi só se sentir bem amada e pronto. Releva faltas alheias, é discreta nos comentários. A mudança se nota até no falar e no vestir. Deduzo que nada como uma bela faxina de apaixonados beijos na boca para que o coração empedernido volte a bater acelerado. Aliás, o que aconteceu com a Rosário e o Damião foi mesmo paixão súbita, fulminante. Bom para mim, bom para todos, porque pouco depois de se conhecerem ela engravida e, em 8 do 8 de 88, data fácil de guardar, nasce nosso queridíssimo Bernardo. Sem dúvida, o melhor que esta família já produziu em carne e osso e coração! Prova de que a mistura é o nosso forte. Feijão com arroz e café com leite são combinações perfeitas, quem discorda? E o Bernardo me vem na xícara do jeitinho que eu gosto: quente, doce na medida certa, mais café que leite.

Todo passarinho voa. Mas, no chão, tem passarinho que anda e tem passarinho que pula. Sabiá anda, bem-te-vi pula, já reparou? Toda criança é assim, voa que nem passarinho. Mas tem criança que anda e tem criança que pula. Criança que pula dá mais trabalho. Muito mais. Vendo o Bernardo brincar e correr e trepar em árvore e subir em muro e se jogar do alto e ralar joelho e rasgar a roupa e encardir as meias e se encharcar de suor e chegar vermelho em casa e beber litros d'água e quase se engasgar e já sair disparado porque nem todo o tempo do mundo basta para tanta descoberta... Bernardo é daquele passarinho que pula quando está no chão. Eu noto. Não consegue andar, não consegue, porque está sempre querendo o céu e a terra tudo junto ao mesmo tempo! Cabeça em pé de passarinho atrevido, peito estufado de passarinho espevitado. Passarinho atento que olha para tudo que é lado. Eu, não. Quando era criança, fui passarinho que anda, passarinho quieto. Por isso, só comecei a dar trabalho depois de adulto. Quem sabe de mim, sabe. Isabel conhece tudo, tintim por tintim, ela pode dizer. Que tipo de trabalho? Ué?! Trabalho de pular feito criança. Só que criança muito mais levada. Porque adulto, quando vira passarinho que pula, não pula com o corpo, pula por dentro, com a mente. Daí quem segura? Ninguém, ninguenzinho. Só mesmo com muito amor. Faz tempo que Isabel cuida de mim. Faz, sim. Ela sabe o trabalho que dou.

Não adianta falar assim, Antonio, feito fosse velho menino. Você é futuro, presente e passado, lembra? Três pessoas diferentes reunidas numa só: mistério da terreníssima trindade. Mas enquanto você mexe panela, o tempo vai passando, Antonio. E passa para vocês três. Não importa se relógio de pêndulo, se relógio digital. Também não adianta deixar de dar corda ou de trocar a pilha. Faz dia, faz noite, claro ou escuro, o tempo passa de qualquer jeito. Para com isso. Não! Não pega mais no diário, Antonio, deixa ele quieto! Chega de escrever alto com você mesmo. Quer falar mais coisa, fala. Mas fala de cor e salteado. Ou inventa e põe a culpa na memória. Aproveita esses minutinhos que te restam sozinho nesta cozinha. Vê se aquieta essa cabeça, homem! Se vai te fazer bem à alma, fala das Bodas de Ouro, então. Mas fala de cabeça, fala de coração. Exagera se for preciso, Antonio. Mas exagera bonito, que aí o Deus do azul releva. Afinal, menino, você foi passarinho que anda e, velho, é passarinho que pula.

Bonecos de pano

Não pela festa, eu sei. Isabel e eu não quisemos festa. 13 de junho de 1996. Sempre fui bom para decorar data e número de telefone. 45-32-36, 25-71-12 e 45-37-23 são números antigos lá do Rio de Janeiro, números queridos que já não existem e que eu ainda guardo na memória. Antigamente, os cadernos de endereços duravam uma vida inteira. Tão bom! Eram encadernados e as direções, escritas com capricho à caneta-tinteiro, minha Parker 51! Não havia rasuras. Ninguém se mudava nem trocava o número de telefone. Conservávamos até o nome dos amigos que faleciam, não só como uma espécie de homenagem póstuma, mas também porque tínhamos a certeza de que alguém da família permaneceria no endereço. Hoje, ninguém para quieto. Faz tempo não tenho caderno de endereços. Desisti. O último era tão rabiscado e riscado e emendado... uma tristeza. Ainda bem que o Bernardo me deu uma agenda eletrônica. Tento mantê-la atualizada na medida do possível. Por via das dúvidas, também guardo os números em meu celular.

Faz tempo que Isabel cuida de mim... Mas ela nunca mexe na minha agenda. Hábitos de casamentos antigos. Uma das receitas de felicidade — meus Deus, que loucura! — era a mulher não abrir a agenda do marido nem procurar nada em bolso de paletó. Isabel ainda segue isso à risca. Eu com 88 anos, enfurnado há séculos nesta fazenda, é preciso a precaução? Ela acha graça, diz que é e pronto. Mas não era isso que eu ia lembrar. Quero falar das nossas Bodas de Ouro. Não pela festa, eu sei. Isabel e eu não quisemos festa. Preferimos um almoço só para os nossos e aqui mesmo em Santo Antonio da União. Pouca gente, todos vieram. Mesa de oito. Eu, numa cabeceira, Isabel na outra. Rosário à minha direita e Andrew à minha esquerda. Nuno à direita de Isabel e Damião à esquerda. Susan, com 10 anos, e Bernardo, com 8, ocuparam os lugares do meio. Muito comportados, os dois. Não fizeram feio em momento algum. Só reclamaram porque não conseguiam se ver direito — o arranjo de flores no centro da mesa lhes tirava parte da visão. Deste almoço, pouco me ficou. Sei que foi bem mais comportado que aquele nosso lá em Nova York. Ah, sim! Havia quindins! Me fartei. Meu colesterol alto é mais culpa da Conceição que minha. Nuno aproveitou e veio dos Estados Unidos para passar uns dias conosco. Andrew ainda não conhecia o Brasil. Estava alucinado com tudo que via. Não, não é exagero meu. Aqui na fazenda parecia menino. Nuno pode confirmar isso. Damião e Rosário, ainda apaixonados, viviam colados, tão juntos que mal sabíamos o que era corpo de um ou de outro. Embalavam-se naquele vaivém preguiçoso da rede, quase imóvel, e o rangidinho marcando o compasso do cafuné. Bernardo nessa época já não se desgrudava de mim, parecia carrapato. Cheio de ciúmes da Susan e eu tentando explicar que ela vinha de longe, que ainda não conhecia nada por aqui, que tínhamos de dar atenção a ela, porque era menina e ele tinha de ser um cavalheiro. Adiantava o discurso? Nem um pouco. Para minha grande surpresa, a ciumeira acabou quando dei a ele e à prima os bonecos de pano que Isabel e eu havíamos feito semanas antes. O que serviu de enchimento para os bonecos? Algumas xícaras do arroz de Tia Palma.

Incrível como o passado, súbito, vira presente. Os bonecos ganham vida e graça. O menino, para o Bernardo, e a menina, para a Susan. Com cuidado, Isabel e eu colocamos o arroz dentro de um e de outro — o suficiente para ficarem molengas e gostosos de se segurar. Enquanto ela costura braços e pernas, vou pregando os botões, que são os olhos. Prendemos os corações, de algodão vermelho, do lado de fora, bem à mostra. E vamos os dois imaginando outros destinos que possam dar utilidade ao tanto arroz que ainda temos, mas sempre sonhando com a possibilidade de um dia servi-lo no tal almoço de família. Os bonecos ficam prontos. A aparência deles nos diverte. O conteúdo nos emociona. As crianças hão de gostar, concordamos.

Levo Susan e Bernardo comigo. Descemos de mãos dadas até à casinha que era de meus pais e Tia Palma. Na verdade, meus netos é que me levam. Devem achar que preciso mesmo dar a mão a eles.

— Estamos chegando, é aquela lá embaixo, estão vendo?

Susan e Bernardo têm olhos curiosos.

— O que é que tem lá dentro?

— Só um oratório e uma cadeira que era de sua avó Palma. Mas estamos indo lá porque preparei uma surpresa para vocês dois.

— Para a Susan, também?

— É. Para os dois. Para a Susan, também.

— O que é que é?

— Não vou dizer agora. Só quando a gente chegar lá.

— Por quê?

— Porque não, ora! Vai estragar a surpresa.

Porque sim, porque não... Ouvi tantos! Cem anos de repetição. Susan quer saber se é bezerro. Bernardo morre de rir. Onde já se viu bezerro dentro de casa?! Explico a ela que não é bezerro nem videogame. O que eles vão ganhar não se compra em loja. É presente feito de amor, não se põe preço. Digo que podem desistir porque não vão acertar.

— Ih, tá frio!

Novos palpites:

— Esfriou mais ainda — vou atiçando.

Bernardo cansa de me dar a mão. Doido para saber o que é, desafia Susan para uma corrida até lá embaixo. Ela faz pouco-caso. Para que correr? Prefere ir passeando assim comigo, apreciando a paisagem. Se ele quiser que desembeste sozinho. Bernardo, passarinho que pula, não pensa duas vezes. Dispara.

A emoção é grande ao entrar na casa com meus netos. Vejo o que eles ainda não veem, mas logo, logo, vão ver: tudo do jeitinho que era no tempo dos meus pais.

É, Antonio, você é bom de contar histórias, tem a quem puxar. Mostre a eles a quarta cadeira! A cadeira-palco, a cadeira-cortina, a cadeira-cenário, a cadeira-tudo! Reabra o teatro. Tia Palma, onde estiver, vai aplaudir, acredite. Repare como a Susan e o Bernardo já estão no chão. Repare, Antonio! O Bernardo, abraçado numa das pernas, do jeito que você ficava, lembra? Bis, bis, bis! Cem anos de repetição.

— E aí? Gostaram dos bonecos? Estão vendo só? Eu disse que vocês iam gostar. Que nome vocês querem dar para eles? Susan e Bernardo? Ah, que coisa mais sem imaginação! Acho muito sem graça dar o nome de vocês. Tá bom, tá bom: Susan e Bernardo. Se vocês querem Susan e Bernardo, fica sendo Susan e Bernardo, pronto. Nem o nome nem o que vocês vêm por fora não é mesmo o mais importante. O tesouro é o conteúdo, o arroz que está dentro deles. Abrir os bonecos para ver o arroz? Melhor, não. Melhor é ele ficar assim bem guardadinho. Porque o arroz que está aí dentro não é um arroz qualquer. É um arroz muito especial, que faz parte da história da nossa família. A história é comprida, vocês querem mesmo saber? Ah, meus queridos... Como começar...? Pois bem: era uma vez um arroz. Arroz plantado na terra, caído do céu e colhido da pedra. Arroz que não se estraga, arroz que veio de longe, lá de Portugal, do outro lado do Atlântico. Veio de navio, com José Custódio, meu pai, Maria Romana, minha mãe, e Palma, minha tia. Ainda eram moços, sim! Moços viçosos e cheios de sonhos...

O melhor da festa

É esperar por ela? Tia Palma nota o risco bem-feito do nosso cabelo, nossa roupa mais apurada, nossa pose. Logo muda a voz: "Leonor, para onde vais?" E a Leonor, enfeitada, animadíssima: "Vou para a festa!" Depois: "Leonor, de onde vens?" E a Leonor, um bagaço, arrastando-se: "Venho da festa..." Diz isto sempre que saímos para algum festejo no arraial. Nada de recomendações para não bebermos ou não nos excedermos nisto ou naquilo, mas a graça de sempre: "Leonor para onde vais? Vou para a festa. Leonor de onde vens? Venho da festa..." Hoje, tanto povo reunido, o que me irá dizer? Estou a fazer conta de padeiro? Não, Tia, o lápis continua atrás da orelha. É que fiquei meio caduco, sabe? Exagerado, eu?! Coisa nenhuma! Teatral, nada! As contas são inevitáveis e os números, fatais: Isabel e eu, com estes 88 anos infinitos! Leonor e Sebastião, Nicolau e Amália, todos octogenários, até Joaquim, o caçula grandalhão e boa-pinta! Suas duas mulheres já se foram faz tempo. E ele, aqui, firme. Olha lá! Se pavonear assim, três alianças na mão esquerda e, a tiracolo, uma velhota que nunca nenhum de nós viu mais gorda. Pode? Com ela, não quer herdeiros. Só diversão, o bandido. Muito prazer, Gertrudes. Sinta-se em casa. Conta de padeiro? Não, Tia. Que culpa temos se estamos todos bem mais velhos e enrugados que a senhora? Sabe lá o que é isto? O tempo a tornou mais jovem que os sobrinhos! O tempo desatina, vai e volta feito doido, nos embola lembranças e projetos na cabeça — lembranças futuras e projetos passados, porque ele faz com a gente o que bem entende, gato e sapato. Sou a bola da vez, Joaquim me azucrina com essa brincadeira besta. Do jeito que bebe e se empanzina, ele é que vai primeiro para a caçapa — teimo, mas não aposto. Não fazia ideia que a Leonor estava enxergando assim tão mal e o Sebastião, coitado, com os pés inchados por problemas de circulação. Veio de chinelos, já notei. Que ninguém queira imaginar o que são os pés inchados do Sebastião! Estou sendo cruel? Por que não posso rir? É riso de nervoso, entende? Está bem, é de maldade mesmo, que também sou bom para o fogo. Nicolau, o danadinho! Mesmo franzino, é o que está mais lampeiro e mantém a melhor forma. Amália me espantou, confesso. Quase não a reconheço. Por onde se perdeu a mulher sedutora e sensual? No entanto, quando vou beijá-la no rosto, nem o pó de arroz nem toda a roupa que veste impedem o outro espanto: o perfume do corpo é o mesmo! Tremo. Como é possível?! Que olfato apurado, nem meio apurado! É paixão revisitada, pecado reincidente, pecado dos bons — não pela virtude, mas pelo tamanho. E ela? O que sentirá? Saberá assim de cor o cheiro do meu corpo? Terei mudado o meu cheiro? Perco noção. Perco? Alguém me puxa pelo braço. É meu sobrinho Walter: 62 anos, mas, cá para nós, parece mais. Vozeirão de matuto desembaraçado, me chama de Tio Antonio, me abraça com força e diz que o Waldir, o Waldemar e o Waldecir também estão chegando com a tropa toda. Engraçado que nenhum se parece com a Leonor. Todos, a cara e o corpo do Sebastião. Todos cheios de filhos e netos e o álbum de figurinhas vem completo! Conta de padeiro? Não, Tia, o lápis continua atrás da orelha, pode confiar. É que tanto parente junto embaralha, tanta idade somada confunde, tanta geração diferente comove. Gosto de ver a Maria da Glória, filha do Nicolau e da Amália. Me vem agora a imagem dela menina, quando fui à Tijuca de carro deixar papai, mamãe e a senhora na casa deles. Ela, miudinha, vindo lá de dentro, chupeta na boca, e se enfiando entre as pernas dos adultos, me olhando do portão, um adeus tímido... Terá me dado adeus? Forço bem a vista, mas não consigo ver... Hoje, uma bela senhora! Só uma filha e um único neto. Núcleo pequeno — o Nicolau pouco cresceu e se multiplicou, foi ainda mais econômico que eu. Por falar nisso, onde será que se meteram o Nuno e a Rosário? Isabel está lá perto do bufê, já descobri. As toalhas de dona Maria Celeste deram requinte às 12 mesas. A Leonor chega e se lembra das festas de Reis, levanta a borda de uma delas, tenta ver de perto os detalhes do bordado. Se emociona, repõe o caimento com cuidado. Passa as mãos de leve sobre o pano como se fizesse festa na saudade... Leonor uma vez foi Nossa Senhora, dá para acreditar? Ah, minha Tia, não ralha comigo, não. Tenho maus momentos, eu sei. Não é a esta altura que vou deixar de fazer meus comentários... Pode não ser correto, mas é bem divertido! Tudo comentário bobo, uma pitada de maldade, concordo. Mas, se há afeto... Também relevo fácil o mal que falam de mim pelas costas e me chega aos ouvidos, a senhora sabe. Ressentimento nenhum. Se há afeto, meu aperto de mão é sincero, porque o dizer que me magoa e ofende sai todo no primeiro xixi, e me dá alívio. Aquele abraço do Nicolau continua impresso em mim, eu juro. Houve muitos outros, fortes e demorados, que já se apagaram. Mas aquele específico não me sai do corpo. Caiu bem em mim e fiquei assim vestido com ele para sempre. Que dia, este! Que bênção! O Andrew entabula conversa com o Waldemar e o Waldecir. Pelas gargalhadas, vejo que estão se comunicando bem em idiomas diferentes. Com boa vontade, todo entendimento é possível neste mundo. Ingênuo, eu?

Obrigado, Isabel. Está tudo tão bonito! Doze mesas de oito! Que capricho! Olha esses talheres, Amor! Repara só! Não,

não é o brilho da prata. É que a faca parece uma língua, não parece? Língua afiada. O garfo são nossos dentes cravados. A colher, o céu da boca, todo estrelado — o Cruzeiro do Sul me desorienta e lá vou eu com ele. Como qualquer mortal, sei que faço esculturas com nuvens descartáveis, sei que invento desenhos nos mármores e nos assoalhos, mas agora, repara, não é imaginação minha, Amor: a faca é língua, o garfo é dente, a colher é céu da boca. Delírio nada, Isabel! É homenagem que faço a quem os inventou. Está bem, me dá a mão. Este meu nervoso é natural, não é? Logo vamos servir todo o arroz de Tia Palma — o tanto que ainda havia! Cem anos! Dá para acreditar? Por essas horas, lá em Viana do Castelo, ele já desabava torrencial sobre papai e mamãe... Tenho de voltar correndo para a cozinha, você vem comigo? Então vem, anda. Me dá um gole desse teu vinho, o lado do copo com a tua marca de batom. Um brinde a Dionísio, e também a Apolo que, nesta horinha, quero estar bem com os dois! Anda, agora vem, que sempre vamos juntos. Vem provar se a felicidade está bem de sal, se o amor está no ponto de ser servido. É arroz que não se acaba, a fertilidade dará de sobra e vai cumprir finalidade. Anda, vem, que o arroz está soltinho na panela e a família toda grudada — existe realização maior para o cozinheiro? Conceição, me alcança aquela outra travessa! Roque, me ajuda aqui, por favor! Cuidado que está quente! Bênção vivermos o bastante para poder dividi-lo assim irmãmente, sem conta de padeiro nem lápis engatilhado atrás da orelha! Olha só a cara da Leonor e a do Nicolau e a do Joaquim! Velhos bobos! Nem sonhavam que ainda iam provar do arroz de Tia Palma. E agora choram desse jeito. Não é cebola, nada, que eu sei. É muita lembrança e sonho, tudo misturado à moda da casa. Fiz de propósito, para pegar vocês de surpresa! E para Amália — me pergunto — que gosto terá esse segundo arroz? Qual o sabor de um arroz assim permitido e compartilhado? A garotada pode achar que somos velhos gagás e que essa história é pura invencionice. Impossível um arroz durar tanto, a ciência isto, a ciência aquilo. Eu não ligo a mínima. Vocês ligam? Então, ótimo! Vamos comer à vontade, que há arroz para todos! Joaquim, meu irmão, me passa o azeite!

Portugal revisitado

A lata do azeite — tão colorida e dourada — parece ilustração de livro infantil. Desenhada com capricho, a paisagem campestre me encanta. E a jovem minhota, estampada em primeiro plano, à esquerda, me convida a entrar. Portugal revisitado! Posso acreditar?! Ela diz que sim. Tudo verdade: o verde das oliveiras, o perfume do campo, o ar puro que me repleta os pulmões. Estamos entre o Minho e o Douro, eu sei! Quando vim a estas terras pela primeira vez? Quantas voltei? Perco a conta. A última, agora, recente. Portugal rejuvenesce naturalmente a cada ano. E por caminhar em direção contrária à morte, vai sempre saudável ao encontro de renascimentos. Países são pessoas! Vem, formosa cachopa da lata de azeite, dancemos o vira como deve ser — no sentido contrário ao dos ponteiros do relógio. Quero desmiolar o tempo! Quero estar ao lado de Afonso Henriques e reinaugurar Lisboa — depois de Atenas, a mais velha capital da Europa, mais antiga quatro séculos que Roma! A *Alis Ubbo* fenícia, a *Ulishbona* bárbara, a *Al-Ushbuna* muçulmana! Lisboa já foi tantas e é tantas! Vem, que a Torre de Belém ainda está ao alcance de quem ama e ousa, e a "Nau D'Amores" nos aguarda...

Súbito, a voz de Nicolau me arranca da lata. Volto à festa. É o discurso que todos aguardam e que, tenho certeza, me meterá no meio. Chego a tempo de ouvir meu irmão a exigir silêncio — impossível aquietar os mais novos. Alguém pondera que são crianças. Melhor deixá-las correr. Maldade prendê-las para ouvir o que quer que seja. Nicolau discorda, diz que só começa quando todos, sem exceção, estiverem atentos às suas palavras. E lá se vão as sobrinhas-netas à cata de suas crias para lhes convencer a sossegarem um só instante, que o Vô Nicolau tem umas coisas importantes a dizer.

A vontade do velho se impõe e, rapidamente, a família toda se acomoda. Umas poucas tosses aqui e ali, uma gargalhada solta, um comentário paralelo seguido de um pshhhhhhhh, um riso contido a tempo. Um peito cala o bebê que chora e... pronto. Nicolau ainda espera, sobrevoa a plateia com os olhos e então começa.

O arroz foi todo, constata. Não há aqui alguém, velho ou criança, que não o tenha provado. Diz que, agora sim, estamos mais férteis que nunca, bênção ancestral que se multiplica. E vai por aí afora, agradece a mim a generosidade, agradece à vida a oportunidade do encontro, agradece a nossos pais e à Tia Palma os ensinamentos. Nicolau conta histórias. Umas, me encantam porque desconheço. Outras, me surpreendem porque o enfoque é diferente. Nicolau valoriza o que me passou despercebido, não dá importância ao que me foi essencial. Bonito ver nossa família assim por outro ângulo. Nossos Portugais também pouco se parecem. O dele, pasmo!, não está em sonhos de latas de azeite, é menos épico, é mais caseiro. Nicolau lembra emocionado a viagem que fez com Amália a Viana do Castelo. Sabe casos engraçadíssimos de primos e tios que lá ficaram. Reproduz lindas conversas que teve com dom Plácido, já bem velhinho, o tio-avô que casou nossos pais. Descreve com detalhes preciosos a capela de Nossa Senhora da Ajuda e o adro onde o arroz foi colhido! Como pode saber tanto a nosso respeito, o danadinho?! Ciúmes, Antonio? Cuida de ficar feliz aqui no seu canto. A fala é do Nicolau, a luz está toda sobre ele e não há meios de você lhe roubar a cena. Concordo com quem me sopra ao ouvido. Continuo a ouvi-lo, quietinho, até o fecho do discurso, os aplausos e a nova surpresa: Joaquim e Leonor também pedem a palavra.

Levantam-se ao mesmo tempo, de mãos dadas. De mãos dadas?! O que pretendem? Discurso a duas vozes? Isso mesmo, Antonio. E sem ironias, por favor. A família em silêncio, você em silêncio. Ouça e também aprenda com eles. Neste instante, Leonor e Joaquim estão no centro das atenções. O duo funciona com perfeição. As falas entrosadas saem como se ensaiadas uma vida inteira. Desconhecia essa afinidade entre eles, desconhecia essa camaradagem, essa cumplicidade. Desconhecia ou nunca prestou atenção? Pois então, preste. Joaquim e Leonor dizem que nunca foram a Portugal. Mas encontraram outros meios de presença. Joaquim, amante dos fados. Quantas mulheres não ganhou com sua cantoria triste? Enganava-as todas, homenzarrão a dar olhares de peixe morto, a fazer caras de cão sem dono, conquistador barato. Mas isto ele não diz. Para os ouvintes, só divulga o talento com a guitarra, o saber as letras todas de cor, a paixão que sempre teve pela Amália — não a cunhada, pelo amor de Deus!, ele brinca — mas a Rodrigues, a fadista dramática e sensual, sempre envolta em seu xale negro. Cúmplices, Amália e eu nos entreolhamos sem culpas. Leonor enaltece mais ainda os dons do irmão. Lembra que nossos pais e Tia Palma estavam sempre a lhe pedir que tocasse algo. Joaquim retribui os elogios, rasga seda, duvida que em Portugal haja pastéis de Santa Clara como os da irmã. E as queijadinhas de Sintra? Deliciosas! Ninguém em terras lusas as prepara como a Leonor. Aposta o que tem. Leonor e Joaquim, mãos dadas o tempo todo, se emocionam quando falam de mim, o irmão antônimo, teatral — Nicolau concorda com lágrimas e um leve gesto de cabeça —, mas o irmão querido e admirado por todos, reconhecem. Leonor e Joaquim pegam suas taças de vinho, propõem um brinde a nossos pais que, hoje, fariam 100 anos de casados, à Tia Palma e ao seu famoso arroz, à

Isabel e a mim, que os estamos recebendo com tanto amor e à nossa sagrada e destrambelhada família... e mais não brindam, porque, em duo, as vozes embargam. Aplausos, assobios, algazarra. Viva Maria Romana! Viva! Viva Palma! Viva! Viva José Custódio! Viva! As crianças se desvencilham das mães. Livres, desembestam. Nós, adultos, continuamos em volta das mesas, às voltas com as lembranças. Porque nos apetecem, repetimos o doce, repetimos o vinho, repetimos as histórias. Quantas vezes mais?

Discretos, Roque e Conceição chegam para perguntar se saiu tudo como eu havia planejado, se estou feliz, se ainda preciso de alguma coisa. Até aqui contido, desabo de chorar nos braços deles. Família somos todos.

Elefante e louva-deus

Eu aqui na fazenda. Eu aqui na cozinha, quatro e pouco da manhã. Isabel ainda dorme, o sol ainda demora. Eu aqui, um velho de 88 anos...

Não é esta a idade? Um pouco mais, talvez... O almoço saiu perfeito, mas acabou faz tempo... É, eu sei... Foram todos embora para as suas rotinas... para os seus afazeres. É o que sempre acontece depois das festas... Que dia é hoje? Que hora é esta? Não, não é possível... Sou o Avô Eterno, o que não teve começo nem terá fim, o que já veio ao mundo com esta cara enrugada... Perco noção...

Meu nome é Antonio. Antonio de quê? Antonio de tudo o que vivi e passei — certo dia, por boas maneiras, o velho agradece a atenção dispensada, fecha os olhos educadamente, levanta-se e cede o lugar para o bebê que chega. Família somos todos, você sabe. É, você, que me lê os pensamentos e que, nesta hora principal, está aqui a me fazer companhia.

Eu aqui na cozinha, caído no chão. Quatro e pouco da manhã... A vida inteira me passa em fração de segundo, dá para ver feito cinema. É igual para todo mundo? Originalidade nenhuma? Eu e meus delírios... Ainda há pouco, vi Jesus. Me deu vontade de tirá-lo para dançar. Pensei comigo: por que não? Ele ali sentado, disponível, esperando por alguém, mesmo o pior dos piores que ousasse se aproximar. Criei coragem, respirei fundo. Cheguei perto, bem pertinho, com o maior cuidado.

— Oi, meu nome é Antonio...

Ele já sabia. Informal, aceitou meu convite e me conduziu alegre ao som de uma valsa vienense. Rodopiamos juntos, dois adolescentes pelos céus da Galileia! Depois, ufa!, me trouxe de volta. Não era Jesus? Então quem era? Algum outro parente? Alguma velha afinidade? Pura imaginação? Impura? A luz me assusta e a claridade me machuca... Deveria ter me preparado melhor para vir a este mundo. Tudo desmedido. E eu, minúsculo: um louva-deus. Começo a me transformar, talvez... Tia Palma bem que poderia vir presenciar a cena.

Não tenho visto a Rosário nem o Nuno. E meus netos, por onde andarão? Para mim, foi presente o Bernardo e a Susan terem "ficado" no dia da festa dos 100 anos do arroz. Sempre achei que havia forte atração entre eles. Me comovi quando soube do ritual dos dois no lago menor. Que ideia! Abrir os bonequinhos, bem no coração, e misturar os arrozes! Estes, entenderam a história. A travessura deu certo — fogo alto, beijos apaixonados antes da hora, sangue e arroz juntos é tradição nossa. Mas neném vindo assim tão cedo é novidade! Destrambelhada família, sagrada família...

Abençoado momento este em que o mistério da terreníssima trindade me é revelado. Sou o Antonio Passado, o Antonio Presente e o Antonio Futuro — três pessoas distintas reunidas numa só. Maior felicidade é poder visitar agora o amanhã: Bernardo e Susan morando na casinha lá de baixo — vejo nítido e nem preciso dos óculos! Dormirão no quarto que era de meus pais. Na primeira noite, depois de se fartarem de sexo, irão imaginar, entre um cafuné e outro, como terá sido a primeira vez de José Custódio e Maria Romana exatamente ali naquele lugar. Bobos! Paixão é igual em tudo que é época. Farão bem em arrumar a casa diferente, em combinar o novo e o antigo: vão pintar o oratório de amarelo! Ficará alegre, lindo! Dentro dele, em vez de santos, livros. A quarta cadeira, o assento com estampado vivo, ganhará lugar de destaque na decoração. Mas o melhor é que vão preparar o quarto de Tia

Palma para o bebê. Uma graça! Móbiles, bichos de pelúcia, papel de parede. O berço, feito por meu pai e que acomodou a mim e a meus irmãos, retornará em grande estilo, laqueado de azul-clarinho e com novo mosquiteiro. Meus netos olharão para dentro do quarto e sonharão com a chegada do herdeiro. Pelo ultrassom, já vão saber que é menina. Ah, essas tecnologias! Cada vez menos surpresas, menos jogos de adivinha! Me faz bem à alma ver a Santo Antonio da União do futuro, jovem e próspera. Fazenda de tudo um pouco. Fazenda de mata fechada e céu aberto, fazenda de arado e de enxada, fazenda de gente que planta e colhe com fartura no devido tempo. Abençoado momento este em que o mistério da terreníssima trindade me é desvendado. Instante limite em que deixo de ser passado e presente e me vejo futuro, aqui onde só a esperança vem! Bênção estar assim, mais lúdico que lúcido, ver a casa-grande transformada em escola rural e meus netos realizados com a casinha lá de baixo...

Onde está você, Isabel? Por que ainda não desceu para o café da manhã, minha querida? E você, que ainda me lê os pensamentos... Obrigado por estar aqui do meu lado. Justo agora. Não é engraçado? Logo você, que nem conheço. Família somos todos. Concorda comigo? Por que será que estou tão grande assim? Que sensação incrível! Tia Palma, papai e mamãe já estão vindo me ver? Você sabe?

Eu aqui na fazenda. Eu aqui na cozinha, quatro e pouco da manhã. Isabel ainda dorme, o sol ainda demora... Não queria largar meu corpo caído assim. Mas quem sou eu para poder levar ele comigo? Que credenciais? Fiz o que pude, pronto. Creio na ressurreição da carne, na vida eterna, amém? O universo me parece simples e fácil como número de mágica que fascina. Sou elefante e louva-deus, sequoia e flor-do-campo, cordilheira e grão de sal, oceano e poça de chuva. Minha alma começa a ventar e nem sei o que me espera. A vida é caleidoscópio, até o finzinho. Inútil girar o cilindro devagar. De repente, os cacos desabam e formam o inesperado desenho. Para que então tanto cuidado? Melhor é apreciar os cenários: riacho que corre, gente que pisa no cascalho, fogo que arde, madeira que estala, respirações variadas e, de repente, um bater rápido de asas. É a vez do coral, eu sei. As vozes dos animais! A alma rosna, urra, uiva, grita, relincha e muge. Depois zumbe, trina e gorjeia...

Ah, como respirar é bom... Haverá oxigênio depois? Algo parecido?

Além de parentes, somos amigos, vê? Pode soltar minha mão, me fechar os olhos sem susto. Minha hora é esta. Minha vez de ouvir — soprano, tenor, contralto e baixo — a mais bela ária da mais bela ópera. O grão de arroz brilha na superfície do sol, bem no meio do disco. Em volta do lago menor, arrozais brotam e não causam espanto. Isabel, lá no quarto, conhece o final do sonho: ela desata o anel de barbante e me deixa ir. Simples assim. Sempre acompanhamos com olhos de saudade o balão que sobe céu afora e se mistura no azul. Acontece com todos. Depois, são só histórias, uns poucos retratos e receitas caseiras. Família é prato que, quando se acaba, nunca mais se repete.

Calendário

1908 (11 de julho) José Custódio casa-se com Maria Romana. Palma lhes dá o arroz de presente.

1909 Os três vêm para o Brasil.

1910 Chegam a Santo Antonio da União.

1919 Crise no casamento (onze anos e nenhum filho).

1920 Nasce Antonio. Isabel é adotada pelo senhor Avelino e por dona Maria Celeste.

1922 Nasce Leonor.

1923 Nasce Nicolau.

1924 Nasce Joaquim.

1941 Antonio vai para o Rio de Janeiro.

1943 Nicolau vai para o Rio de Janeiro.

1944 Joaquim vai para o Rio de Janeiro. Leonor começa seu romance com Sebastião.

1945 Almoço com os Alves Machado.

1946 (13 de junho) Antonio casa-se com Isabel.

1948 Nascem os gêmeos Nuno e Rosário.

1952 Morrem Avelino e Maria Celeste de Alves Machado.

1957 Morre Palma.

1958 Morre José Custódio. Morre Maria Romana.

1968 Nuno conhece Augusto. Rosário conhece Mário.

1969 Nuno vai morar em Paris com Augusto. Rosário se casa com Mário e vai morar em São Paulo.

1979 Rosário se divorcia de Mário e volta para o Rio de Janeiro. Nuno termina a relação com Augusto e muda-se para Nova York.

1987 Rosário se casa com Damião. Nuno vai morar com Andrew e Susan.

1988 Nasce Bernardo.

1990 Antonio e Isabel mudam-se definitivamente para a fazenda.

1996 (13 de junho) Bodas de ouro de Antonio e Isabel.

2008 (11 de julho) Celebração dos 100 anos do casamento de José Custódio com Maria Romana.

Tempo qualquer Antonio compreende o mistério da terreníssima trindade. Ele é passado, presente e futuro: três pessoas distintas reunidas numa só.

Posfácio

> Sou passado, presente, futuro — três pessoas distintas reunidas numa só, mistério da terreníssima trindade. Confio em você, que agora me faz companhia e me lê os pensamentos.

Assim, logo no primeiro capítulo de *O arroz de Palma*, o octogenário Antonio apega-se ao leitor que, por acaso ou por destino, o terá encontrado e que, paciente, se dispõe a ouvi-lo e a conhecer suas histórias. Antonio sente-se tão confortável com a desconhecida presença, que não se envergonha de lhe abrir intimidades e segredos, de lhe confessar as tantas fraquezas, ingenuidades e desacertos. Levado por memórias, devaneios e premonições, deixa-se estar com essa inesperada e atenciosa figura, que o ampara e o aconchega. E que, aos poucos, se vai tornando parte de sua sagrada, destrambelhada família.

Durante o breve encontro, criam-se laços de cumplicidade e de afeto pelas afinidades descobertas. Nada de extraordinário. É que, na essência, somos todos parecidos. Em nossas individualidades — mesmo movidos por vaidades e egoísmos — ansiamos por chegar ao outro, nos identificar com o outro, nos descobrir com o outro, nos aprimorar com o outro, nos alegrar com o outro. Amar o outro, enfim. É por isso que nos interessamos tanto por histórias caseiras, conversas de cozinha como as de Antonio — lembranças que se repetem sem fim, casos em comum do dia a dia de gente comum. Família somos todos. Em casa, na escola, no trabalho. Em terra nossa ou em terra estranha, é o elo familiar, seja ele qual for, que nos dá força, vida e sentido. É esse o elo que nos liga a Antonio e aos seus até o momento da inevitável despedida, quando ele se desprende da Terra, sobe Céu afora feito balão e se mistura no azul, porque, liberto, seu coração já não bate:

> Além de parentes, somos amigos, vê? Pode soltar minha mão, me fechar os olhos sem susto. Minha hora é esta.

Em *Doce Gabito*, meu segundo romance, antes mesmo da dedicatória, previno o leitor:

> Cuidado: ficção é verdade — mundo real que nasce pelas mãos do escritor. Personagem tem vida própria. Com suas falas e atitudes, pode nos inspirar amor ou despertar ódio, ser boa ou má companhia. Pode nos influenciar os pensamentos e os atos tanto quanto nosso mais íntimo amigo. Como qualquer um de nós, interfere no andamento do universo. Cuidado.

Às vezes, chego a pensar que o escritor nada mais é que o traço de união entre o leitor e seres imateriais que habitam mundos paralelos. Traço de união que permite a esses seres, por meio de suas próprias vidas, ganharem corpo e atuarem no plano real. Pode parecer absurdo, e falo apenas por mim, mas tenho a impressão de que não sou o criador de coisa alguma, mas o primeiro leitor-ouvinte das histórias que me vão sendo contadas interiormente pelos personagens que me visitam. Porque estão em mim e estou em todos eles, vivo também o que me sopram na mente e no coração.

Em *O arroz de Palma*, por exemplo, depois de quase dois anos convivendo com essa família que me é tão querida, posso dizer que senti na pele o que seja assumir diferentes identidades e ser transportado — pela imaginação? — para outro tempo e espaço. Na narrativa, sou Antonio, que fala na primeira pessoa do singular e no presente do indicativo — como se a olhar o tempo todo nos olhos do leitor que o tem nas mãos. Nos diálogos, sou o que Palma, Maria Romana, José Custódio e todos os demais verbalizam. Não os vejo, portanto, como marionetes — somos a extensão uns dos outros e as cordas que nos ligam são as da liberdade e as do amor. Na trama de suas breves existências, contribuo, é claro, com os conhecimentos de língua portuguesa, as técnicas usuais do ofício de escritor, minhas vivências e ponto. O mais é mistério, incógnita, suposição. E não me vejo menor por isso. O processo é mágico e se repete em todo romance, roteiro ou peça de teatro que escrevo.

Meu contato com os personagens sempre se dá da mesma maneira: Expectativa. Alguma ansiedade, às vezes. Percebo quando estão por perto, prestes a chegar. De madrugada, quase sempre. Entram em minha casa, em meu quarto, quando menos espero, sem pedir licença. Abro os olhos, sinto o silencioso movimento. Preciso me levantar, registrar outro tanto do que viveram. Inútil resistir, querer pegar no sono novamente. Por minha curiosidade incurável, fisgam-me, tiram-me da cama com suas histórias e falações. Sou levado a acender a luz, a pegar a caneta e o papel. Torno-me aquele que lhes dá ouvido e voz. Delírio? Não para mim, já totalmente entregue e solto — nada que me prenda a este chão quando estou com eles. Mas o conforto do se deixar levar e ir vê-los lá onde moram exige fôlego. Devo fazer a minha parte: escrever, escrever e escrever. Permitir assim que se revelem, falem o que deve ser falado e vivam o que é preciso ser vivido.

Nessa fantástica aventura, o prazer que me proporcionam é indizível e me desamparo quando vão embora, quando Algo que não sei determina o fim da conversa e nos força a despedida. Fazer o quê? Nada está em minhas mãos. Na ausência, não adianta procurá-los ou chamar por eles. Só voltam quando esse Algo bem entende. O que me conforta é o sentimento de que lá onde estão também pensam em mim e anseiam por mim. E, como eu, sofrem com os limites que lhes são impostos. Nosso maior desejo: que os imprevisíveis encontros aconteçam até que toda a história seja contada. Meus amigos têm ânimo de sobra. Se lhes é dada a oportunidade, não se importam com o meu cansaço, querem permanecer comigo o maior tempo possível. E eu, com eles, confesso. A esse ponto, já criamos códigos, conexões, vínculos de amizade e parentesco. A dependência é mútua. Portanto, não temos escolha, temos? Vamos sempre juntos nessa viagem.

Lembro-me claramente e revivo: *O arroz de Palma* quase terminado. Todos já se foram. Resta-me Antonio por muito pouco tempo. Suas últimas falas, suas últimas palavras. A emoção é grande. Antes, as experiências de toda uma vida. Agora, a experiência derradeira. De entrega, de desapego. De morte? Não há como seguir adiante, Antonio parte de vez. Um imenso silêncio se faz. Nada mais dentro de mim. Volto a ser apenas eu: o Francisco sem ter o que dizer. Até que, para meu consolo, outros personagens me venham visitar e, generosos, me permitam escrever suas histórias.

Francisco Azevedo, 2014

Sobre o autor

Francisco Azevedo nasceu no Rio de Janeiro em 1951. Romancista, dramaturgo, roteirista, poeta e ex-diplomata, começou a se dedicar à literatura em 1967, quando venceu o concurso promovido pela Organização dos Estados Americanos (OEA). Além de livros e peças de teatro encenadas no Brasil e no exterior, Francisco Azevedo já escreveu para mais de 250 produções, incluindo roteiros de longa-metragem, documentários e multimídias premiados e comerciais de televisão. Seu primeiro romance, o best-seller *O arroz de Palma*, foi finalista do Prêmio São Paulo de Literatura e já conquistou milhares de leitores em todo o mundo, tendo sido traduzido para treze idiomas. É autor, também pela Editora Record, de *Doce Gabito*, *Os novos moradores*, *A roupa do corpo* e *Eu sou eles*.

Este livro foi composto na tipografia Celeste,
em corpo 11,5/16, e impresso em
papel off-white na Geográfica.